寒梅著花未

梅节九旬寿诞论文集

《寒梅著花未：梅节九旬寿诞论文集》编辑委员会 编

国家图书馆出版社

图书在版编目（CIP）数据

　　寒梅著花未：梅节九旬寿诞论文集 /《寒梅著花未：梅节九旬寿诞论文集》编辑委员会编 . -- 北京：国家图书馆出版社，2018.12

　　ISBN 978-7-5013-6425-1

　　I.①寒… Ⅱ.①寒… Ⅲ.①古典小说—小说研究—中国—文集 Ⅳ.① I207.41-53

　　中国版本图书馆 CIP 数据核字 (2018) 第 083740 号

书　　　名　寒梅著花未：梅节九旬寿诞论文集
著　　　者　《寒梅著花未：梅节九旬寿诞论文集》编辑委员会　编
责任编辑　程鲁洁
封面设计　翁　涌

出　　版　国家图书馆出版社（100034 北京市西城区文津街 7 号）
　　　　　　（原书目文献出版社　北京图书馆出版社）
发　　行　(010)66114536　66126153　66151313　66175620
　　　　　　66121706（传真）　66126156（门市部）
E-mail　nlcpress@nlc.cn（邮购）
Website　www.nlcpress.com → 投稿中心
经　　销　新华书店
印　　装　北京金康利印刷有限公司
版　　次　2018 年 12 月第 1 版　2018 年 12 月第 1 次印刷

开　　本　710×1000〔毫米〕　1/16
印　　张　13.75
字　　数　100 千字

书　　号　ISBN 978-7-5013-6425-1
定　　价　98.00 元

寒梅著花未

三安

魏武風流百代承，清明秀氣
集金陵。鮮花著錦一場夢，
荳葉敷窗十載燈。石骨嶙
峋甘下拜，靈盤鬱未遊升。
至今說苑思豪傑，誰上紅樓
又一層

錄舊作詠曹雪芹
梅節道兄哂正
陳訟

高山仰止

從善如歸

唯德是蹠唯仁

是依

臨北魏張猛龍碑

壬申仲夏游曲阜孔廟碑林
見張猛龍碑已損不勝悵然臨呈
梅節道兄念之　魏千里

河靈岳秀　月起景飛　窮神開照　或誕英徽

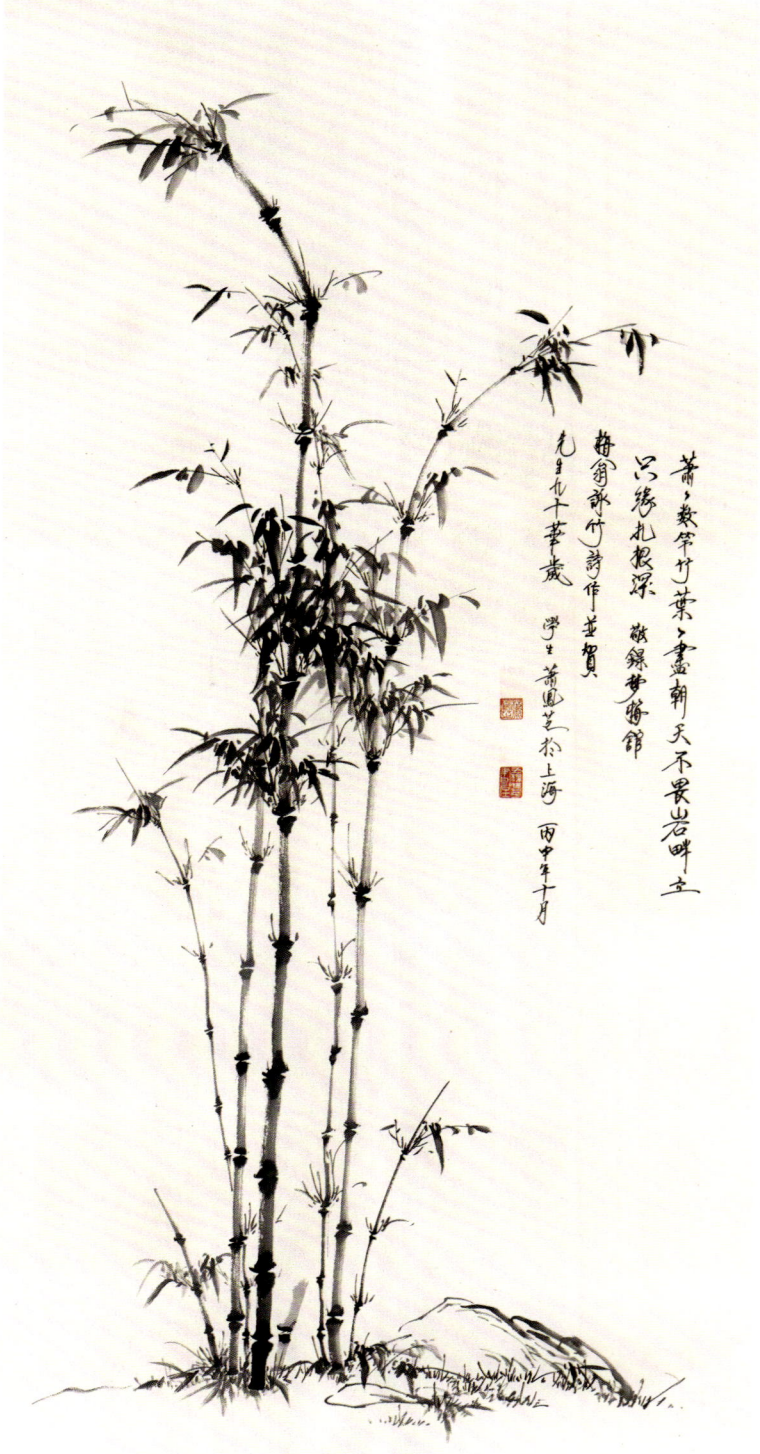

萧萧数竿竹叶，尽朝天不畏岩畔立
只缘扎根深

敬录郑板桥咏竹诗作画奉贺
薇绿梦馆

九十九十华诞
学生萧恩芝於上海 丙申年十月

紅樓夢遠
黄葉燦多

壬申深秋於楊氏國際紅樓會上遇此大同學
挺秀先生武帨雜憶共抒紅樓箂小聯以贈
久不臨池拙劣之呬之學中鄧雲鄉

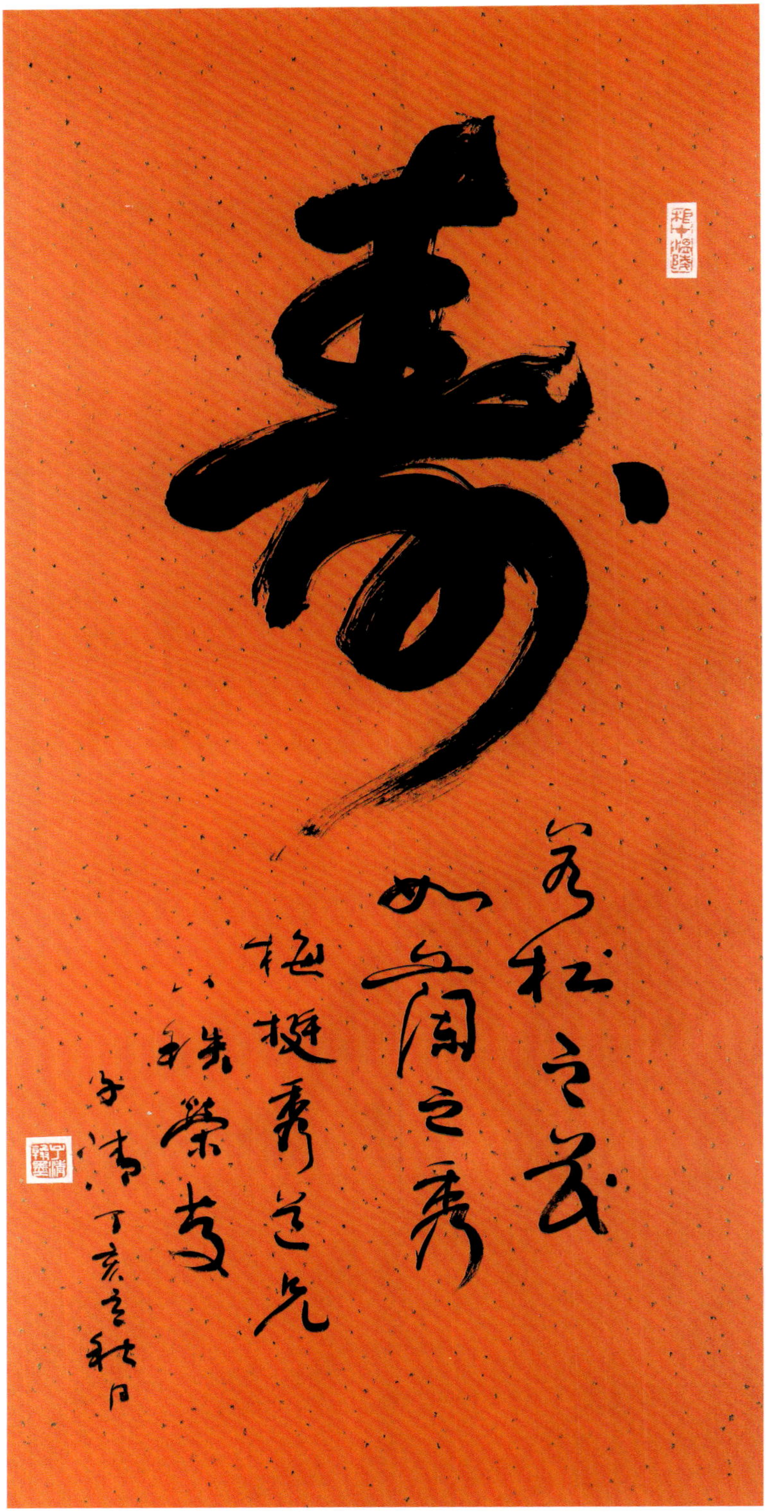
寿

香港梦梅馆总编辑梅节（2014 年）

1986 年哈尔滨国际《红楼梦》学术研讨会，与国际红学家合影：第二排左起
伊藤漱平（日）、周策纵（美）、唐德刚（美）、柳存仁（澳）、陈庆浩（法）

1986年哈尔滨国际《红楼梦》学术研讨会，与唐德刚、马力合影

1986年哈尔滨国际《红楼梦》学术研讨会开设中国文学讲习班，梅节应邀讲
《金瓶梅词话》之校勘

1986 年哈尔滨国际《红楼梦》学术研讨会，与周汝昌合影

1992 年枣庄国际《金瓶梅》学术研讨会，与吴晓铃、王汝梅等合影

1992 年枣庄国际《金瓶梅》学术研讨会，与王利器合影

1992 年枣庄国际《金瓶梅》学术研讨会，与张鸿魁合影

1992年枣庄国际《金瓶梅》学术研讨会，与日本学人荒木猛、铃木阳一合影

1992年参加枣庄国际《金瓶梅》学术研讨会游园会，与法国雷威尔教授合影

1993 年香山中国古代小说国际研讨会，与程毅中合影

1993 年宁波全国《金瓶梅》学术研讨会，与白维国合影

1993 年宁波全国《金瓶梅》学术研讨会，与黄霖合影

1997 年大同国际《金瓶梅》学术研讨会，与会者合影，右起：傅憎享、杜维沫、梅节、刘辉、禹春姬、宁宗一、崔溶澈、苗地、周中明、吴敢

1997 年魏子云来访合影

1998年台湾沈春池文教基金会举办两岸三地及海外华人《红楼梦》学术讨论会，与会学者拜访潘重规老先生，梅节向潘先生致敬慕之意

梅节与赵冈交谈

1998年中国《红楼梦》文物书画在台北展出，在会场与王三庆（右二）、胡文彬（右四）、刘广定（右五）、张庆善（右六）、陈益源（右七）诸先生合影

1999年金华全国中青年红学研讨会，与洪涛、陈维昭合影

1999 年金华全国中青年红学研讨会，红坛三梅合影：宗英梅新林、宗秀梅玫、宗老梅节

1999 年金华会后，在杭州拜访徐朔方合影

2004年与《光明日报》前总编辑张常海一起参观书法展览

2004年参加北京植物园春游，与北京红学界友人合影。右起：杜春耕、孙玉明、曹立波、高旻喜（韩）、蔡义江、丁维忠、梅节、周思源、王湜华、张书才、闵虹

2004 年扬州国际《红楼梦》学术研讨会，与冯其庸、伊藤漱平、陈庆浩合影

2006 年陈少卿过访合影

2007 年峄城全国《金瓶梅》学术研讨会，与袁世硕、许志强合影

梅节夫妇 2008 年访沪，在裴世安家与上海朋友聚会合影。前排左起：裴先生、应必诚、梅节、郭豫适、魏同贤、陈诏，后排左一苗怀明，右六孙逊

2009年山东蓬莱国际《红楼梦》学术研讨会，与田永清、二月河、陈诏、崔溶澈等合影

2009年蓬莱国际《红楼梦》学术研讨会，"红坛三女杰"俞晓红、段江丽、曹立波向梅节祝酒

2009 年 9 月，应邀在曹雪芹故居"红楼梦讲座"讲述曹雪芹坎坷的晚年。出席的学者和朋友有李希凡、蔡义江、沈天佑、林冠夫、吕启祥、李明新、陈熙中、张书才、杜春耕、任晓辉、曹立波、段江丽、张云、殷梦霞、黎洁萍等。并蒙李明新村长设宴招待

2009 年在曹雪芹故居"红楼梦讲座"与李希凡合影

与春耕在吕启祥家做客（2009 年）

2010 年来自中、美、越南知用中学五〇届毕业同学叶渭渠、唐月梅夫妇、冯炳铜、区妙龄夫妇、陈子思及夫人，莫英秀及夫婿，梅节及夫人，一甲子后在广州聚会合影

2009年春日探访冯其庸先生。同行者有吕启祥夫妇、任晓辉夫妇。在庭前共赏盛开西府海棠

2010年北京庆祝红楼梦学会成立三十周年，与张锦池、刘世德、石昌渝合影

与应必诚、沈治钧合影

2014 年和张昊（笔名刀丛中的小诗）摄于深圳

2016 年广州国际《金瓶梅》研讨会，与龚达文合影

2016 年 11 月，杜春耕、任晓辉、周丽侠夫妇、黎洁萍等国内朋友专程来港，祝贺梅节米寿，杜先生并设席欢宴梅节及其亲友

2017 年深圳全国《红楼梦》学术研讨会后，与张庆善、梅新林、孙伟科合影

2017 年深圳全国《红楼梦》学术研讨会后，与胡德平合影

弁　言

　　梅节先生今年九十岁。1928 年 11 月，他出生于广东台山县一个小村庄。前年 11 月，杜春耕先生、任晓辉先生、黎洁萍小姐、周丽侠夫妇等一众北京朋友，专程来港祝贺梅节先生米寿。另外一些朋友又策划在梅节九十寿诞，举办一次学术研讨会，被老先生再三婉谢了。梅先生说，他生于乱世，军阀割据，战火频仍，日敌凭凌，生民涂炭；六年小学，读了五家学校。其父后来接他到越南，得以在侨校完成中学学业。1949 年，中国共产党领导工农大众，百战功成，建立中华人民共和国。第二年夏天，梅节高中毕业，即负笈北京，入读燕京、北京大学，后分配到《光明日报》工作。1977 年父丧，为照顾孀母，移居香港。

　　梅节晚年潜心著述。他本着严谨的科学精神研究《红楼梦》和校订《金瓶梅》，所取得的学术成果得到许多学者的支持和肯定。因朋友的一再邀约，梅节同意出版这本论文集，他不想别人吹捧自己，只想让他一直关心其成长的中青年学者，讲一些持平的贴心话。梅先生采用唐诗人王维的诗句"寒梅著花未"作为论文集的题目，是将自己的术业和学行，都打上一个问号，让读者和后人去评价。不论论文集中文章讲的话，是褒是贬，只是部分朋友的意见。

《寒梅著花未：梅节九旬寿诞论文集》编辑委员会

2018 年 2 月

目　录

辨伪求真 守望学术

—— 梅节先生红学访谈录

段江丽

梅节（1928—），原名梅挺秀，广东台山人，汉族。1950年越南堤岸知用中学毕业，考入燕京大学新闻系，1952年并入北京大学中文系，1954年毕业入职光明日报社，曾任总编室副主任。1977年移居香港，现为香港梦梅馆总编辑，主要从事《红楼梦》与《金瓶梅》研究，兼及《左传》、佛学等。梅先生1970年代末开始在香港和大陆发表系列红学论文，迅速引起海内外学界关注，其"研红"四十来年关于红学诸多关键问题的一家之言均在学界有广泛影响。主要学术成果有：《红学耦耕集》（论文集，合著）、《海角红楼——梅节红学文存》《全校本〈金瓶梅词话〉》《重校本〈金瓶梅词话〉》《梦梅馆校定本〈金瓶梅词话〉》《〈金瓶梅词话〉校读记》《瓶梅闲笔砚——梅节金学文存》等。《文艺研究》特委托北京语言大学段江丽教授就红学有关问题采访梅节先生，整理出此篇访谈录，以飨读者。

段江丽 梅先生您好！在您的九十华诞即将来临之际，很荣幸有机会造访潭府，向您表达崇高的敬意和诚挚的祝福！并希望能就学术主要是有关红学的问题向您请教，以便与广大学者与红迷们分享。

梅　节 谢谢你远道来访，也很高兴能与你交流。

段江丽 众所周知，您是著名的红学家与金学家。据我了解，您在红学方面的代表性成果主要收录在《海角红楼——梅节红学文存》一书中；在金学方面，您曾用二十年的宝贵时间三次校订《金瓶梅词话》，分别于1987、1993、1999年先后出版《全校本〈金瓶梅词话〉》《重校本〈金瓶梅词话〉》《梦梅馆校定本〈金瓶梅词话〉》，并于2004年出版了50多万字的《〈金瓶梅词话〉校读记》，于2008年出版了《瓶梅闲笔砚——梅节金学文存》，可谓硕果累累。

梅　节 我的确对《红楼梦》与《金瓶梅》都很有感情，也倾注了很多心血，所以，我在1992年创办出版社时取名为"梦梅馆"。

段江丽 其实，除了红学与金学，您对《左传》学和佛学、命理学等方面也有涉猎，颇有独到的见解。您在《燕京学报》新第二十期（2006年）上刊发的《六祖坛经自说悟法传衣部分读记》即曾受到饶宗颐先生的赞赏。由于时间有限，此次主要向您请教红学方面的问题，您看好不好？

梅　节 好的。

一、从名校走出来的"布衣"专家

段江丽 我在一些公开发行的资料中了解到您的有关经历，有几个关键词令我印象非常深刻：北大高材生、布衣学者、十六位红学家之一，等等，我们就从您颇具传奇色彩的学术经历谈起吧。

梅　节 我于1928年出生于广东省台山县农村，先父梅友雪只上过三年私塾，自习医书，后来跑到香港跟随名医陈伯坛学医，成为有名的中医，1942年应聘到越南堤岸广肇医院任医席。因此机缘，我于1944—1950年就读于越南堤岸知用中学。同属汉文化圈的越南，当时虽然在法国和日本的统治之下，中国文化的影响却无处不在。堤岸知用中学作为一所华侨学校，用的也是商务、开明的教科书，中国典籍藏书颇丰。我在那里通读了"国学基本丛书"中的李杜韩柳欧苏等名家的集子，还读了梁启超、胡适、鲁迅等人的许多著作，为后来的学习与研究打下了一些基础。

段江丽　您本科上的是北京大学中文系？

梅　节　是，又不完全是，这里面还有一个小插曲。1950年我中学毕业之后即回国升学，以第一志愿考取燕京大学新闻系。1952年燕京大学与北京大学合并，我转而成了北京大学中文系编辑专业的学生。

段江丽　您在北京大学求学期间，印象最深的老师和课程有哪些？

梅　节　印象中，我在一年级时选修了阎简弼先生为二年级开设的"诗词选读"，二年级选修了林庚先生为高年级开设的两年制"文学史"。不过，我当时的兴趣不在文学，而是一心想做一位以"杂"见长、以"真"为旨归的新闻工作者，所以，还选修了侯仁之先生的"历史地理"、王铁崖先生的"国际关系史"等外专业的课程，并花了很大的力气研读马列著作。当然，印象最深且对我后来的学术研究影响最大的无疑是吴组缃先生。

段江丽　您考入燕京大学新闻系，却从北京大学中文系毕业；您一心要做新闻工作者，最后却还是以文学研究专家名世，看来，您与文学注定有不解之缘。能谈谈您是如何走上学术研究之路的吗？

梅　节　我1954年大学毕业之后分配到光明日报社国际部工作。到了"文革"中后期，几乎无书可读，唯有《红楼梦》是毛主席提倡"最少读五遍"的书；在"评红批孔"运动中，作为报社编辑，读《红楼梦》也算是业务学习。当时我告诫自己，只做学术，不趟"大批判"的浑水，故而尽量以学术眼光去读《红楼梦》并关注红学研究史，坚持独立思考一些问题。1977年冬，先父去世，我赴港奔丧，旋即举家移港。在香港安顿下来后，我将自己多年来研究《红楼梦》的一些心得整理成文，陆续发表在香港《文汇报》《中报月刊》《广角镜》以及大陆《红楼梦学刊》等报刊杂志上。1988年，香港三联书店出版了我与马力的红学论文集，取名《红学耦耕集》，收录我的论文10篇，马力的论文7篇。

　　段江丽　据我所知，《红学耦耕集》后来又在大陆由文化艺术出版社出了两版，一是2000年《红学耦耕集》增订本，增收了您5篇论文；一是2009年收入张庆善先生主编的"名家论红楼梦丛书"，改名为《耦耕集：梅节 马力论红楼梦》。我想确认一下，您于2013年出版的《海角红楼——梅节红学文存》一书是否收录了您迄今为止所有的红学论文？

　　梅　节　是的，都收齐了。

　　段江丽　很多人都注意到，1988年出版的、由中国艺术研究院红楼梦研究所编撰的《红楼梦大辞典》中，仅给包括蔡元培、胡适、俞平伯、周汝昌、冯其庸等先生在内的16位著名研究者冠以"红学家"称号，而您名列其中，而且可能是最年轻的一位。宋淇先生1989年2月21日给您的信中，也郑重其事地将您与潘重规、余英时、周策纵、赵冈等几位先生并列为"海外红学家"。当时，您因为十来篇论文即被学界公认为"红学家"，足以证明这些论文的学术分量。

梅　节　学界前辈与同仁的肯定与鼓励，的确令我受宠若惊。

段江丽　有趣的是，您还有另一个广为流传的称号"布衣学者"，这又从何说起呢？

梅　节　我在光明日报社工作时，虽然曾任总编室副主任，主持过学术部工作，但是，与大学或研究机构的专职研究人员还是很不同的。到了香港之后，我年岁不小了，很难找到一份专业对口的稳定工作，我先后做过出版社编辑、咨询公司研究员、工程设计公司的行政主管等工作，我的学术研究都是利用业余时间进行的。直到 2000 年退休以后，才有比较充裕的时间和精力放在学术上面，包括参加一些学术活动。所以，韩国汉学家崔溶澈先生称我为"在野学者"；1997 年在北京举行的国际红楼梦学术研讨会上，有一位与会的中年学者称我为"业余的红学专家""布衣学者"。我自己觉得，"红学专家"不敢当，"布衣学者"却很符合我的情况。

段江丽　明白了，您是从名校走出来的"布衣"专家。这里的"布衣"，主要是针对专职研究者的身份而言，您是非专职研究者。您作为非专职研究者，却同时在红学与金学领域取得了令许多专职研究人员企羡的丰硕成果，更加令人肃然起敬。

梅　节　你过誉了。

段江丽　通读您收录在《海角红楼》中的 23 篇大作，内容涉及到了作者、版本、文本等领域的很多重要话题。而且，在具体讨论中，尤其是一些驳论性的文章中，您还特别关注做学问的功底、方法和态度，关注学术规范和伦理。我想就您所涉及到的一些主要问题，分别请您回顾一下，好吗？

梅　节　好的。

二、红楼"外学"：与曹雪芹相关的问题

段江丽　我发现，您在红学领域用力最多的是作者问题，共有 11 篇论文，几乎占了《海角红楼》的一半篇幅，牵涉到有关曹雪芹著作权、画像、佚诗、卒年以及曹雪芹与脂砚斋的关系等等诸多论题。

梅　节　我涉足红学之初，的确主要关注学界当时争论的一些热点、焦点问题。

段江丽　从您收在文集中文章末尾的署年来看，您在红学方面最早完成的论文似乎是定稿于 1978 年 3 月的《曹雪芹佚著〈废艺斋集稿〉质疑》？

梅　节　谢谢你的细致了解。事实上，我写的第一篇红学文章是《史湘云结局探索》，是针对周汝昌先生自己最得意的新见"脂砚斋即史湘云"而写的，1979 年 6—8 月间在香港《文汇报》分五段连载，学界较少有人注意。关于这篇文章一会再说。这里先谈谈《废艺斋集稿》的问题。吴恩裕先生曾于 1973 年发表《曹雪芹的佚著和传记材料的发现》一文，根据孔祥泽先生提供的资料，认为《废艺斋集稿》是曹雪芹在《红楼梦》之外又一部存世著作。这一材料公布之后被认为是曹雪芹逝世两百多年来的首次重要发现，立即引起了学界的极大兴趣，也引起了正反两方面的争论，而当时海外《红楼梦》研究者大多倾向于接受吴恩裕先生的结论。我在大陆时即关注这一问题，来港之后于 1978 年初撰成《曹雪芹佚著〈废艺斋集稿〉质疑》一文，对《废艺斋集稿》的真实性持怀疑态度。

段江丽　现在，30多年过去了，请问您的观点有改变吗？

梅　节　我的观点没有改变，对这项资料的真实性仍旧存疑，甚至认为有可能全部文字都是伪造的，是一个骗局。我要借此机会说明的一点是，《海角红楼——梅节红学文存》出版于2013年，所有的文章此次结集出版前我均认真校读过，所以，不仅关于《废艺斋集稿》的问题，所有早期发表的论文中的观点都代表了我现在的观点。个别需要补充的资料则已附在相关文章的末尾。

段江丽　明白了，您关于红学一些具有争议性的问题，基本上都维持有关论文发表之初的观点。说到《废艺斋集稿》，我本人没有研究，因此，没有发言权。不过，我知道北京曹雪芹学会一直在关注这个问题。而且，日本人一向有重视古籍文献的传统，如果真有这部书稿存世，现在科技昌明，信息畅通，也许会有重见天日的一天。

梅　节　尽管如此，我对《废艺斋集稿》的真实性仍持保留意见。我不相信《南鹞北鸢考工志》的"自序"和扎绘风筝的歌诀出自曹雪芹的手笔。

段江丽　我尊重您的意见。接下来，请您谈谈"曹雪芹画像"的问题。

梅　节　我写的第一篇红学文章是关于史湘云的，发表的第一篇文章则是关于曹雪芹画像的，即《曹雪芹画像考信》。在曹雪芹生平研究中，有一个重要的疑问，就是曹雪芹晚年是否到过南京，并入过两江总督尹继善之幕。这是牵涉曹雪芹品格的问题。其缘起是，1960年代初，在河南发现了一幅陆厚信绘的"雪芹先生"小照，题识中讲到尹继善督两江时曾将雪芹"罗致幕府"。关于这位"雪芹先生"是否曹雪芹，至1970年代末，争论了二十来年仍无定论。在我撰文之前，学界对此事的代表性看法主要有：以史树青先生为代表的一派认为，陆绘小照"是后人所作的赝品"；以周汝昌先生为代表的一派认为，陆绘为真迹，且书中之"雪芹先生"即《红楼梦》的作者曹雪芹。经过认真考察相关资料，我的观点与这两派都有不同，我认为：陆绘为真品，而陆绘中之"雪芹先生"则绝非曹雪芹，而可能是尹继善的幕客俞楚江。

　　段江丽　当时还有另外一幅传说是乾隆年间王冈绘的"曹雪芹小像"？

　　梅　节　是的，是上海文物收藏家李祖韩收藏的一幅画像作品，因乾隆年间题者八人中其一上款署雪琴、其七上款署雪芹而被认为是曹雪芹画像，又因李祖韩题识"此独坐幽篁图小像"而名为"幽篁图"，1950 年代有些关于《红楼梦》的书中印了这幅画像，题为"乾隆间王冈绘曹霑（雪芹）画像"。这幅画像最早由周汝昌先生在《红楼梦新证》中披露，后来胡适曾撰文说他早在 1920 年代即在李祖韩处见过这幅画像，他认为像主不是曹雪芹。关于这两幅画像的像主是否同一人，是同一个人的话此"雪芹"是否曹雪芹，都有不同意见，争论的文章很多。这方面我先后写过 4 篇文章，我的基本观点是：这两幅小像的像主"雪芹"是同一人；而根据已知材料，虽不足以最后确定"雪芹先生"即俞楚江，却足以否定他是曹雪芹。

　　段江丽　尽管两幅画像的真赝似乎仍有争议，但是，目前学界的主流观点应该已经趋向一致，就是像主是曹雪芹的说法缺乏说服力。记得您在《曹雪芹画像考信》中曾强调，关于"雪芹小像"考证，红学界应该关注的主要是"雪芹先生"是否曹雪芹，至于"如果不是，那么此人是谁"的问题并不是重点。我觉得您这个意见非常好。接下来，我们来谈谈有关曹雪芹"佚诗"的问题。

梅　节　曹雪芹"佚诗"是红学史上最大假案，红学界甚至学术界已耳熟能详，苗怀明先生的《曹雪芹佚诗案始末》可供参考。我接触佚诗时，还在《光明日报》学术部上班。我一开始就相信"佚诗"是周汝昌拟补的。1979年我在港刊发表《佚诗的真伪问题》，对佚诗的炮制者提出了批评。"四人帮"垮台后，有陈迩冬、舒芜、张友鸾等揭露于前，梅节批判于后，周氏终于承认"佚诗"是他本人的拟补。但是吴世昌反对周氏"冒认"，给我扣上一顶"'四人帮'留下的虚无主义后遗症"的帽子。我写"佚诗真相"，他辟"辨伪谬论"。我"答吴"，他"再斥"。我无话可说。

段江丽　难怪有学者说，这场佚诗之争最后演变成了您与吴先生之争。我感到有点不好理解的是，吴世昌先生直到最后都坚持曹雪芹佚诗为真，不同意为周汝昌先生拟作。时至今日，您怎样看待这一段公案？

梅　节　吴世昌先生对被欺耍气愤难平，他至死坚持"佚诗"为曹雪芹原作，是要彰显"佚诗"案的祸首是炮制者，他是受害者。我同情受骗的吴先生，始终认为辨别不精，认假为真，是认识问题；而以假混真、欺世盗名，是道德品质问题。

段江丽　值得庆幸的是，"佚诗"案终于真相大白，不再给世人留下疑惑。关于《红楼梦》的作者问题，您有两篇文章，一篇是《关于〈红楼梦〉作者的新争论》（收入《海角红楼》时题目修改为《围绕〈红楼梦〉著作权的新争论——兼评戴不凡〈揭开《红楼梦》作者之谜〉》），另一篇是《谢了，土默热红学！》。在我看来，您这两篇文章有个共同的特点，都非常及时而且针对性很强，所以，在诸多有关《红楼梦》作者之争的著述中令人印象深刻。

梅　节　关于《红楼梦》的作者，作品本身的内证和清代乾隆年间以来的许多外证都已明确指出是曹雪芹，胡适的考证进一步肯定了曹雪芹的著作权，此后虽然也有一些不同意见，但都影响有限。1970 年代末戴不凡发表系列论文提出了"石兄著书、雪芹改作"的新观点，在国内外产生了广泛的影响，对曹雪芹著作权产生了一定的冲击。我在介绍戴不凡的新说的同时，主要强调了两点：第一，《红楼梦》"楔子"里关于作者那一段云山雾罩的说辞，正如脂批所说，"是作者用画家烟云模糊处"，不能作为否定曹雪芹著作权的依据；第二，重新梳理了脂批以及与曹雪芹同时代的读过《红楼梦》的宗室、贵族子弟的记载中证明曹雪芹著作权的资料。

段江丽 您和其他很多学者指出来的这些资料至今仍是否定曹雪芹著作权的学者无法绕过的"铁证"。我发现，同样是维护曹雪芹的著作权，从讨论问题的态度来说，您在"兼评"戴不凡先生的观点时非常谦逊温和，2006 年发表《谢了，土默热红学！》否定洪昇说时则显得尖锐甚至有点尖刻。我好奇的是，为什么会有这种不同？

梅　节 因为戴不凡先生的《红学评述》是真正的学术，土默热先生使"西溪泛红"，没有多少事实根据，客观效果似乎是给某风景区做旅游广告，锦上添花，这牵涉到基本学风的问题。

段江丽 红学界的学风的确是一个值得讨论的话题，我想一会再专门请教这个问题。抛开纷纷扰扰的非学术因素，纯粹从学理上看，您的这篇文章和陈熙中先生《立足于无知的"考证"》一文一起，足以动摇"土默热红学"的根基。

梅　节 是的。"洪昇说"的关键证据之一是曹寅的一首诗，我们且看看土默热对曹寅诗的引用和解释：第一，曹寅诗原题为《读洪昉思稗畦行卷感赠一首兼寄赵秋谷赞善》，清清楚楚说了曹寅读的是洪昉思带去的《稗畦行卷》而不是土默热所说的毫无依据的《红楼梦》初稿。土默热却多次将曹寅诗题修改为《赠洪昉思》，然后毫无依据地指洪昇带了《红楼梦》手稿"行卷"见曹寅。第二，诗歌第四句原为"垂老文章恐惧成"，这里的"文章"指诗文，土默热却将"文章"改为"著述"，然后将此句诗引申为晚年怀着恐惧秘密创作眷怀故国的《红楼梦》。第三，诗歌第七句原为"纵横捭阖人间世"，土默热将"间"改为"问"，然后解释为主谓结构的"纵横捭阖人""问世"，即纵横捭阖的人——曹寅答应资助《红楼梦》"问世"出版，真是连诗句最起码的词语结构、语音节奏都不顾了。这样随心所欲、毫无依据甚至不顾基本语法的擅改能算研究吗？所以我说，土默热自称索隐，其实是做案。

段江丽　正如您在文章中所指出的，"《土默热红学》五十篇文章，六十万字，支柱是曹寅、朱彝尊两首诗"。我在拜读了您和陈熙中先生的文章之后就觉得，"洪昇说"的两个支柱已经倒了，其余已不足为论。关于曹雪芹，除了上述相关的重要论述之外，您还有两个很有影响的观点，一是曹雪芹卒年之"甲申说"；二是曹雪芹与脂砚斋关系疏远说。

梅　节　在有关曹雪芹生平的研究中，生卒年月是个很重要的问题，也可以说是争议最多的问题。关于曹雪芹卒年的"壬午说"与"癸未说"自1950年代起就不断交锋，到1962年，学者们更是开展了大规模的讨论，以便确定纪念曹雪芹逝世二百周年的时间，结果两派各持己见、互不相下，最后这场惊动了国家高层领导的曹雪芹逝世二百周年纪念活动只好折中在1963年8月举行。

段江丽　在"壬午说"与"癸未说"相持不下的情况下，您能另辟蹊径提出"甲申说"，且能迅速获得包括徐恭时、蔡义江、刘梦溪、林冠夫以及日本的伊藤漱平等不少著名红学家的认可，与前两说成鼎足之势，实在令人刮目相看。

梅　节　需要特别说明的是，早在1922年，胡适根据《四松堂集》抄本（付刻底本）中《挽曹雪芹（甲申）》诗作即已提出曹雪芹卒于"甲申（1764）"的主张。不过，1927年购得甲戌本后他又根据"壬午除夕书未成芹为泪尽而逝"这条批语放弃了"甲申说"，改立"壬午说"。还有，关于"壬午除夕书未成芹为泪尽而逝"这段著名脂批可能为多条批语"删并"而成的看法，也曾由徐恭时先生在《脂本评者资料辑录》中提出过。

段江丽　您如此强调新说之渊源，所体现的不止是一种学术规范，也是一种人格精神。事实上，您的"甲申说"并非重复胡适先生之"甲申说"，您立论的关键点是对"壬午除夕"那段脂批的不同句读。我曾认为，在卒年三说中后起的"甲申说"比较合理。不过，最近，比较系统地读了既往关于卒年之争的一些代表性论文以及新近的研究成果之后，我又觉得"壬午说"还是不能轻易否定。请问您对沈治钧、黄一农等先生新近发表的捍卫"壬午说"的新成果有什么看法？

梅　节　我1980年发表《曹雪芹卒年新考》，对甲申"泪笔"重新做了标点，"壬午除夕"上属作为"哭成此书"下批的日期。"壬午说""癸未说"沉默了一些时候。近几年"壬午说"对敦诚的挽诗重新做了解释，抓住了"肠回故垅孤儿泣"句，认为曹雪芹应死在他儿子之先，因为"孤子""孤儿"都是丧父或父母俱丧者特称。敦诚诗注明"前数月伊子殇，因感伤成疾"，也是"孤儿""感伤成疾"。最近细读杜春耕先生发表在《曹雪芹研究》上的《也谈曹雪芹的卒年》一文，有好些观点我都同意，但是不同意利用一句诗的错误表述而倒转敦诚诗的父子关系。挽诗定稿为"孤儿渺漠魂应逐，新妇飘零目岂瞑"，"孤儿"为雪芹之独子，"新妇"为雪芹之妻，"魂"为雪芹之魂，"目"为雪芹之目。"应"为敦诚设想之辞，加上11字注释，无可能作别解。敦诚兄弟的挽诗均写于甲申春，是"壬午说"无法逾越的障碍。

段江丽　看来卒年三说中，"癸未"已较少人提及，"壬午"与"甲申"则仍是见仁见智，很难定谳。接下来，我们再谈谈您提出的曹雪芹与脂砚关系疏远的说法。

梅　节　自从胡适先生购得《脂砚斋重评石头记（甲戌本）》、建立所谓新红学以后，此前闻所未闻的脂砚斋在红学研究中占有了举足轻重的地位。胡适借脂批证成"曹寅家事"说，并且认为脂砚斋即是宝玉，亦即《红楼梦》的主人、作者曹雪芹自己。周汝昌先生在胡适的基础上进一步提出，脂砚斋是史湘云，也是曹雪芹的"新妇"。在新红学影响之下，1970年代我踏入红坛时，简直到了"论红不称脂砚斋，'此公缺典真糊涂'"的地步。正是在这种背景之下，我花很大力气去掌握脂批，把俞平伯1963年版的"辑评"几乎翻破了，做了好几本笔记。熟读脂批之后，我对脂砚斋产生了很多疑问，经过很长时间的思考，最后撰写了《曹雪芹、脂砚斋关系发微》一文，集中表达我对脂砚斋的一些看法，在此文之前发表的《析"凤姐点戏，脂砚执笔"》一文可以说是这一论题的前引。关于曹雪芹与脂砚斋的关系，我的基本观点是：脂砚斋对《红楼梦》不甚了了，其是非好恶不同于曹雪芹；脂砚斋曾干预曹雪芹创作并窜改《红楼梦》原稿；脂砚斋评本有隐去原作者、尽量凸显自己的倾向；曹雪芹与脂砚斋的关系有一个由近渐远乃至疏离的过程，二者关系的疏远甚至导致了曹雪芹对《红楼梦》的冷漠，因而才出现了文本中"留空不补""章回不分""残缺不理"的现象，并任凭后三十回散失。我觉得，红学史上应有脂砚斋的地位，但是，反对"佞脂"，即反对将脂砚斋和曹雪芹划等号，也反对把脂评奉为解读《红楼梦》的钥匙。

段江丽　您将"凤姐点戏，脂砚执笔"这句批语的含义解释为"凤姐点戏的文字为脂砚所加"，即第二十二回凤姐点《刘二当衣》的39字"赘笔"为脂砚斋枉加的文字，并且以此为脂砚窜改《红楼梦》的最典型的例子，我觉得是很有说服力的。再有，我对您所说的脂砚斋是非好恶不同于曹雪芹这一点也有同感。我们的确不宜过于拔高脂砚斋的地位。

三、红楼"内学"：与《红楼梦》相关的问题

段江丽　一般来说，作者、成书年代、版本流传属于外部研究，文本解读属于内部研究。《红楼梦》版本牵涉到成书过程，不再只是刊印、流传的问题。您在《论己卯本〈石头记〉》一文中曾说："《红楼梦》的版本问题，是红学的'内学'之一。"将《红楼梦》版本研究视为"内学"而非"外学"，是很有见地的。或者说，《红楼梦》版本研究需要打通"内""外"界限。下面，我们就由"外学"转入"内学"，谈谈您在《红楼梦》成书过程、版本系统以及本文解读等方面的研究吧。

梅　节　《红楼梦》的成书过程牵涉到作者、版本、脂评等众多问题。我的《〈红楼梦〉成书过程考》是我写得最艰难的论文，费了好几年。文中我主要提出了以下几点看法：第一，曹雪芹写《红楼梦》是断断续续的，成书过程有三个阶段：上三十回、中五十回、后三十回。第二，在三个不同阶段，作品的名称、内容以及创作方法都有不同的改变：上三十回书名倾向于《石头记》，叙事方法上作者尝试以"石头"的视点记录风月繁华之盛；第二十八回之后，曹雪芹的创作进入第二阶段，"石头——记"和"风月——鉴"两条主线渐渐退居次要地位，"红楼——梦"逐渐成为主线，书名也确定为"红楼梦"，随之也放弃了"石头"的视点。第三，评批者脂砚斋不同意改名《红楼梦》，因此在抄录"上三十回"修改本重评时强调仍旧用《石头记》作书名，

以后他整理己卯、庚辰八十回定本也坚持用《石头记》的名字，《红楼梦》因此出现了两个书名和两个版本系统。第四，曹雪芹写《红楼梦》始于乾隆十六年辛未，在乾隆丙子完成中五十回，移居西郊，约乾隆戊寅完成后三十回，这部分稿子后来在脂砚斋等人传阅中散佚。第五，曹雪芹创作《红楼梦》历时八年，除了对"上三十回本"曾进行过小删改外，其他部分脱稿后似未进行过增删，其中缘由值得探究。

段江丽　关于《红楼梦》成书过程，长期以来有"一稿多改"与"两书合并"两种说法。从新近研究成果来看，前者的主要代表是沈治钧先生，认为该书依次经历了《风月宝鉴》《石头记》《情僧录》《金陵十二钗》《红楼梦》几个阶段；后者的主要代表是杜春耕先生，认为今本《红楼梦》是曹雪芹将自己的《风月宝鉴》与他人的《石头记》合二为一再创作而成的。您的观点显然与这二者都不同。

梅　节　我的观点被曹立波老师概括为"断续成书"说。上世纪 90 年代，杜春耕先生做了一个很大的工程，调查"成书"说，开了许多座谈会。将近尾声，我有次到北京，被约谈。在杜先生家，有蔡义江、胡文彬。曹立波那时还是博士生，当记录。我将 1986 年哈尔滨会议上发表的《〈红楼梦〉成书过程考》主要观点说了一下。结果有人说：调研的结果是"一书多改"与"二书合成"两说对峙。曹立波插话说："不吧。听梅先生说，似乎还有'断续成书'一说。"我认为《石头记》《情僧录》《风月宝鉴》《金陵十二钗》等等都是"上三十回"传阅期间，曹雪芹身边亲友圈一些人对书名所提的建议，甲戌本《红楼梦旨意》说"是书题名极多"之说应该是可信的。

段江丽　您关于版本系统的看法也是独树一帜。学界一般将《红楼梦》版本分为脂评本和程刻本，您则提出了存在《石头记》与《红楼梦》两种系统之说。

梅　节　是的。红学界一般将脂砚斋的过录本和定本以及属于这一系统的传抄本称为脂评本，八十回，书名《石头记》；将乾隆五十六年和五十七年程伟元刊行的一百二十回本以及属于这一系统的翻刻本称为程刻本，书名《红楼梦》。从版本源流来说，一种代表性的观点是，程刻本前八十回的底本也属脂本，程本乃删脂本而成，后四十回为高鹗或其他人所续。脂评本与程刻本之间的过渡形态为甲辰本与舒序本等。问题就出在甲辰本与舒序本，它们都在程刻本之前，都题名为《红楼梦》。而且，舒序本无批语，甲辰本大量删批语改原文。通过一些文字比对，我发现，有些甲戌、己卯、庚辰等早期脂本都存在错讹的文字，在以甲辰本为代表的《红楼梦》系统的本子中却是正确的，因此，我相信甲辰本另有渊源，并非来自脂本。也就是说，在脂砚斋整理的《石头记》以外，同时有一个《红楼梦》的本子存在。而且，《红楼梦》的两个不同版本系统与成书过程是紧密相连的。如前所述，曹雪芹起先有意用《石头记》作书名，后来决定用《红楼梦》，且相应改变了写法。可是，批者脂砚斋坚持用《石头记》，甲戌本中"至脂砚斋甲戌抄阅再评，仍用《石头记》"即是明证。这样一来，曹雪芹已改用《红楼梦》，明义有《题红楼梦》绝句二十首，其小序说"曹子雪芹出所撰《红楼梦》一部"等可以为证，脂砚斋则把自己的抄本和定本仍名《石头记》，两种本子同时在八旗贵族子弟中流传。据现有材料可知，怡亲王弘晓抄阅的是脂砚斋四阅评过本《石头记》，富察家及二敦叔侄、永忠传阅的是《红楼梦》。

段江丽　在我看来，您的两个版本系统说可以使程甲本之前甲辰本、戚序本题名《红楼梦》这一现象得到合理的解释。再则，记得俞平伯先生也曾怀疑甲辰本"另有渊源"，您的考证使俞先生的推测在一定程度上得到了落实。在版本方面，您对己卯本与庚辰本之关系也有独到的见解。

梅　节　当时，红学界对己卯本与庚辰本的关系主要有两种意见：一种认为庚辰本是按己卯本过录的，两者是"父子"关系；另一种认为庚辰本并非录自现存的己卯本，己卯本过录自"己卯冬月定本"、庚辰本过录自"庚辰秋月定本"，两者是"兄弟"关系。我在参考了很多学者的研究成果之后做了一些考证，我的结论是，曹雪芹撰《红楼梦》，脱稿于乾隆戊寅、己卯间，脂砚斋于乾隆己卯、庚辰将之整理成定本，己卯年底完成前四十回，于是在第四册的扉页上书上"己卯冬月定本"；第二年，他继续整理，到秋天完成了四十一回至八十回，于是在第五、六、七、八册的扉页分别书上"庚辰秋定本""庚辰秋月定本"的字样，而后面的三十回原稿则因故未曾整理，不久即陆续遗失。所以，我认为，"己卯冬定"和"庚辰秋定"，是脂砚斋四阅评过的定本的前后两部分，而不是两个本子。

段江丽　这个看法的确新颖别致。而且，从您在文章中所提供的论据以及分析逻辑来看，我觉得是能够自圆其说的。此外，您对靖本及版本研究中的讳字问题也很有研究，请再简单谈谈这些问题，好吧？

梅　节　对于曾经一度出现的靖本及毛国瑶先生抄下来的 150 条靖本批语，我觉得可信度是很高的。按常识，我不相信一个二十九岁、在大学读了一年中文系、被打成右派退学在家的年轻人，能串通编造靖本及其批语。我在《也谈靖本》一文中对打假派提出的三项主要"罪证"有一些辩驳，这里就不再重复了。至于抄本时代的避讳问题，我没有专门研究，是刘广定先生《〈红楼梦〉抄本抄成年代考》一文启发了我的一些思考。我要强调的是，讳字虽然是研究版本的一个重要切入点，但是，在断定是否避讳时一定要谨慎。具体就刘广定先生的文章而言，他所提出的己卯、庚辰本"宁"字作"宁"，是避道光皇帝"旻宁"之讳，就很值得商榷，因为自宋元以来"宁"作为"寧"之简体或者说俗体字一直在民间使用。这个例子足以说明，版本研究尤其是通俗小说版本研究中一定要注意俗字问题。至于有些学者希望利用这些不可靠的避讳字判断己卯、庚辰等早期抄本的抄成年代并进而为"程前脂后"张本，则不值一驳。

段江丽　的确如您所说，版本研究中的异体字、避讳字等问题都需要非常专业的文字学知识，否则很容易出问题。现在我们来谈谈您影响广泛的《史湘云结局探索》一文。这篇文章以《红楼梦》前八十回中相关的文本内容和脂批为依据，探析史湘云在曹雪芹原稿中的结局，应该算得上是比较典型的探佚研究吧？

梅　节　是的。曹雪芹的原稿后三十回散失无存，前八十回中又有许多"伏笔"，再加上有些脂批透露了原稿后三十回中的情节，因此，探佚学成为红学的一个重要分支是理所当然的事情。

段江丽　我认为，您的《史湘云结局探索》一文最大的新意和价值就是对第三十一回回目中"因麒麟伏白首双星"一语的解释。

梅　节　《红楼梦》第二十九、三十一、三十二回连续写了宝玉、史湘云与金麒麟的瓜葛，第三十一回戚序本回末批语云："后数十回若兰在射圃所佩之麒麟，正此麒麟也。提纲伏于此回中，所谓草蛇灰线，在千里之外。"前面第二十六回庚辰本批语中有"惜卫若兰射圃文字迷失无稿"等批语，第三十二回又特别通过袭人之口点明此时湘云已经议亲，综合这些资料，大致可以推测史湘云后来嫁了卫若兰，金麒麟在他们的婚姻中起了某种作用。这样，"因麒麟伏白首双星"自然是推断湘云结局的重要线索。这些，俞平伯先生已经做过了。

段江丽　不过，有多则资料显示，在程本一百二十回之外，还有一个被称为雪芹"旧时真本"的《红楼梦》，结局是宝玉娶了史湘云为妻，应了"白首双星"的回目。相信宝湘姻缘故事的人，显然是将"白首双星"理解成"白头到老"了。这种说法影响不小。

梅　节　没错，问题就出在对"双星"的理解上。已故学人朱彤引《大斗记》释"双星"为牛女。我考证发现，从《诗经》时代到唐宋以降，在诗歌、神话故事、民俗传说中，"双星"都是指牛郎织女二星，喻指婚姻时"白首双星"当指一辈子像牛郎织女一样分隔开的夫妇。再加上脂批明言金麒麟隐伏的是卫若兰的故事，因此，我可以比较有把握地推断，"因麒麟伏白首双星"暗示的是史湘云与卫若兰的婚姻悲剧。

段江丽　您对"白首双星"的阐释很有道理。在解决了"白首双星"问题之后，您还根据《红楼梦》文本中的一些材料推断，湘云嫁卫若兰之后，也许是由于因麒麟导致的误会而夫妻分居以至处于"离绝"的状态。据说吴组缃先生在高度评价您的众多研究成果之后，也曾直言不讳地告诫："你的文章也偶然有'钻'的时候，例如悬揣史湘云为何跟卫若兰睽离以至于成为双星，我觉得就不必要那么具体地设想那个过程。"高淮生先生在《考论立新说，辨伪以求真：梅节的红学研究》中则将吴先生所指出的"悬揣"等同于"索隐"，认为您对湘云夫妇睽离过程的推断已走向"索隐"，对此您怎么看？

梅　节　《史湘云结局探索》是我写的第一篇评红文章，旨在批评周汝昌的《真本石头记之脂砚斋评》。周氏以宝（玉）湘（云）姻缘代替木石前盟，将《红楼梦》的悲剧结局改变为喜剧结局，颠覆了《红楼梦》。拙文举出四条材料证明湘云独居兼早丧：回题之"白首双星"，十二钗正册之"云散高唐、水涸湘江"批语，白海棠诗之"自是霜娥偏爱冷"（脂批："不脱自己将来形象")、"花因喜洁难寻偶"（脂批："湘云是自爱所误"），这些都比较明晰，没有问题。第五条：妙玉续诗则比较迂回，解释史湘云、卫若兰婚变过深、过细。吴组缃先生说的"也有钻的时候"指的是这一条。先生的批评是有道理的，我们的确要避免过度阐释。

四、学术精神与红学风气

段江丽 到这里为止，我们已就您在红学方面的主要观点进行了交流。我觉得，在您的研究中，贯穿始终的思路和方法可以概括为"辨伪求真"。您所涉及的都是红学史上的重要乃至重大问题，在相关问题上，无论是"破"还是"立"，都是用扎实的证据说话，体现了严谨科学的学术精神。当年在北京召开的《红学耦耕集》出版座谈会上，张庆善先生就曾指出，《红学耦耕集》"最大的魅力"就在于"体现了治学严谨和科学的态度"；而且，据说吴组缃先生也曾在给您的信函中高度肯定您的系列考证文章，表示"有说服力""科学水平高"。我觉得，这些评价都是客观中肯的。

梅 节 吴先生和庆善先生的溢美之词对我自然是一种鼓励。不过，"辨伪求真"和"严谨科学"的确是我一直坚持的学术原则。而且，我认为，这应该是所有学者都应该坚持的原则。

段江丽 说到学术精神和原则，自然会联想到您对红学界一些不良风气以及一些学者治学态度的批评，您甚至因为一些"过于犀利和不留情面的文字"而被称为红学界的"勇敢斗士"。可否请您谈谈这方面的感想？

梅 节 我早期对红学界风气的关注和反思比较集中地体现在《论"龙门红学"——关于当代红学的幻想》一文中，后来又有几篇有关周汝昌、土默热、邓遂夫等人的文章，在讨论一些具体学术观点的同时，也涉及到了学术功底、方法以及态度等问题，有兴趣的读者可以参看。需要说明的是，论"龙门红学"那篇文章不只代表我个人的意见，在一定程度上也代表了我的朋友陈庆浩及已经英年早逝的马力两位先生的意见，"龙门红学"这个词就是1980年代初我们三个人议出来的，用来戏称某些红学派别的文章。

段江丽　"龙门红学"现在已经被学界广泛引用。从研究方法上说，"龙门红学"似乎专指那些缺乏材料依据、流于想象臆测的红学著述？

梅　节　我们所说的"龙门红学"强调两点，一是当红，有卖点，风靡群众，席卷社会；二是多为闲扯，茶余饭后可作谈资，缺乏学术价值。因为是闲扯，所以，也可以说是一种"创作"——编造，一种"自由心证"的实践。这种方法其实就是索隐派红学的延续，所以，我也称其为新索隐派。

段江丽　您将周汝昌先生的《真本石头记之脂砚斋评》一文当作"龙门红学"的开山之作，将周先生《红楼梦"全璧"的背后》一文当作"龙门红学"的"扛鼎"之作，并将《太极红楼梦》《红楼解梦》等风靡一时的著作当作"龙门红学"的代表作，也就是说，您觉得这些著述都采用了自由心证的研究方法，其观点、结论都是缺乏说服力的？

梅　节　是的，这些著作都有一个共同特点：无实事求是之意，有哗众取宠之心。为吸引读者眼球，论题惊人，理论薄弱，远不能自圆其说，可谓七宝楼台，建在泥沙之上。这种不符合起码的学理逻辑、没有任何说服力可言的所谓研究成果如果大行其道的话，无疑会败坏红学界的风气。所以，我有一种很深的担忧。我之所以会对这些现象提出批评，正如孟子所说："予岂好辩哉？予不得已也。"

段江丽　您曾在系列文章中批评周汝昌先生等一些人有"以假乱真""混淆视听""蒙骗公众"的行为，并努力还原真相。据说吴组缃先生写信给您予以肯定的正是这些文章。沈治钧先生在《红楼七宗案》中将您所做的辨伪求真的工作提升到了"守望学术"的高度。此外，我在网上看到国家图书馆出版社一段关于您的著作《海角红楼：梅节红学文存》的推介词："其中一些论文也有对红学界的一些不良风气的批判，是学术底蕴深厚的著作。全书的字里行间也体现了老一辈学者扎实的国学功底与凛然的学术风骨。"这里，除了深厚的学术底蕴，还特别强调您身上体现出来的"凛然的学术风骨"。在我看来，您完全当得起这样的评价。

梅　节　我从来不敢以红学家自居，我喜爱《红楼梦》，自不免日久生情，不愿人肆意糟蹋它。我入红坛40年，主要就是和种种伪学术作战斗。当然，守望学术、守望红学家园并不是梅某一个人，而是很多有胆识、有真知的学者，还有大批青年研红者。红学的前途是乐观的。

段江丽　在我的印象中，您是一位蔼然长者，谦逊温和，给人如沐春风之感，与文章中的"火药味"似乎格格不入。我想，除了学术责任心之外，您对"真相"孜孜以求的执着态度或许还与您早年的新闻专业背景有关？

梅　节　你这个问题很有意思。或许，我当初那么执着于新闻专业，的确与我凡事认真、眼里容不得沙子的耿直个性有关。对于学术研究，方法、观点不同是很正常的，我不能容忍的是"作伪""篡改"等违反学术规范甚至做人道德的行为。

段江丽　说到周汝昌先生，近日（2017年1月14日）在北京举办了一个题为"周汝昌与现代红学"的专题座谈会，与会者在坦诚融洽、平和理性的气氛中展开了热烈讨论，并在很多问题上基本达成了共识，比如说，张庆善会长提出，对周汝昌先生，我们应该充分肯定其在红学史上的地位，充分认识其对红学的贡献，同时应该全面细致地梳理围绕周老的研究方法和红学观点所产生的争议及其原因，从而进行实事求是的评价。再比如说，孙伟科先生提出，真正尊重对手，就是要认真讨论问题，周老值得尊重，严厉批评周老的人也值得尊重。我个人很认同这些说法，不知您对此有何看法？

梅　节　我赞成举行"周汝昌与现代红学"讨论会，将周汝昌问题摊到阳光下，评定周先生在红学发展史的地位，评定他的功过。周先生的红学研究有对有错，他留在群众中的影响有好有坏。正面的东西，要评功摆好，一条条记录下来。负面的东西，也应直说，包括学行和人品。会议很刺眼的缺少几位批评周先生的人物，沈治钧、胥惠民等，梅节老了，但如果策划者通知一声，梅某即使不能与会，也会提供一个书面意见。唯物主义者是无所畏惧的。要想让这类会议成功，一是要出自公心，二是要有充分的准备。

段江丽　最后，还有一个问题，希望您能为年轻学者指引门径。时至今日，面对汗牛充栋的红学成果，很多人尤其是年轻学者都有一种红海无边、无从下手的感觉，在红学研究的选题方面您能否给年轻人一些建议？

梅　节　1990 年代初，我初入红学与金学领域之际，我的老师、当时红学会会长吴组缃先生特意捎话给我说："红学金学都是当今热门的学问，你能够在不长时间内两方面都有所表现，总算难得。但是要谦虚。在报刊上发表几篇文章，形成一定的知名度，还是比较容易的。重要的是能抓住一些重大问题，深入研究下去，造成突破，建立新说，沾溉后学，传之后世，这就不容易了。希望你不满足于虚名、浮名，努力攀登学术的高峰。"吴先生的告诫，我一直奉为学海导航的指南针，这里，愿以此与年轻学子们共勉。

　　段江丽　您以系列论文在红学史上独步一时，卓然成家，的确罕见。我想，最重要的原因之一就是您抓住了许多红学史上的重要问题，以丰富的材料、独到的视角提出了能够自圆其说且极富说服力或启发性的一家之言，正如陈庆浩先生所说的，您"往往能言人所未言，见人所未见"，从而成为红学史上一座重要的高峰。学术本来就是薪火相传的事业，您没有让吴组缃先生失望，相信您辨伪求真、守望学术的精神及风骨同样会春风化雨、后继有人。谢谢您两次接受我的长时间访谈，并通过邮件，反复多次交流"访谈"的许多细节。恭祝您学术之树常青、生命之树常青！

（本文原载《文艺研究》2017 年第 9 期）

松柏经冬逾苍翠

—— 贺梅节先生九秩华诞

张庆善

前些时候，友人对我说梅节先生快 90 岁了，朋友们要好好给先生祝祝寿，我听了很是吃惊："什么，梅先生要过九十大寿了？"我的吃惊不是装出来的，因为我从来没有意识到梅节先生已经如此高龄了。我和梅先生相识多年，非常熟悉，他是中国红楼梦学会的顾问之一，德高望重，是我非常敬佩的师长，他留给我的印象总是那么充满活力，看问题总是那么敏锐，说话的语速也总是那么快，文章更是犀利。在我的脑海中梅先生总是那么"青春"，怎么会是九十岁了呢？

毫无疑问，梅节先生是当代红学界很有成就、很有影响的红学大家。称呼梅先生是红学大家，决不是为了忽悠老先生高兴的夸大其词，也不是为了祝寿的溢美之词，红学大家的称呼，梅节先生是当之无愧的。是不是红学大家，不是看年龄，不是看名气，主要看学术贡献，看你的学术研究成果对推动学术发展起了多大的作用。梅节先生在《红楼梦》版本研究、《红楼梦》成书研究、曹雪芹卒年研究、《红楼梦》著作权研究、有关曹雪芹"文物"的辨伪考证及当代红学诸多问题的研究等方面，都有着自己鲜明独到的学术观点，对新时期红学的发展产生了重要影响，做出了重要的贡献。

在《红楼梦》研究中，有许许多多的问题和争论，歧义很多，往往在一个问题上有几种观点，争议不下。当然有些争论没有多少学术含量，你的学术观点如果能被称之为学术上的一"说"，那都是很了不起的。记得若干年前，一个人给我打电话，指责我为什么不在《红楼梦学刊》上发表他的文章，还说"百花齐放，百家争鸣嘛，我的观点不也是一家么"！我回答说："你的观点的确与众不同，标新立异，但毫无文献根据，'考证'时竟然没有一条文献史料，全凭主观猜测想象，你这样的'考证'谁敢相信，你这能算'一家之言'吗？"的确这样，学术研究是严肃的事情，不能像创作小说一样，可以来点"虚构"。现在确实有些所谓的"研究者"，读《红楼梦》时没把《红楼梦》当作小说来读来研究，解读《红楼梦》时又像是在创作小说。而梅节先生治学的最大特点就是严谨，无论是考证还是论述，都坚持实事求是的治学态度，他对所谓曹雪芹佚著《废艺斋集稿》的质疑、对河南博物馆藏陆厚信绘"雪芹先生"小像的质疑、对"曹雪芹佚诗"的质疑、关于曹雪芹著作权的论争、对土默热"红学"的批评、对"靖本"真实性的看法、对"龙门红学"的批评等，都表现出梅节先生性格的刚直不阿、看问题的敏锐以及论辩的严谨和深厚的学术功底。

梅节先生在红学上的贡献很多，尤其在己卯本与庚辰本关系的研究上，在《红楼梦》版本系统的研究上，在曹雪芹卒年的研究上都有自己的独到见解，是学术界公认的"一家之言"，这都是梅节先生对红学的贡献。

己卯本与庚辰本关系是《红楼梦》版本研究中的大问题，由于己卯本和庚辰本在《红楼梦》版本系统中的重要地位，搞清楚二者的关系一直是《红楼梦》版本研究专家们绕不过的话题。在这个问题上，比较有影响的观点有两种：一是认为庚辰本过录己卯本，即二者是"父子关系"；二是认为己卯本是过录自"己卯冬月定本"，庚辰本过录自"庚辰秋月定本"，二者是"兄弟关系"。梅节先生在对己卯本、庚辰本认真地分析、比较、研究之后，提出了第三种观点，认为曹雪芹撰《红楼梦》脱稿于乾隆戊寅、己卯间，脂砚斋于乾隆己卯、庚辰年间将之整理成定本。己卯冬完成前八十回，署"己卯冬月定本"；庚辰秋完成后四十回，署"庚辰秋月定本"。因而"己卯冬月定本"和"庚辰秋月定本"，是脂砚斋四阅评过的定本的前后部分，而不是两个本子。需要指出的是，几乎同时另一位著名的《红楼梦》版本研究专家林冠夫先生也提出了"己卯庚辰本"的观点，两位《红楼梦》版本研究专家可谓心有灵犀一点通，梅先生、林先生的观点非常有说服力，得到很多专家学者们的认可。

关于《红楼梦》版本系统的研究，又是红学的大问题，过去人们一般认为《红楼梦》版本分为脂本和程本两大系统，这几乎成为红学界的共识。但梅节先生在对《红楼梦》诸多本子的深入研究特别是对甲辰本的深入研究之后，认为把《红楼梦》版本分为脂本和程本两个系统，并不能反映版本流传的真实情况，正确的区分应该是《石头记》和《红楼梦》两个系统。就是说，曹雪芹的小说尚在贵族子弟的小圈子中传阅阶段，便存在《红楼梦》和《石头记》两个本子，它们同源异名各自流传。甲辰本、程本前八十回并非出自脂本，而是来自原先的一个名《红楼梦》的本子。从而梅节先生提出了《红楼梦》版本系统的新观点，即分为《红楼梦》版本系统和《石头记》版本系统。梅节先生两个版本系统新的观点的提出，无疑对探讨《红楼梦》的创作和成书过程，具有重要的学术价值。

梅节先生对《红楼梦》版本研究有这些创见，确实很了不起，表现出他对《红楼梦》版本研究达到很高水平。我非常喜欢读梅节先生《红楼梦》版本研究的文章，我曾向许多年轻的朋友推荐看梅节先生的文章，我说能把《红楼梦》版本研究的文章写的那么好，那么好读，论据充分，流畅明了，是非常了不起的，这是真学问真功夫。

说到梅节先生的学术贡献，就不能不提他在曹雪芹卒年研究上提出的"甲申春说"。关于曹雪芹卒年争论了几十年，主要是两大观点，即"壬午说"和"癸未说"。1962年为纪念曹雪芹逝世200周年，曾就曹雪芹的卒年展开了一场大讨论，但结果还是"壬午说"和"癸未说"各占据半壁江山，谁也说服不了谁。自那以后至今，这仍是一个争论不休的话题。争论的焦点在对一条脂批的认定与敦敏《小诗代简寄曹雪芹》的写作时间的认定上。1980 年《红楼梦学刊》第二辑发表了梅节先生《曹雪芹卒年新考》，在这篇文章中梅先生提出曹雪芹卒于甲申年春天的观点，一时引起广泛关注。据我所知，很是有些人接受了梅先生这个观点。从此，"甲申说"与"壬午说""癸未说"一起，成为曹雪芹卒年三大说之一。在《红楼梦》研究中，各种新说可谓层出不穷，为什么梅节先生的"甲申春说"能够成为大家认可的"一说"呢，这主要是梅先生的新说是建立在严谨的学术论证的基础之上，特别是他对那条脂批新的"句读"令大家眼睛一亮。梅先生的主要观点是，"能解者方有辛酸之泪哭成此书"一段批语是"复合批"，是 3 条各自独立而又互相关联的批语组成，其中"壬午除夕"并不是曹雪芹卒年的记载，而是畸笏叟批语的系年。如果梅节先生的新说成立，曹雪芹卒年"壬午说"和"癸未说"，都失去了依据。尽管人们对梅节先生的"甲申春说"还颇有争议，但梅节先生"甲申春说"的提出，并非主观臆测，而是有相当的论证分析，包括对文献史料的考证分析，因此对深入展开曹雪芹卒年的研究，开拓新的视野，有着重要的意义。

我与梅节先生第一次见面，应该是在 1997 年 8 月在北京举办的国际《红楼梦》学术研讨会上，但因那次开会我担任大会秘书长，主要精力是忙于会务，实际上并没有和梅节先生有什么接触。真正算是相识应该是 1998 年 9 月去台湾举办《红楼梦》文化艺术展，我是那次展览的总策划，梅节先生是作为著名专家学者被邀请到台湾参加相关学术活动的，我们同住在台北的亚太会馆，故有了真正的接触，算相识了。记得那次梅节先生的夫人汤燕南也陪着梅先生一起去的台湾，汤老师人非常好，话不多，文静优雅，为人善良。

真正认识梅节先生，一是看他的文章；二是梅节先生到北京来，朋友之间的聚会。特别是在杜春耕先生家里的聚会，大家一起海阔天空地神聊，当然主题是有关《红楼梦》研究的许多事、许多人、许多问题……

在写这一篇祝贺文章的时候，我的心情是既感慨又感动。从第一次在北京国际《红楼梦》学术研讨会上见到梅节先生，至今整整 20 年了。人们回头看，发现时间过得真快，二十年的光阴，祖国大陆变了，回归祖国的香港变了，红学事业也有了很大的发展，而梅节先生还是那样充满了活力，还是那样敏锐地看问题，还是那样刚正不阿、嫉恶如仇，还是那样"青春"。说到这里我想起季羡林先生在《九十抒怀》一文中曾风趣地说："杜甫诗有句'人生七十古来稀'，这说的是古人的情况，今天的老百姓却创造了三句顺口溜：'七十小弟弟，八十多来兮，九十不稀奇。'"季老说："这也是完全正确的，因为它符合实际情况。"我借用季老的话说：这几句顺口溜对梅节先生是完全正确的，因为它符合梅节先生的实际情况。杜甫说"人生七十古来稀"，我们可以说如今九十不稀奇，如今百岁也不稀奇。我衷心地祝贺梅节先生九十华诞，祝梅先生健康长寿！

2017 年 1 月 20 日（丙申年腊月二十三）于北京惠新北里

远迹海隅　潜心著述

——我们所认识的梅节先生

程鲁洁

　　这些年来，在乱花渐欲迷人眼的金学（《金瓶梅》之学）和红学领域，有一位隐居于海隅，较少参与学术活动，却又研究成果斐然，颇受人敬重的年长学者，那就是梅节先生。梅节先生是著名的《金瓶梅》和《红楼梦》研究专家。在冯其庸、李希凡主编红学界颇受推崇的《红楼梦大辞典》中，有"红学人物"一栏，收红学史上各个时期的中外研究家共 226 人，其中冠以"红学家"称号的有 16 人，包括王国维、蔡元培、胡适、俞平伯这些大家。而梅节先生也列名其中，可见红学界对梅节先生地位与成就的肯定。然而，"红学家"甚至"金学家"的头衔，于梅节先生来说，只是他的副业的成就而已，严格来说，梅节先生的主业应该是一名出版家。20 世纪 50 年代，梅节先生北京大学毕业后分配到《光明日报》国际部工作。在 1977 年移居香港后，他在好友开办的星海文化出版有限公司，出版了《全校本〈金瓶梅词话〉》，1992 年，梅节先生创办自己的出版社梦梅馆，自任总编辑。因此，在我们眼中，梅节先生比其他学者更为亲近，也算是出版界的同行了。

　　梅节先生与我社的交往缘起于《〈金瓶梅词话〉校读记》《瓶梅闲笔砚》和《海角红楼》这三部著作的编辑出版。从清代的"开谈不说《红楼梦》，读尽诗书也枉然"到红学的确立与形成热潮，几百年来，《红楼梦》一书引起各阶层各行业的关注热潮，经历了旧红学、新红学和当代红学三个时期。

从上世纪 80 年代开始，国家图书馆出版社依托全国各大图书馆，形成了立体的"红学书系"的出版。"红学书系"由"文本、版本系列""学术研究及相关文献系列""红楼文化及普及读物系列"三方面内容组成，总体形成了从"作品本体"到"学术研究"到"衍生影响"三足鼎立的局面。国家图书馆出版社陆续在"文本、版本系列"方面出版了《蒙古王府本石头记》《郑振铎藏残本〈红楼梦〉》《北京师范大学藏脂砚斋重评石头记》《脂砚斋重评石头记甲戌本》《甲辰本红楼梦》《卞藏脂本红楼梦》《（程甲本）红楼梦》《（程乙本）红楼梦》《（双清仙馆本）新评绣像红楼梦全传》《（东观阁本）新增批评绣像红楼梦》等。在"学术研究及相关文献系列"方面出版了《〈红楼梦〉研究论文资料索引》《石头记鉴真》《论石头记乙卯本和庚辰本》《〈红楼梦〉刘履芬批语辑录》《〈红楼梦〉的版本及其校勘》等 27 种专著。在"红楼文化与普及读物系列"方面出版了《稀世绣像珍藏本〈红楼梦〉》《红楼梦图咏》《评书红楼梦》《红楼之花》《红楼情侣》等。

在国家图书馆出版社"红学书系"图书的出版中，红学爱好者和藏书家杜春耕先生与社里的资深编辑殷梦霞女士逐渐熟识。梅节先生与殷梦霞女士的认识也来自杜春耕先生的穿针引线。梅节先生的性情与殷梦霞十分契合，他的著作《〈金瓶梅词话〉校读记》《瓶梅闲笔砚》均由殷梦霞担任责任编辑出版。国家图书馆出版社是一家致力于整理影印中文古籍和出版学术著作的出版社，而我一直以来从事古代文学中的小说还有戏曲的学习研究，国家图书馆出版社的出版理念十分符合我的专业及我对古籍的向往。在最初进入国家图书馆出版社工作时，办公室架子上一摞摞古籍的复印件带给我一种熟悉的感觉。更幸运的是，我进入国家图书馆出版社工作后，得到了经验丰富的殷梦霞老师的引领与指导。《海角红楼》就是我在她的指导下担任责任编辑出版的梅节先生的一部著作。

十几年间，梅节先生的著作陆续出版后一直与我社保持着良好的关系。梅节先生豁达乐观、耿直善良的人格魅力和不忘提携奖掖后学的精神也展现在与他交往密切的殷梦霞老师与我面前。梅节先生的学术成就让我们赞叹，他的为人与精神也让我们感动。

在我们眼里，梅节先生是一位经历丰富，以勤奋弥补所处环境不足，最终取得大成就的学者。

梅节先生研究颇勤，著作颇丰。虽然梅节先生在国家图书馆出版社仅出版了3部著作，但他的学术功力与成就却完美的体现在这3部书中。

2004年，梅节先生校勘的《〈金瓶梅词话〉校读记》在北京图书馆出版社（国家图书馆出版社前身）出版。《校读记》是梅节先生从1985年开始校订《金瓶梅词话》近20年的成果。1988年，梅节先生出版《金瓶梅词话全校本》，1993年出版《〈金瓶梅词话〉重校本》，1998年陈少卿抄录三校本并随后线装出版，直至近年，梅节先生仍本着学海无涯的精神反复进行《金瓶梅词话》的校改。关于《金瓶梅词话》的校订，梅节先生自己也感慨：原本以为在前人校本基础上择善而从，不会太难，可真正着手之后，才发现《金瓶梅》是俗文学的宝库，有名的大百科全书。要读懂它，需具备许多知识。为此梅节先生涉猎佛典道藏，研究科仪宝卷、释道疏式，收集有关方言和俗字的资料。《〈金瓶梅词话〉校读记》是梅节先生三次校订累积的成果，征引文献近500种，集得校读记7400余条，按照《金瓶梅词话》的卷数回目排列，有这一册书在手，崇祯本、张竹坡本等各版本的《金瓶梅》差异一目了然，《金瓶梅》中难以理解的方言和俗语也能知道来龙去脉，甚至有些版本差异梅节先生也做了成因的探讨。《金瓶梅词话校读记》极大方便了读者对《金瓶梅》版本的研究，也是对《金瓶梅》进行深入研究的引路之书。

梅节先生之所以能对《金瓶梅》和《红楼梦》有诸多研究成果，不仅仅是他几十年如一日的潜心研究，更多的是得益于他扎实的中国传统文学造诣。而说起梅节先生的求学经历和传统文学造诣，则堪称一部"传奇"。梅节先生生于广东，是广东台山人。1942年，梅节的父亲应聘到越南堤岸广肇医院任职，两年后，梅节也被接到越南。在人们印象里，作为华侨在国外学习，纵使能有家庭的氛围保持中文的传统，国学也不可能学的多好。可是恰恰相反，在越南六年的学习，梅节打下了坚实的国学基础。中学毕业后，梅节回国升学，以第一志愿考入了燕京大学新闻系，并免修大学一年级国文，连中文系老师都啧啧称奇。可对梅节来说，这并不是多奇怪的事情。因为他在越南就读的知用中学，教学用语是普通话，侨校用的是商务印书馆和开明书局出版的课本，学习环境安定，得以专心阅读与学习传统文化。家学的渊源、天生的悟性与后天的努力使得他取得了同时期国内名校的同学所取得的成果。

但因为梅节是南方人，在做《金瓶梅》甚至《红楼梦》研究时，南方人这一身份也成为一些人攻击他的理由，说他没有资格校点《金瓶梅》。其实，这完全是误解，梅先生说话虽然有极重的台山口音，但从中学起，他就开始用普通话交流，之后在北京生活27年，以至到香港后的40年，家中用语都是普通话。他们也许不知道，明清大语言学家顾炎武、戴震是吴语系南方人，近代赵元任、吕叔湘，也是吴语区人，王力属粤语区人。吴粤方言，都有入声。既懂普通话，又懂吴粤方言，有利于古代语言材料的接受和理解，对研究《红楼梦》《金瓶梅》以及其他古典长篇白话小说，有极大帮助。例如，瓶书有些难字，如"朔不出的鳖老婆"的"朔"，"仆到床下"的"仆"，"赖了钟儿"的"赖"，"偾酒来"的"偾"，"走跳"的"跳"，"雌汉子"的"雌"，"搏着他脸"的"搏"等等，北方语系的注释者都似乎已"相见不相识"，但在粤语口语中却是常用字。

《金瓶梅词话》的语言是大运河的语言，贯通南北，非常复杂。梅节校本，肯定有误校漏校之处。但是他最大贡献，不是逐字逐句恢复旧词话（这也不可能），而是根据对《金瓶梅》的深入研究，综合前人的研究成果，建立一个"可读的，较少错误、接近原著"的《金瓶梅》新文本。新本比较全面的校正了原本错讹衍夺，恢复词话流畅、活脱的话本风貌，其可读性可与四大奇书的《三国志演义》《水浒传》《西游记》比美。全校本1987年出版，已逾30年；重校本1993年出版，至今仍被视为较好的瓶书普及本流行于华语区；2007年台湾里仁书局出版三校定本，10年间刷印26次，2017年一年刷6次。台湾许多大学博士、硕士论文，早就将梅校本列为《金瓶梅词话》的"古籍原典""小说原典"加以引用。群众是最后的判决者，历史终将做出结论。

梅节先生在明清小说尤其是《红楼梦》《金瓶梅》的研究中用力最勤，也取得较高成就。但严格来讲，梅节应该算是一位杂家。他文史基础较厚实，却选读新闻。大学四年，却肆力攻读马克思主义理论，学校拟送他去做理论研究。几经折腾，他分配到《光明日报》国际部。他读《奥本海国际法》和《左传》《战国策》，对《春秋左氏传》的作者问题十分感兴趣。从六十年代起他又回到经学和史学。按照经学史传统的说法，《春秋左氏传》原名《左氏春秋》，作者是"鲁君子左丘明"。梅先生对此表示怀疑。通过对文本的解读与研究，他形成了自己的看法和结论，认为《春秋》是鲁史，《左氏春秋》（含《国语》）是居华夏之中的郑国的大档，包括子产、大叔主政时期搜集的情报资料。梅节先生建立在文本和考证基础上的研究，应当说是恰好契合了胡适先生提出来的"大胆假设，小心求证"的文史研究方法。梅先生原拟在红学、金学著作出版后，将《左传》研究成果整理发表。但年逾八四，独学无侣，无研究单位可依托，查资料不便，只得放弃。他将以另一种方式，将观点和材料传给下一代。

梅节先生对命理学也颇有兴趣且有独到研究。传统的易学及八字命理，梅先生颇精通，撰有《国运》一书。命理之学，虽然玄而又玄，但其实历史上不少清明的智者是相信且有深入研究的。大概对传统文化浸淫颇深的人总免不了对命理的总结与研究，而对这方面的了解也更能帮助学者对明清小说和传统文化的研究。

回顾梅节先生从青少年时期取得的成果，到他年逾不惑移居香港后的孜孜不倦的研究经历，梅节先生一生并不讲究师承门派，也不参与学术界的诸多论战。梅节先生居于香港青衣岛，那里风景优美，他不太关注学术界的研究热潮，也不理会一些学者的争论，他凭自己的本心做学术研究，对学术界一些看不惯的现象撰文批判，不在乎是否得罪了其他学者。近些年来，梅节先生因年事已高，参加学术会议比较少。因此，梅节先生看起来更像是学界的隐士，居于一隅，怡然自得，却仍然心怀学术，不辍研究。

特别值得一提的是，和一般学者自己沉浸于《金瓶梅》的研究不同，梅节先生的研究则有来自贤内助的帮助。对于自己身为南方人，梅节先生不认为这是自己从事学术研究的障碍。他曾透露，自己对《金瓶梅》中许多俗语俚语，不仅亲自从古代汉语中考证，还特意询问太太。梅太太原籍江苏，在北京长大，曾寄居于老北京家庭，故对南北方言，都比较了解，也确实在梅节先生的《金瓶梅》《红楼梦》研究中提供了颇多帮助。从上世纪梅节先生从事《金瓶梅》校勘开始，所有的资料都是由梅太太录入电脑中，包括一百回的《金瓶梅词话》，还有前后三次的校勘，资料分门别类的整理。平时大家写给梅节先生的邮件，也都是由梅太太收取整理。我们写给梅先生的邮件，总能及时得到亲切回复。因此确切的说，梅节先生的成就少不了梅太太的勋章。

在我们眼里，梅节先生是一位不拘小节，关心后辈，提携后进的慈祥长者。

虽然梅节先生长于校订考证，所著文章一层层深入，证据丝丝入扣；但梅节先生的个性却并非如文章所体现的那样严肃认真，反而幽默、随和，有着岁月雕琢后的温润气质。

《海角红楼》一书印好后，为了更好的宣传这套书，我们决定做一百册毛边书，并且在扉页上盖上梅节先生的印章以增加收藏价值，当我在邮件中忐忑不安的提出这一要求后，梅节先生一口答应，并且立即从香港寄来了他的2枚个人印章，丝毫不担心私章给我这未曾谋面的人会有不妥。

2013年10月的一天中午，我在办公室突然接到梅节先生从香港打来的电话。梅节先生严肃的问我，他看到的对《海角红楼》那段评介性的文字，是谁所写。我听后战战兢兢，不知道是否有些字句不够恰当，却只能硬着头皮承认是我对《海角红楼》一书写的简介，本意是对这本书做出版介绍与宣传。

没想到梅节先生听后却高兴的说，他一直在找这段评价出自谁手，他觉得是对《海角红楼》很中肯的评价。其实我写的也就是我的心声和对《海角红楼》的读后印象而已。但梅节先生却不吝称赞。从中也可以看出梅节先生积极褒奖后学，鼓励年轻人的宝贵品质。后来，在与梅节先生通话过程中，我提到想重拾对古代小说的研究，梅节先生又二话不说立即给我寄来了他的《梦梅馆校本金瓶梅词话》，后来还几次打电话，询问我书读的如何，有何研究心得。我向梅节先生感叹，想做研究却时间不够时，梅节先生以自身为例勉励，说他做《金瓶梅》的研究时，也都是利用下班后晚上别人睡觉娱乐的时间来做，鼓励我趁着年轻多做出成绩。

由于梅节先生的引荐，香港大学的青年学者洪涛也与我社联系，出版了他撰写的结合东西方研究方法的《〈红楼梦〉与诠释方法论》《女体和国族：从〈红楼梦〉翻译看跨文化》二书。梅节先生对青年学者也是本着鼓励与关爱之心。

2016年10月，暨南大学主持召开第十二届《金瓶梅》，在这次会上我终于见到闻名已久的梅节先生。梅节先生已八十多岁，笑容可掬，衣着得体。在会后，不少参会的青年和学生请梅节先生签名，气氛十分热烈，甚至占用了梅节先生的午休时间，梅节先生却无一推辞，给每人认真签名。

我们所见到的梅节先生，已经收敛了以前的任侠、热情，成为一位豁达、谦和的老人。他笑容慈祥，眼里充满睿智，甚至说起有人讥讽他作为南方人还校勘《金瓶梅》时，也并无任何觉得冒犯的气愤，只是作为一个笑话一笑而过而已。他的乐观豁达的精神，贯穿他的一生，少年时期经历的颠沛流离，青年时期对政治学感兴趣却不得不放弃的无奈，中年时期痛失结发的悲痛，晚年时期退而不休过上并不算富裕的生活。面对并不算平坦与一帆风顺的经历，梅节先生仍然认为他是一个走晚运的人。大概只有特别豁达的人才能如此看开。

晋代王康琚《反招隐诗》曾写诗道："小隐隐陵薮，大隐隐朝市。"梅节先生居于祖国海角一隅，有着山中高士的高尚品德，磊磊风骨，又有着特别豁达坦荡的精神，是我们编辑眼中非常独特的一位有着隐者的风范、又有着大智慧的学者。

2017 年 8 月于国家图书馆出版社

海角老梅　心系红楼

——《梅节红学文存》识读断想

吕启祥

　　2012 岁在壬辰龙年，春节前后，受梅节先生嘱托，要春耕兄和我为他已经集稿成书的《海角红楼》作一校读。版本、成书等项，春耕在行，自能胜任；在我只不过较春耕年长，自幼学繁体字长大，于此较为敏感，能看出若干错字而已。因此，虽过了一遍，我仍坚持请梅节先生最后看一遍为妥。实际情况如此，梅序中说"终读校对"是过奖了。

　　集内诸文，我是在几十年间陆陆续续得读的，此时有机缘一气读下来，觉得厚重，涉及面广，曾想写点什么，力不从心搁置；倏忽又过数年，今梅先生已米寿，来电嘱文，我不能再迁延，遂奉刘姥姥哲学，守多大碗儿吃多大饭，识读所至，夹叙夹议，不能全面，更欠"学术"，亦在所不计了。

——

　　《海角红楼》于 2013 年出书后，梅先生广赠学界友人。在 2014 年上海《红楼梦研究辑刊》第八辑上看到了吴营洲先生的书评，衷心认同并深佩吴先生对梅著的评说。乍一看题目《梅节：红学界的杂文家》有点担心是否突出局部难概全盘，细读全文才领略到吴文不仅涵盖梅著各篇，而且由表及里，由犀利深密的文字具象体察到背后仁厚博大的人文情怀。这是十分难得的确评。笔者得到此书，也有一些直感，简单说来是这样几句话：辨伪之文成绝响，版本卒年新视角，史料钩沉示后人，直面当下敲警钟。也许因为笔者较吴君年长，感受要复杂一些；但梅先生是学界前辈，涉红比我早而且深，我无力就上举各项逐一展开，只能从自身感知略说过程。

比方说有关曹雪芹的佚诗、佚文、小像以至其他的文物，由于曹公留下的真实可靠的遗迹实在太少，人们渴望知晓、希望其为真的心情是可以理解的；但真迹必须有据，经得起推敲驳诘，才能取信于世。在这里，辨识其伪和论证其真同等重要。于今，佚诗、小像等真相已白；然而《废艺斋集稿》的真伪却大成问题。犹记昔年陈毓罴、刘世德、邓绍基诸先生的辨伪文章，梅先生于70年代就已参加此项论辩。三十多年过去，陈、邓两位先生已经作古，刘先生将当年之文收入文集。唯有梅先生，不仅将70年代之文重新修订补充，并在新世纪再次发表。历来人们公认，天地之间曹公著有《红楼梦》之外仅存两句佚诗，而时下大有将《废艺斋集稿》当作另一重要曹著之势。对此，媒体宣传已言之凿凿，笔者以为应持慎重态度。存疑，似乎是更为妥当的一种选择。

本来，辨伪和证真同样是难度很大的学术工作，需要具备历史文化、文献考古、以至文字学、书画诗词等多方面的学养，还需要熟悉曹雪芹的家世交游、时风习尚等等。笔者不具备这样的条件，向来不敢置喙；然而却关注也十分尊重相关的见解，包括珍惜梅先生深思熟虑几成绝响的辨伪之作。

又比方说，在世的前辈学者中，自学成材或出自名校者都有，但曾经就读燕京大学，了解1949年前后燕园故实和历史风云的人却属寥寥。梅先生1950年入燕大，身处其时其地，就自身的所闻所见，翻检旧文，排比时日，撰成"以甲戌本的借阅、录副和归还为中心"来考察周汝昌与胡适"师友交谊"之真相，就中的曲折逶迤，幽微隐显，非知情者、有心人不能厘清。或问梅先生和周老有旧怨吗？答曰二者"素昧平生，向无恩怨"，吴世昌先生一度还斥责梅"包庇"周，视为周党。可见梅先生是就事论事，完全从为人为学的品格出发，凭的是学者的良知。

梅文所叙说的是六十年前的事，相隔一个甲子，不消说中青年不了解，就是如我这样虽已上了年纪却资浅的人亦所知甚少。红学水深，不仅治学术史者，即便是涉红的普通学人，亦应领会老梅存史鉴今的良苦用心。

以下，想具体谈谈梅著在学问上学风上对我的启示和教益。

二

此书各篇结集前，我最先看到并关注的是80年代初期梅先生《论〈红楼梦〉的版本系统》一文。说实在的，虽则早闻梅节之名。他70年代所写辨伪诸文也听说过，但一则文章在香港发表，再则讨论佚诗等私见以为学问大，是前辈的事，自己不甚关心。而论版本之文则不同，它同我所做的基础工作直接相关，提供了一种新视角，使我眼界大开。

记得这一篇文章也是刊载在香港报刊上的，当时的《红楼梦学刊》只是刊登了一个提要。我为了它的新鲜、能获取新知而找了来读。本来，在《红楼梦》校注组我是一个地道的后学，在工作中逐渐了解了《红楼梦》的版本概况，知道有抄本和刻本即脂本和程本两大系统，前者比较接近曹著的原貌，所做的人文新校本就是以脂本为底本的。我愿做普及工作，曾费工夫将人文社的两个普及本做了对校，意在使普通读者了解脂本的特点。对于版本的源流未曾探究，一直保持两大系统的习惯看法。如今读到梅先生的论文，提出"把《红楼梦》版本分为脂本和程本两个系统，并不能反映版本流传的真实情况"，事实是小说在亲友中"传阅阶段，便存在《红楼梦》和《石头记》两个本子。它们同源异名各自流传。甲辰本、程本前八十回并非出自脂本，而是来自原先的一个名《红楼梦》的本子。"弄清这个问题，不仅有助于合众本所长整理出较优秀的本子，而且有助于解决红学研究中的许多难题。

今天回看，这也许已成常识，但三十多年前于我确是新知。人文新校本是一项集体成果，主持其事的冯其庸先生经研究确定以庚辰本为底本，大家是尊重的，冯先生个人有《论庚辰本》的专著，学界有不同意见也很正常。

但据我自己在实际工作中观察和体会，冯先生也并不那么拘泥，往往也会采用庚辰本以外的文字。不妨以梅文中一系列的例证来看，为了论证《红楼梦》系统的本子文字自有优长并非出自脂本，文中一气举出六例。其中例五关于林黛玉眉眼的可以不论，因所据的俄藏本 1986 年 6 月方出版，在梅文之后。有四例新校本所取均为梅文中《红楼梦》系统为甲辰本的文字，如三十六回的"近水"，五十三回的"外明不知里暗"，五十六回的"行无为而治"，七十五回庚辰缺，在校记中补出。可见在校勘实践中是注意到了尽量集众之长的。冯先生高龄，已竭尽全力，参与此役之主力先后有林冠夫和胡文彬先生，他们对版本源流的研究都远胜于我。作为一个参与其事的过来人，我深知新校本并不完善，梅先生此文仍不失当下的现实意义。

至于本文的第二部分有关二十二回结尾文字和灯谜诗的续补归属问题，梅先生和蔡义江先生持不同意见，此属正常的学术讨论，丝毫不影响交谊。我以为可以存异。

接下来，还想特别提到我所爱读的书中《史湘云结局探索》这篇文章。

这是在 80 年代末我得到《红学耦耕集》之时的事。该书为梅节、马力合著，于 1988 年 1 月由香港三联书店出版，饶宗颐先生题写书名，陈庆浩、马幼垣两位作序（大陆出增订版将这些都删却了，深觉可惜）。其时马力先生有较多机会来京，书是他题字赠我并盖有名章，而今斯人英年早逝，只留下漂亮字迹和一方印张成了永远的纪念。记得 1994 年我赴港，他还为一篇文章涉及我而有所歉意，其实马力先生的批评是对的，70 年代之末，我因封闭而贬抑自然主义失于片面，应当感谢他的匡正。我得到《红学耦耕集》十分高兴，逐篇细读，对其中关于史湘云一文尤感兴味，此文也具有梅先生为文的共通点，即明确的问题意识和严密的逻辑论证，为了说明"双星"是如牛郎织女一般终生睽违，举出了 10 个以上的例子，并揭明湘云诗中的"霜娥"即为有丈夫而不得相聚的孤凄的嫦娥。最为独到之处是指出湘云的悲剧在于，"从不将儿女私情略萦心上"的女儿竟然被最丈夫卫若兰疑为与宝玉有私情，这是不可思议不能忍受的，她只能孤寂以终。因为《红楼梦》的作者不会写雷同的悲剧，擅于对准各人的个性特点自然地演化到各自的反面，隐然有据而毫不板滞。

听说吴组缃先生对梅节有所劝告，提醒他不要走到探佚索隐的路上去。前辈箴言诚应记取，但我以为此文理据充分，是从作品本身出发的分析推考，不论读者是否认同，也足以启发人们思考。窃以为探佚之作如果胡猜乱想是无价值的，但那些有理有据循逻辑的推考可以翻转过来验证自己对人物性格的把握是否准确，可以有助于领会作家的构思和想象，对阅读和创作都有补益。我之爱读此类文章的缘由也在这里。

三

本节要说的是梅先生令人钦敬的击浊扬清的学术勇气。这方面吴营洲君之文已讲得很充分到位，在此只想作一些补充。

"土默热红学"是新世纪以来实力强劲、信从者众、影响颇广且有地方保护的一种"新说"。我最初得知时在海外探亲，承杜春耕兄告知并寄来一书，当时还没有后来的规模和系统，但其"新说"之锋芒毕露，其中最令我吃惊的是大观园诗会如咏菊诸作是剿袭秦淮歌妓董小苑等人的，来自《董小苑传奇》，并非雪芹原创。这可是非同一般的重大原则问题，我吁请春耕务必弄个水落石出。为此，杜兄不远千里，自费跋涉，找到江苏南通，专门造访了二十多年前撰写《秦淮歌妓董小苑》的作者刘培林。刘先生如实道出底蕴，把他的小说创作和红著作了比照，小说所写冒辟疆、杨龙友、郑超宗诸位名士与董小苑"所咏诗句皆系出自《红楼梦》第三十八回中的《菊花诗》，作者只是随手借用、移植、简化、变动了部分字词"。刘著《董小苑传奇》曾于1985、1995、2006年以不同书名由多家出版社出过。为此，刘培林先生曾郑重向杜复函并于2007年2月25日在"红楼艺苑"网页上刊出书面材料（此件即上文所引2007年2月25日《〈金陵八艳〉作者刘培林答谢杜春耕先生的书询》）。曹雪芹所蒙的不白之冤，即加诸伟大作家头上的剽袭恶名理应得到洗刷。令人不解的是刘培林的澄清知者不多，只杜兄复印了若干份送友人而已，参与调查的任晓辉君据此撰有一文据说刊于某报，而不见于红学刊物。有影响的刊物对于土默热噤若寒蝉，不发一声。甚至还有学者为之张扬的。

土学大兴，著述累累。杭州西溪景区为其开会、出刊、建馆，以致要为土默热陈列手稿，塑立铜像。土默热红学研究中心十分活跃，研讨不断，全国的会也开过不止一次。2011 年 7 月在北京学者的坚持下将会议主旨由"西溪与红楼梦"改为"杭州与红楼梦"。会上，南京吴新雷、北京蔡义江等许多学者均对土学持异，直陈其谬误阙失。然而杭州依旧坚持使西溪泛红，恭迎这股"文化旋风"南下扎营。

在这一时期，见诸报刊形诸文字公开批评的似乎只有香港梅节和时在澳门大学的北大教授陈熙中。梅文早在 2006 年就写了题为《谢了，土默热红学！》刊于香港《城市文艺》2006 年第 6 期。该文对土默热红学的两大支柱即曹寅和朱彝尊的两首诗，正本清源，逐一解析，见出了土默热的改字、作伪、曲解、附会，原来是"立足于无知的考证"（陈熙中文的题目）。基柱不牢，大厦坍塌，土默热红学纵然有再多的衍生引申，华丽装潢亦无所附丽了。

事有凑巧，近时因整理书稿，外子从载有他的文章的一本刊物即吉林省《社会科学战线》2000 年第 1 期中，偶然看到了《〈红楼梦〉与东北方言》一文（该刊 185 页），其作者赫然标明"图穆热"。用不着考证，此即土默热也，从作者单位和文章内容都可得知，土本人亦认账。文中写道："《红楼梦》语言与今天的北京方言差异很大，与'江南吴语'更没有多大关系，倒是与今天的东北方言渊源颇深。"文章十分认同"曹雪芹时代北京话同东北话很难分清楚"。此文洋洋万言，从东北的方言语汇、东北风俗语汇以至东北骂人脏话等诸多方面论证东北方言是清初北京话的活化石，最终归结到语言分析有助于考证，见出曹雪芹能够熟练运用当时的北京话。质言之，图穆热认为《红楼梦》的作者是曹雪芹，并下了大力气依据语言风习的时代特征进行了论证。

犹如魔术之幻或川剧变脸，土默热（即图穆热）这朵红学奇葩倏尔在江南绽放了。《红楼梦》的作者由曹雪芹变为洪昇，《红楼梦》小说的时代特征、素材来源、人物原型、地理环境统统都搬到了江南。四大家族的原型都在杭州，金陵十二钗是蕉园诗社十二女诗人，大观园与西溪景点，一一对应，洪府即在其内，洪昇经历素养无不与作品呼应吻合，等等。土学宏大富丽，核心即《红楼梦》系杭州人洪昇原创，故事发生地就在杭州西溪。

令人深思的是，为什么土默热的红学新名片会在杭州西溪大放异彩？说穿了，这是杭州文化大产业中"金点子"，是复建西溪景区的一个"大手笔"，这场精彩的人文大戏由土默热精心发掘和着意编排，不管结论如何，这一文化举措本身都能将杭州与《红楼梦》拉近，产生轰动效应，大幅提升西溪的知名度。土默热本吉林省一位司、部级官员，管过宣传、出版和旅游，有足够的资源和人脉出书吹嘘，然而吉林红学界不认，如今杭州尊为荣誉市民，西溪地区大笔投资，建土默热红学研究中心、土默热红学陈列馆，奉为上宾。开坛讲学，又何乐不为。双方需要，一拍即合，这是权钱学结合开出的一朵作伪的"红学奇葩"，是"土默热红学"这个"伟大软件"与"杭州西溪湿地这个伟大软件"相撞出的"一场有声有色的声光大戏"（引号内语均见《西溪泛红》长文，《土默热红学研究》第一辑）。杭州的专家担心"民俗绑架了学术，经济绑架了文化"，为了宣传推广一个地域、一个节日甚至是一篓筐门票，不惜大规模投入以竖起这一杆石破天惊的"学界旗帜"。

梅文发表尚在土学兴起之初，不仅从学理上直指其"考证"的虚妄，更从学风上直斥其行止之荒诞。如若作弊者有羞耻之心，尚可望治；而当西洋镜被识破，大吹大擂，要踢翻"曹家营"、踏平"胡家店"，则是有恃无恐。"我想最可怕的腐败，是学术规范被普遍蔑弃，践踏者不以为非，舆论视之为好样的，这快烂到根了。"梅先生的忧患反映了学界正直之士的心声，学术的基本规范被蔑弃践踏，十多年来不止是个例，恐怕已成为一种大面积的顽症了。

《草根，不应是草包！》评的是邓遂夫先生《脂砚斋重评甲戌校本》，此乃学术畅销书，作者以"草根"自诩，又摆学术之谱，学界对其质疑、揭底者不少，但如此锐利泼辣、一针见血的文字并不多见。文中耐心地摘出了十余个典型例证，一一对校，上下举证，指出其谬误的来由和性质，亦可谓是苦口婆心了。

击浊扬清，播种常识；直面当下，敲响警钟。这既要识见，更须勇气，充分体现了一位学界前辈的良知与担当。

四

梅先生是长者，于我而言，论学识，应为我师；论交谊，亦可称友。起初，只是在会议上见面；90年代中期以后，几度有缘，结下了一份情谊。之后，只要他来京，大抵都能相聚，返港亦有电话沟通。其间，有几件事值得一叙。

1998年我随"红楼梦文化艺术展"代表团去台湾，其中的学术活动有一场是在"引君入梦"横标下在台北图书馆的讲演会。似乎是首场，报告人是冯其庸先生和我，我自然明白自己的配角地位，冯先生其时刚从大西部考察归来，从容地由大处落墨，谈的是家世文献问题，评议人是台湾或海外学者。我虽属搭配，也考虑到既为《红楼梦》的讲座，不能不正面接触作品，写有一个"入迷出悟话红楼"的稿子，十分简短。想不到主办方竟请梅先生来作了评议人，真难为他了。事先并无沟通，他不知道我会讲什么，此刻他竟然讲了自己读《红楼梦》的切身体会，从青年到老年，前后三次，况味不同（此文作为附录，收入了《海角红楼》）。说实在的，大陆的红学与宝岛有差异，他们未必看重我这样甘于普及之人，找到大陆背景而又居港的梅先生，也算煞费苦心。会后台下听众居然说听到了京腔京韵，就该照这样讲，颇觉意外。倒是老梅的评议，亲切生动，让我感到轻松。

此番梅先生和太太赴台，查阅有关《金瓶梅》的资料，我们相处较熟了。以后他们返港，我从电话中常得教益。在我看来，由于老梅居港，他所得到的信息更为多元，视野也较为宽阔。海外常惊异于诸多索隐之作在大陆竟能畅行而缺少严正的批评，老梅直言不讳地指某当红著作为"新索隐"；一次他告知海外有人写了本关于薛宝钗的书，几十万字，为我前所未闻。对红学和金学的现状和前景他也不免忧虑，还曾把自己的一些藏书和资料惠赠给一些真正需要和用功的青年学人，希望薪火相传。有的名家著述在内地评价甚高而海外学者却认为原创不足；对红学以外的某声誉隆盛的回忆著作，梅先生因曾供职《光明日报》，熟悉当年情况，看出某些细节并不真实。这当然不掩该著之功，但梅先生却提醒人们不可盲目信从，照单全收，在当下回忆录、访问记大行其道之际，当保持清醒。

这里要特别提到一件令我既感欣慰又很歉疚的事。1990年《红楼梦大辞典》初版面世，梅先生告知海外反响不错，红学人物较为客观包容。今天看，当年的工作很粗糙，但总体是守规矩的，能得到包括宋淇先生等学者的认可令人欣慰。此点在1993年我访港时，梅先生又特地告知，还给了一个书面材料。孰料二十年过去，令人万般无奈的是《红楼梦大辞典》在2010年有了一个所谓"增订版"，其"红学人物"之失范令我欲哭无泪，"梅节"条目缺漏伤残。梅先生在电话中只节制地说"我还是老五行"，并且说，想来此次不是老吕主其事。对老梅，一是歉疚，如此著录，失实不公；二是衷心感谢他的理解，我的确没有知情权，遑论审看稿件。

同梅先生的另一层缘分在于他是广东台山籍人，台山是侨乡。外子北师大黄安年十多年来专注于北美铁路华工这一弱势群体的研究，华工绝大多数出自广东五邑侨乡，我们曾去调查访问，与当地侨乡文化研究中心有联系，得见台山梅氏家族在海内外有很大影响，也结识了多年从事当地华人华侨研究并作出贡献的族人梅伟强先生。加之梅太太的兄长日本史专家汤重南教授和梅伟强是当年北大同窗，于是也多了一层交流沟通的话题。

此外，梅先生有浓重的乡音，许多北方朋友听他讲话往往不知所云，在我却无此障碍，无论当面或电话，大致可听个八九不离十。不过某些和梅先生接触不多又久仰其名的学人也有差点上当受骗的时候。2013 年，在京津红学界有人接到声称来自香港梅节本人的电话，说要来北京、天津云云，学界有人信以为真，热心安排旅馆等接待事宜。幸好我等闻讯感到蹊跷，凭梅先生为人不可能随意向不很熟悉的学人提出安排接待和住宿讲学之类的事，再说，经常和梅先生通话的杜先生对此也一无所知，于是拨通电话核实，确认是打着梅先生企图诈骗的电话，这是时下诈骗电话盛行的一个令人难以忘却的插曲。

在和老梅多次电话长谈中，记得他曾谈及禅宗六祖慧能的《坛经》，其中有的词语实为粤语方言语，以南音识读则可豁然，老梅并将发表在《燕京学报》的论文馈我，该文由语言辨析而指归到《坛经》著作权的重大问题。只惜我于禅宗所知甚浅，由繁多的《坛经》版本中得到了校勘方面的许多知识，获益匪浅。总之，多年来借通话之便问学请益，开我眼界，增我学识。

末了，不能不说，《海角红楼》一书行文的特色，常使人感到痛快淋漓。既有学者的绵密，又有记者的洒脱，刨根究底之际，或穷形极相，或涉笔成趣。许多篇章亦庄亦谐，可观可玩，揶揄其表，仁厚其心。当今之世，新八股式的学位论文和"量化"文章批量生产，学术刊物几近千文一面，像梅节这样的文章怕是不易得见了。即此而言，也令人对本书多一份珍惜和推重。在此请容谅援引梅著自题卷首诗以结此文：

> 艺苑雌黄苦未休，
> 百年聚讼说红楼。
> 几人得似空空子，
> 青埂峰前问石头。

写于 2016 年 7 月三伏天

曹雪芹"佚诗"辨伪的价值与
方法论

俞晓红

曹雪芹"佚诗"真伪问题是 20 世纪 70 年代学术界的一桩公案。在文献学层面上，"佚诗"辨伪有重要意义。曹雪芹的两句残诗兼具文学和史学的双重价值，佐之以敦诚笔记、敦敏题诗等材料，审视相关文学术语的意涵、文体特征及其文学史流变情况，考察敦诚《琵琶行》传奇的体制与关目，可在多元层面上辨别曹雪芹"佚诗"的真伪。

一

清宗室子弟敦敏（1729—1796 后）、敦诚（1734—1791）兄弟俩是清太祖努尔哈赤第 12 个儿子英亲王阿济格的五世孙，乾隆九年（1744）始就读于京城右翼宗学。曹雪芹曾在右翼宗学里当差数年，与小自己十多岁的敦敏、敦诚相识，并有较深的交谊。敦诚曾记录下发生在乾隆二十七年（1762）的一件往事：

> 余昔为白香山《琵琶行》传奇一折，诸君题跋，不下数十家。
> 曹雪芹诗末云："白傅诗灵应喜甚，定教蛮素鬼排场。"亦新奇可诵。
> 曹平生为诗大类如此，竟坎坷以终。①

---

① （清）敦诚：《四松堂集》卷五《鹪鹩庵笔麈》，上海：上海古籍出版社，1984 年影印本，第 409 页。

　　所引诗句，是曹雪芹除了半部《红楼梦》之外仅存的两句残诗。原诗是律是绝，今已无从稽考。20 世纪 70 年代初期，含有残诗的一首七律以"曹雪芹佚诗"的名义流传于世，令学术界顿起风波，海内外一些著名学者都卷入了关于"佚诗"真伪问题的论争，后遂演变成 20 世纪中国文学研究史上一桩著名的学术公案。直到 70 年代末，事主公开说明此诗乃自己拟补之作，"佚诗"真伪方始真相大白。然论争并未就此消停，仍有坚持佚诗为真、不容辨伪者。此后 20 年间，学界曾就"佚诗"流传与辨伪过程作过程度不同的反思，而就公案始末作详细梳理并给予客观公允的析论，则是近年的事①。

　　检核相关材料可知，"佚诗"公案大致有这样几个特征：其一，拟补者便是始传者，先是刻意回避"佚诗"来历，后则遮遮掩掩、含糊其辞，不得已而吐真相②；其二，"佚诗"未经辨伪环节便以曹雪芹原作之名公开行世③；其三，有学者先是不问来历即作思想艺术的评析鉴定，认为"来历不能决定真伪"、此诗非曹雪芹不能写出，继而不容辨伪，末则以为自道拟补者乃"冒认者"④；其四，一些学者或质疑、或辨伪，坚持追究其来历⑤，或专文阐述

---

① 苗怀明：《曹雪芹佚诗公案始末》，《明清小说研究》2009 年第 2 期。

② 周汝昌：《曹雪芹的手笔"能"假托吗》，《教学与进修》1979 年第 2 期；周汝昌：《由棫亭诗谈到雪芹诗》，《内蒙古大学学报》1980 年 Z1 期；文教资料简报：《曹雪芹佚诗真伪问题真相大白》，南京师范学院《文教资料简报》1980 年第 8 期。

③ 参见吴恩裕《曹雪芹题琵琶行传奇一折之全诗》一文对外传经过的说明，吴恩裕：《曹雪芹佚著浅探》，天津：天津人民出版社，1979 年版，第 332—334 页。

④ 吴世昌、徐恭时：《新发现的曹雪芹佚诗》，南京师范学院《文教资料简报》，1974 年 8、9 月号增刊，《哈尔滨师范学院学报》转载，1975 年第 1 期；吴世昌：《曹雪芹佚诗的来源与真伪》，《徐州师范学院学报》1978 年第 4 期；《论曹雪芹佚诗——辟辨"伪"谬论》，香港《七十年代》1979 年 9 月号；《论曹雪芹佚诗之被冒认——再斥辨伪谬论》，香港《广角镜》1980 年 3 月号；《再论曹雪芹佚诗质梅节》，香港《广角镜》1981 年 2 月号。

⑤ 陈方（陈迩冬、舒芜）：《曹雪芹佚诗辨伪》，《南京师范学院学报》1977 年第 4 期；宛平人（张友鸾）：《红楼梦专家大争辩——曹雪芹佚诗疑案》，1979 年 3 月 31 日香港《文汇报》。

查考来历的重要性①；其五，亦有学者以"佚诗"构词有其当代痕迹、敦敏题诗与"佚诗"描写内容有差异为据，判定"佚诗"为伪②；其六，若干年之后，更有学者以"一时孟浪之举"释"佚诗"拟补者的外传行为，并转出称道拟补者诗才之高的意思③。尽管公案始末错综复杂，然学术命题只有两个：一是作伪；二是辨伪。

先说作伪。本来，古籍文献之伪作，有有意为之，有无意为之。举凡不知作者而误题妄题、不辨注释而误入正文、不明续补而误为原作、编书过程误辑他人之作等，均属无意作伪；而若出于托古自重、谋私争胜、邀赏射利、嫁祸诽谤、好事焙名、逃禁避嫌等诸般动机之一，均为有意作伪。"佚诗"的拟补者曾追叙其拟补动机，乃为试己才力，然却将此诗当作曹诗，先以投稿方式公之于世，继而公然录存在正式出版的学术著作中，作为附录资料置于敦敏敦诚诗作之间④；数年后解释其假称雪芹原诗的目的乃为考验某专家识力、因对方不肯录示佚著及二序而以戏补诗为交换条件⑤；后亦曾向人文社古编室同仁自述，当时向该专家出示戏作并宣称是曹雪芹原作，乃出于"有意作弄"⑥，盖因向对方索借资料而每每遭拒，"故以此作为报复"耳⑦。无论出于何种动机，均非无意作伪：技痒戏拟、故意示人，无异"好事"；混假

---

① 郭豫适：《考证与真假问题——谈曹雪芹"佚诗"的考辨》，始作于1979年，后收入郭豫适《论红楼梦及其研究》，上海：上海古籍出版社，1992年版，第388—395页。

② 梅节：《曹雪芹"佚诗"的真伪问题》，香港《七十年代》月刊1979年6月号；梅节：《关于曹雪芹"佚诗"真相——兼答吴世昌先生的〈论曹雪芹佚诗，辟辨伪谬论〉》，香港《广角镜》1979年11月号。

③ 梁归智：《红学泰斗周汝昌传》，桂林：漓江出版社，2006年版，第288页。

④ 周汝昌：《红楼梦新证》（增订本），北京：人民文学出版社，1976年版，第750页。

⑤ 周汝昌：《两律异闻》，周汝昌：《红楼无限情——周汝昌自传》，北京：十月文艺出版社，2005年版，第290页。

⑥ 林东海：《躲进红楼——记吴恩裕先生》，林东海：《师友风谊》，北京：人民文学出版社，2007年版，第170页。

⑦ 林东海：《红楼解味——记周汝昌先生》，林东海：《师友风谊》，北京：人民文学出版社，2007年版，第301页。

于真、公开出版，不为"误辑"，以假作真、换取资料，是为"争胜"，有意作弄、实施报复，几近"嫁祸"；其间亦难脱"射利""谋私""焙名""自重"之嫌。职是之故，"佚诗"有意作伪的性质不难判定。

再说辨伪。辨伪乃是中国传统学术研究的基础研究方法，是古典文献学的重要一科。古籍文献名称、作者、著述年代及其内容的真伪，直接关涉研究对象自身价值的确定。就古典文学文献学而言，厘清文学家的相关文献信息，鉴别考辨其真伪，是研究评价文学家创作思想及成就的重要前提。这也正是文学研究中辨伪的学术价值所在。自有红学以来，有关曹雪芹的文献资料少之又少，一有关乎曹雪芹的文物文献出现，即刻便成为学术界高度关注的对象。敦诚所记的两句诗跋，既是曹雪芹的"作品"，无疑也是研究敦诚剧作和曹雪芹思想的"文献"，同时具有其美学价值和文献学价值。以曹雪芹名义行世的诗作，当它为"真"时，则自然亦成为研究曹雪芹和敦诚的重要文献，这原是不言自明的事。因此，"佚诗"初传时成为学界和社会关注的兴奋点，本不难理解；而诸多学者发出的质疑声音，恰出于一种严肃的研究态度和审慎的学术品质。

古籍文献的辨伪，有其既定的原则和途径。宋朱熹治经而疑经，反对"臆度悬断"的思维方式，而将"以其义理之所当否而知之""以其左验之异同而质之"作为辨伪两途①，是从内容和证据两个层面确立辨伪依据。明胡应麟提出辨伪八法，强调查核文献的渊源、流绪、时人之称、后世之述、文体、史事、撰者、传者，以此诸端作为检核文献真伪的标准。梁启超据其治史经验归纳出史料鉴别十二法，其第一至第三分别为："其书前代从未著录，或绝无人征引而忽然出现者，十有九皆伪"；"其书虽前代有著录，然久经散佚，乃忽有一异本突出，篇数及内容与旧本完全不同者，十有九皆伪"；"其书

①（宋）朱熹：《朱子全书》卷二十六，清康熙五十三年武英殿刻本。

不问有无旧本，但今本来历不明者，即不可轻信"①。梁启超所言的查核古籍文献曾否被征引著录、考辨其来历，与胡应麟强调的考核渊源流绪、撰者传者，乃出于同一意脉。前贤诸法虽就古籍辨伪而立，然亦适用于文献学层面的"佚诗"辨伪。藉此可知，面对忽然出现的完整"佚诗"，坚持考问来历、查核流传渠道，是辨伪的学术起点；因来历欠明而不肯轻信、撰文质疑，是正确的研究态度。始传者不言来历，初读者不容辨伪，后评者巧言回护，均与传统学术研究的原则和方法大相悖逆，其研究的逻辑起点一开始便发生了错谬。

即今思之，"佚诗"辨伪在方法论上仍有令人困惑之处。信者（如吴世昌）不问来历，乃以其思想性艺术性高度统一、全诗八句浑成圆融为由，直接判断"佚诗"为真；疑者（如陈方）追究来历，认为思想、艺术、韵律、技巧等未尝不能作为辨伪的根据，但不能扩大其作用。客观来看，追索文献来历为求外证，探讨文本内容为求内证，两种做法均有其合理因素。来历追索与内容探析均应有助于"佚诗"真伪的确定；在不明来历的情况下，探寻诗作内容的合理与否是必要的。然而，"佚诗"公案中，内容的探讨却显示了它的特殊性。作为"佚诗"公案重要组成部分的"吴梅论战"，正是从"佚诗"内容出发展开交锋的，其思路无非都是寻求文本内证，然一则证伪，一则证真。对象为一，方法趋同，结论截然相反，其间缘由值得反思。"吴梅论战"三个回合以后，由学术争辩滑向个人攻讦，最后证伪一方以沉默面对论争对手的情绪宣泄，论战就此落幕。

二

当诗歌以文献方式呈现时，诗作所涉史事曾否发生、又以何种方式发生，自然成为研究的重要目标。反观"吴梅论战"，其焦点问题有以下几个层面。

---

① 梁启超：《中国历史研究法》，重庆：中华书局，1944 年版，第 85 页。

一是"佚诗"文本的解读:"佚诗"中"慨当慷"之用是古已有之还是当代语汇?前六句与末两句是统一浑成、天衣无缝,还是阴阳相冲、屋上架屋?敦敏《琵琶行》传奇是演出还是脚本?二是敦敏题诗的释义:"散场"的意思是"散套""散乐"还是"收摊、结束"?"乐章"是"谱了新声"还是"按谱填字"?三是相关史事的理解:敦诚家中有无戏班?他是否可能请戏班来家演出《琵琶行》传奇?其一实为内证层面,其二和其三均属旁证层面,论争的主体对象是"佚诗",其目标则指向敦诚《琵琶行》传奇的存在方式,究竟是仅提供书面阅读,还是业已付诸实地演出。在这一层面上,敦诚笔记、雪芹诗跋、敦敏题诗均成为重要的文献资料。

为便于说明问题,兹引相关材料如下。一是所谓"佚诗":

唾壶崩剥慨当慷,月荻江枫满画堂。红粉真堪传栩栩,渌尊那靳感茫茫。西轩鼓板心犹壮,北浦琵琶韵未荒。白傅诗灵应喜甚,定教蛮素鬼排场。

二是敦敏《题敬亭〈琵琶行〉填词二首》[1]:

西园歌舞久荒凉,小部梨园作散场。漫谱新声谁识得?商音别调断人肠。

红牙翠管写离愁,商妇琵琶溢浦秋。读罢乐章频怅怅,青衫不独湿江州。

"吴梅论战"的双方均以诗作文本为内证,原本无可厚非。诗之所以能

---

① (清)敦敏:《懋斋诗钞》影印本,北京:文学古籍刊行社,1955年版,第82页。

证史，正是因为诗内含有史的元素；探讨史事发生的方式和样貌，诗的内容自然应成为研究的依据。关键是寻取内证的角度是否科学合理。在这一层面上，对诗作的艺术分析未尝不可进行，但从其用词、艺术、韵律、技巧方面来判断一首诗是古人原作还是今人伪作，是比较困难的事。一是，当诗作明显使用当代语汇时较易辨伪，然今人既是有意拟补，自然存了拟古的用心，会处处回避时代印痕。二是，以诗作艺术水平的优劣高下作为判断真伪的依据，会有一定风险，圆融贴切者未必是真，反之则未必为假，尤其在原作者未留下更多诗作的情况下，因为缺乏参照，更难从某一首诗的韵律技巧直接做出真伪判断。三是，对诗作思想艺术高下的评判，会因评判者的立场识见、知识储备与价值判断标准的差异而有其弹性空间，所谓见仁见智。若各执己见，必不能达成一致。

细读"佚诗"，其前六句与末两句的确不协调：前者描写红粉演戏、诸君观戏的场面，后者想象乐天诗灵令蛮素鬼魂排演的情景；前者实写，后者虚拟；前者喧闹纷乱，后者轻灵幽冷。梅节先生是较早对此作出剖析的辩难者之一①。当然从逻辑上说，某一诗作前后句的不协调，亦有可能缘于作者的水平，而未必出于不同作者之手。以此为据辨伪，是风险所在，也是歧见所在。不过，这并不意味着诗歌内容不能作为内证看待。问题是，诗歌内证应从原诗求取，而不是从尚不能确定其真伪的后出文字求取。曹雪芹原诗"白傅诗灵应喜甚，定教蛮素鬼排场"之句，其意涵十分明确：白太傅的诗灵（若读到你写的传奇）应当非常喜欢，一定会令蛮素的鬼魂登台演出。显而易见，残诗明白无误地传达给读者一个信息：敦诚的传奇只写出了脚本，并未付诸实地演出。此其一。

---

① 梅文而外，尚有他人作过文本辨析，参见思藻（陈诏）：《曹雪芹佚诗辨伪》，《红楼梦研究集刊》第13辑，上海：上海古籍出版社，1986年版；林东海：《红楼解味——记周汝昌先生》，林东海：《师友风谊》，北京：人民文学出版社，2007年版，第300页。

其二，敦诚在《鹪鹩庵笔麈》中记录的文字，为这一理解提供了两个确凿的旁证。一是，敦诚自云"为白香山《琵琶行》传奇"，其"为"之一字，足以说明敦诚是"创作"《琵琶行》传奇，而不是自己登台"表演"《琵琶行》传奇。二是，敦诚明言"诸君题跋，不下数十家"，雪芹诗跋乃是其中一种。从诗跋的文体功用看，雪芹原作既要遵循"诗"的形式和格律，又应符合"题跋"这一文体的质的规定性。所谓"题跋"，乃古代文体之一类，常用于对他人的诗文书籍、字画碑帖等进行考订记事或品评鉴赏等。明代徐师曾云："题跋者，简编之后语也。凡经传子史诗文图书（字也）之类，前有序引，后有后序，可谓尽矣。其后览者，或因人之请求，或因感而有得，则复撰词以缀于末简，而总谓之题跋。"[①]可知题跋一般写于作品完成或书籍刊行之后，他人读览，或应请求、或发心得，而题写跋语缀后。敦诚所言"诸君题跋"，当指敦诚完成《琵琶行》传奇文本后，诸君读览之余，为传奇脚本题写跋语，其用意在于称赏敦诚传奇创作艺术之妙，而非观看传奇演出之后赋诗赞赏某戏班表演技艺之高。曹雪芹的两句残诗，正是从题材来源的角度称赏敦诚的传奇创作的，故而不应有描绘演出场景的内容。如有，则产生情理悖谬。所以，"佚诗"以激越酣畅的前六句与清新玄妙的末两句衔接，不惟情绪抵牾、场景冲突、笔法违拗，其致命弱点是：它完全背离"题跋"这一文体对诗跋内容的质的规定性。确定这一视点，有助于超越诗作技巧高下的层次判别其真伪。

其三，敦敏乃题跋诸君之一，他的两首诗作可以在更多层面上为辨伪提供旁证。敦敏诗题即云"题敬亭《琵琶行》填词"，诗之"题跋"性质无可置疑，其形式与功用当然也限于为传奇脚本题写跋语。题诗之二又明确说"读罢乐章"，是"读"脚本而不是"观"演出，其信息亦相当明确。在这里，"乐章"与"填词"是导致对《琵琶行》存在方式的理解产生分歧的两个关键词，然这两个词

---

① （明）徐师曾：《题跋》，《文章辨体序说　文体明辨序说》，北京：人民文学出版社，1962年版，第136页。

的意涵其实并不难解读。"乐章"在今天固然作音乐名词用，如交响曲、奏鸣曲等大型套曲中可以单独演奏的各有机组成部分，然在古代，却用以指配乐的诗词，后亦泛指能入乐的诗词。明谢榛云："迨苏李五言一出，诗体变矣，无复为汉初乐章，以继《风雅》，惜哉！"[①]此处"乐章"谓汉乐府诗。宋元之时，词、散曲、剧曲因配乐故，亦称乐府，其词章、曲辞即可称为"乐章"。由宋元至明清，词已由最初的配乐演唱，渐变为依调填词，词与乐彼此疏离，词牌渐成为作词的定式。清丁绍仪《听秋声馆词话》卷一二："孙文靖（尔准）论词绝句云：'作者谁能按谱填，乐章琴趣调三千。谁知万首连成璧，眼底无人识畹仙。'"[②]此处"乐章"还是指词，且明言清时作者之填词，离词谱已相距很远。又元明清三朝，因杂剧传奇亦须按宫调、曲牌创作唱词，故创作杂剧传奇亦称"填词"。清李渔云："前人呼制曲为'填词'。填者，布也，犹棋枰之中，画有定格，见一格布一子，止有黑白之分，从无出入之弊。"他以为王实甫和高则诚两大剧作家，"舍填词一无表见"[③]。以是知"填词"即是"制曲"，是填写剧词而非制作乐谱，因乐谱受制于宫调和曲牌、先于填词而存在故。

　　同理相衡，敦诚创作《琵琶行》传奇，自然也仅是填写曲词，因为他可以依照宫调曲牌之有关曲词长短、平仄、韵脚的既定规则来填词，而无须另外制作乐谱或自创声腔。敦敏诗跋其一所谓"谱新声"，等于说"填新词"，而不是另创曲谱、另改声腔。其"商音别调"当指乐曲七调之一的"商调"，因商调音声凄怆哀怨，适宜抒发"天涯沦落"之悲慨故；敦诚按"商调"格律填作曲辞，文字本身亦可谓之"商音别调"，而不必等弹奏演唱出来才有"断人肠"之效果。所谓敦诚率意写的乐谱别人看不懂云云[④]，与清时"制曲"（也即创

---

① （明）谢榛：《四溟诗话》卷一，北京：人民文学出版社，1961年版，第1页。
② 唐圭璋编：《词话丛编》第3册，北京：中华书局，1986年版，第2720页。
③ （清）李渔：《闲情偶寄·词曲部》，北京：作家出版社，1996年版，第9、1页。
④ 吴世昌：《论曹雪芹佚诗——辟辨"伪"谬论》，香港《七十年代》1979年9月号。

作传奇）的基本规则和实际情况有一定距离。若从文体特征及相关术语的文学史流变过程来审视"填词"与"乐章"的概念所指，有利于从旁证层面判断"佚诗"内容的真伪。

导致分歧的另一个关键词是"散场"。"散场"原指说唱、讲史、戏曲演出等活动结束，演员下场，观众散开离去。宋元时期说话、说唱伎艺，开场时用一段诗词或一个小故事作"头回"，用于镇场；行将结束时有散场诗，用于点醒题旨，或直接用"权作散场"表明说话结束。戏曲也用"散场"表示演出结束。元明戏剧脚本往往在结束时标上"（散场）"字样表示完结，如关汉卿《闺怨佳人拜月亭》、狄君厚《晋文公火烧介子推》、杨梓《承明殿霍光鬼谏》等剧，最后一支收尾的曲子之后明标"散场"二字。除用作戏曲曲艺的术语外，"散场"还引申为事情的结束、人物的结局、命运的终结等。宋刘克庄词："半世惯歧路，不怕唱阳关。朝来印绶解去，今夕枕初安。莫是散场优孟，又似下棚傀儡，脱了戏衫还。"[①]此处将官场比作戏场，将官员的解印卸职比作优伶的散场下棚，比喻形象，语兼双关。明冯梦龙传奇《精忠旗》第三十三折之煞尾曲云："这番严旨非吾想，叹当朝天子也炎凉。始信荣华有散场。"[②]此"散场"意为"结束""终结"。又《拍案惊奇》卷二二："虽然如此，然那等熏天吓地富贵人，除非是遇了朝廷诛戮，或是生下子孙不肖，方是败落散场。"[③]此"散场"犹言"下场""结局"。《红楼梦》第二十五回癞僧所念"冤债偿清好散场"之"散场"，自然也是"终结""结束"之意。以此反观敦敏诗"西园歌舞久荒凉，小部梨园作散场"之句，以"作散场"对应"久荒凉"，显然是说西园往日的歌舞繁华荒凉已久、不复重现，小班梨园演戏之事早已终结。所以读罢敦诚的传奇脚本，敦敏才会惆怅频仍、泪湿青衫。结合其本义和引申

---

① （宋）刘克庄：《水调歌头·八月上浣解印别同官席上赋》，《后村集》卷187，《四部丛刊》景旧钞本。
② 王季思主编：《中国十大古典悲剧集》（上），上海：上海文艺出版社，1982年版，第324页。
③ （明）凌濛初著，石昌渝校点：《拍案惊奇》，南京：江苏古籍出版社，1990年版，第386页。

义来看，"散场"一词用在此处，有语意双关之妙。所谓"下句说现在有一个小班来演奏新编的散出（折子戏）"，"敦敏诗的'作散场'，不是说演完了'散会'，乃是说正在演一个或几个散出"④的说法，乃有明显的错谬。"散场"一词，清及以前文献中未闻有作"散出"解；两词中"散"字读音也不同："散出"之"散"（sǎn）为上声，"散场"之"散"（sàn）为去声。如无书证而解"散场"为"散出""折子戏"，无乃太过随意。

<h1 style="text-align:center">三</h1>

敦诚的《琵琶行》传奇付诸实地演出的可能性究竟有多大？以白居易《琵琶行》诗之本事敷衍而为戏曲并有脚本留传的，元有马致远杂剧《江州司马青衫泪》，明有顾大典传奇《青衫记》，清有蒋士铨杂剧《四弦秋》、赵式曾杂剧《琵琶行》。杂剧由元而明，已有案头化倾向，很多杂剧作家如徐渭等喜作一折或两折的短剧，结构体制的简化势必带来戏剧冲突的弱化，故短剧多不适宜场上演出。清初传奇亦如杂剧，其创作的共同趋势是偏于文本审美的文学性而略于舞台演出的伎艺性，曲家往往以诗人的视角和思维写作，将剧作当成抒发自我意绪的载体。这在提升剧作美学层次的同时，淡化了它"剧场性"这一本质功能。作为文学的一种体式，戏剧原该既适宜场上演出，也适宜案头阅读。元明清三朝，无论杂剧还是传奇，如《西厢记》《牡丹亭》《长生殿》《桃花扇》这样的杰作，总是场上案头两擅其美的。然并非每种剧作皆能达到这样的境界。倘若作者着意于戏剧的诗化、雅化，则场上剧的意识将更趋于淡薄。

---

① 吴世昌：《论曹雪芹佚诗——辟辨"伪"谬论》，香港《七十年代》1979 年 9 月号。该文第 9 注云："散套是散曲之一种，故亦可称为散曲。它可以独立，也可以构成杂剧或传奇的一部分。'散'是对比整本剧曲而言。'作散场'可以是演新编的散套，也可以是演奏前人名剧（如《牡丹亭》）的某一出（如《游园惊梦》），即折子戏，亦称散出。"然散场非散套，散套非散出（齣），本是常识，无须辨证。

　　清初尤侗曾题曹寅杂剧《北红拂记》云："案头之书，场上之曲，二者各有所长；而南北因之异调……荔轩游越五日，倚舟脱稿，归授家伶演之，予从曲宴，得寓目焉。既复示余此本，则案头之书，场上之曲，两臻其妙。"[①]这意思很明显，是说曹寅剧作既适宜场上演出，又适合案头阅读，场上案头两擅其美；而不是说，尤侗仅凭观看演出是听不懂唱词的，哪怕他也是内行却仍然要通过读脚本来帮助理解[②]。尤侗的称扬固然难免拔高曹寅剧作艺术成就之嫌，但他并不是称扬曹寅既会填曲词又会写曲谱，却是显而易见的事实。敦诚以白居易《琵琶行》诗意为题材创作剧本，今人未睹其文本样貌，情节如何设计本不得而知。不过，敦诚声称只写了"一折"，无论敦诚所作《琵琶行》是传奇还是杂剧[③]，总之他只写了个"一折"的短剧。倘若要以一折的结构和篇幅，来营构一个故事曲折、情节集中、冲突明显的场上剧作，几乎是不可能的事。所以敦诚之作，当更青睐于意境的营造，借助特定的情境抒发"同是天涯沦落人，相逢何必曾相识"的人生感慨。果如此，则敦诚的《琵琶行》传奇，其性质更接近于仅提供给好友书面阅读的"案头剧"，其文学欣赏的目的会比较明显，而舞台演出的功能必定大大弱化。"佚诗"所写红粉渌尊同感、琵琶鼓板齐鸣的热闹场景，不过是忽略了敦诚剧作体制关目特征之后一厢情愿的想象罢了。

　　既然敦诚剧作是案头之书而非场上之曲，则有无戏班演出似成无谓之争。敦诚的祖父辈确曾养过家班，但这支日渐破落的宗室后裔，到了敦诚一代，

---

① （清）尤侗：《艮斋倦稿诗集 文集》，清康熙三十年刻本。

② 原文为："尤侗和曹寅都是剧作家，曹寅请尤侗喝酒听戏时还得同时请他读脚本，否则连内行也听不懂，不能'两臻其妙'。"参见吴世昌：《论曹雪芹佚诗——辟辨"伪"谬论》，香港《七十年代》1979 年 9 月号。

③ 作为戏曲情节单元的名称，"折"用于杂剧，"出（齣）"用于传奇。清时传奇亦用"折"表示结构单元。

家班早已不复存在；且祖母瓜尔佳氏在其祖父定庵公逝后"终身不闻乐"[1]，敦诚不至于瞒天过海，不顾忌祖母喜好，暗招戏班回家演戏宴客。相关史事甚明，梅文辨析亦细[2]，此不赘言。

清章学诚所谓辨章学术、考镜源流，意谓辨识学术使之彰显、考察源流使之明晰，其适用性早已超出目录学范畴，对举凡文史类的学术研究均有去伪存真的指归性意义。梅节先生乃是"曹雪芹佚诗"辨伪工程中的重镇，所撰诸文直击作伪与证真，体现了历史胆识、知识底蕴、辨伪直觉与价值判断的融合，驳难之始即占据了辨伪工程的制高点，显示出不可忽略的学术史价值。

（本文原发于《文艺研究》2013 年第 4 期，此次略有删节。）

---

① （清）敦诚：《先祖妣瓜尔佳氏太夫人行述》，敦诚：《四松堂集》影印本，北京：文学古籍刊行社，1955 年版，第 233 页。

② 梅节：《曹雪芹"佚诗"的真伪问题》，香港《七十年代》月刊 1979 年 6 月号。

从甲戌本《红楼梦旨义》
补文谈起

沈治钧

胡适原藏《脂砚斋重评石头记》甲戌本凡例第一条即《红楼梦旨义》，研究者俱十分熟稔。天津王超藏伪本中也有《红楼梦旨义》，惟单列一行，且未标"凡例"二字，大谬。今从《红楼梦旨义》中的补文谈起，论题相对集中，但涉及的方面实际上也颇不少。

我做过王藏本辨伪一事，将多种本子归拢到一处互校。此篇粗浅的小东西是该项工作的衍生物。由于互校时遇到若干疑难问题，故而独立成章。

补文及改文

甲戌本上有不少补文及改文。补即拟补，将空缺的文字填上；改即描改、旁改或眉批校改，将讹误的文字修正。1961 年暮春之后，亦即《乾隆甲戌脂砚斋重评石头记》影印本初版发行之后，胡适写过一篇《校勘小记》，集中谈论这个问题。其中说道：

> 此本有原挖去的字而没有改补的：如六叶下五行"簪"字下挖空一字，应是"缨"字。十五叶下八行"宵"字挖去上半。八八叶上五行"娘"字挖去左半。八八叶下十二行"说"字挖去大半。一〇二叶上四行朱批"一人不落一□不忽"，挖去的字应是"人"字。

一一四叶上一行朱批"骗"字挖去右半。这些挖空的字都没有补，都容易补足。但七七叶下六行"擅风情□□秉月貌"，情字下应该空一字，原本挖去了一字，留的空白，被人错填了"宵"字，就不通了。影印本上这个错填的"宵"字不容易看出，故我记在这里。

此本是一个很工整的钞本，但也有一些错字，脱字，衍文。在我买来之前，已有人校改过一些错误了。我自己也曾用戚蓼生序本校过，又曾用徐星署藏的庚辰本校过，但我只敢记出两三处异文。我的意思是要保存这个甲戌本的原样子。现在我只要指出二十一叶下一行"又一一"下有衍文三十四字，从"未写荣府正人"起，到下三行"又一一"为止。请读者记出。①

可见甲戌本中此类问题甚伙。作为读者，我们至少应该记住，胡适格外珍视这个本子，极少做出改动。他"要保存这个甲戌本的原样子"。我撰文谈过甲戌本附条。胡适之所以将该附条撕扯掉，正因它不是"这个甲戌本的原样子"。另外，还该注意，在1927年夏季胡适购买到这个本子以前，"已有人校改过一些错误了"。

像胡适所列出的那类补改细故，一个一个都搞清楚是不可能的。当然，有可能搞清楚的补改问题，就应该试着去搞清楚，以便给相关思索提供参考，给相关判断提供依据。现仅讨论五个字，"多""红楼"及"簿籍"。《红楼梦旨义》头一句"是书题名极多□□红楼梦是总其全部之名也"，其中"多"和"红楼"三个字是填补上去的；下文有"亦曾翻出十二钗之簿籍"，其中"簿籍"（竹头）是从"薄藉"（草头）描改过来的。两者合一，总称补改。

---

① 胡适：《甲戌本〈脂砚斋重评石头记〉校勘小记》，见《胡适批红集》，北京：北京大学出版社，2009年版，第478—480页。

此篇小文只谈这五个字，主要涉及两个方面：什么时候补改的？谁补改的？至于由此引申出一连串额外话题，可视作蝴蝶效应（the butterfly effect）的红学变种。

补改时间

时间本来不是个问题。或说，没有人明确提出过时间问题。红学界尽人皆知，"是书题名极多□□红楼梦是……"中"多"和"红楼"三个字是胡适拟补上去的，晓得这一点即可，管他什么时候做的。1928 年仲春，胡适发表《考证〈红楼梦〉的新材料》，隆重介绍去年夏季所购藏的甲戌本，全文公布包括《红楼梦旨义》在内的该本凡例，其中第一句即"是书题名极多□□红楼梦是总其全部之名也"，仅空两格，"多"和"红楼"三个字已填补上[①]。因此，读者自然而然认为，那是胡适 1927 年夏季至翌年春季之间填补的。

王藏伪本现身后，"多"字成为论争焦点之一。旧话重提，我才搜集相关资料，逐渐注意到其中竟还有个时间问题，比较重要，不可忽略。在诸本互校过程中，自然会遭遇一些障碍。若紧跟版本证据走，那还好办。麻烦在于，红学领域问题成堆，疑窦丛生，到处都有暗礁。王藏伪本以外，甲戌本是唯一存有《红楼梦旨义》的本子，当然会获得关注。

周祐昌、周汝昌兄弟曾于 1948 年夏季至冬季借阅抄录胡适原藏甲戌本，所以他们的副本及相关证言属于理当正视的重要材料。他们还出版过两种校注本，也应在正视之列。周氏精校本（海燕出版社 2004 年版）与汇校本（人民出版社 2006 年版）上，《红楼梦旨义》首句均为："是书题名极□□□□□梦，是总其全部之名也。"五个空格，一目了然。另外，四个"点睛"均作误字"点晴"，"簿籍"（竹头）作别字"薄藉"（草头）。按语云：

---

① 胡适：《考证〈红楼梦〉的新材料》，《新月》第 1 卷第 1 期，1928 年 3 月 10 日。此文写于同年 2 月 12 日至 16 日，收入同年亚东版《胡适文存》三集上册卷五。

以上凡例第一条。据一九四七年所见《甲戌本》原本，"点晴"均作"点晴"，"簿籍"作"薄藉"，首行末缺四字有半，今上海古籍出版社复印件描改失真。[①]

这段话，以下简称周校本按语。"一九四七年"显误，应为 1948 年，即民国卅七年戊子。问题来了。这一年周氏兄弟二人亲眼"所见"的胡适甲戌原本上，果真"首行末缺四字有半"吗？哪个字"有半"？"多"还是"楼"？倘若是"多"，便对王藏本证真方有利，他们的确可以声称那里原该是个"多"字；倘若是"楼"，便帮不上王藏本证真方的忙，尽管尚不至于帮倒忙。"多"耶"楼"耶？这是个疑问。

其实，关键是时间。1948 年"所见"，兄弟二人亲眼"所见"，是吗？那个时候胡适还没有将"是书题名极□□□□梦是"空格填补上？令人震惊，使我瞠目结舌。归根结蒂，时间问题是个信任问题。周校本按语可信不可信？我觉得，既可信又不可信。

先说可信。毋庸讳言，周汝昌讲过错话、胡话、谎话，甚至还伪造过假诗词。然而，我们显然不能据此认定他讲的每句话都有问题。前引周校本按语，让人感觉不像假话。其一，此事仅仅涉及胡适甲戌原本在 1948 年夏季的历史原貌，周似没有必要就此撒谎；其二，"首行末缺四字有半"处于甲戌本首页首行，属于极为鲜明惹眼的版本特征，周氏兄弟不可能双双误记误忆；其三，四个"点晴"均作讹字"点晴"，此有甲戌原本为证，表明周校本按语是对的，准确无误；其四，"簿籍"（竹头）原作"薄藉"（草头），此项有周氏副本为证，似乎没有理由置疑；其五，甲戌本"簿籍"二字竹头

---

① 周祐昌、周汝昌、周伦玲校订《石头记会真》，郑州：海燕出版社，2004 年版，第 2 页。同类说法早见于周氏兄弟合著《石头记鉴真》（书目文献出版社 1982 年版）中的相关说明。他们彼时明确讲，"多"处残缺之半为"夕"字。1948 年夏末，周祐昌誊录副本完毕，作《红夏钞书记》，其中未提及该项细节。

存在明显的"描改"痕迹，对比左侧"笔墨"一词中的"笔"（竹头清晰澄爽），"薄藉"草头原貌立见；其六，周氏副本旁注甲戌本误字"（晴）"和"（薄藉）"，事在"壬辰初秋"即1952年（下详），上距1948年仅四载而已，周汝昌当不至记错；其七，周氏兄弟于1948年借阅抄录过胡适甲戌原本，红学界无人不知，周校本按语也毫不含糊，毫不闪烁，当年兄弟二人亲眼"所见"云云并无歧义，读者当不至产生误解；其八，《石头记会真》凡十册，号称五百万言及五十六年心血结晶，第一句话的按语即为谎言，此实不可想象[①]；其九，精校本由周祜昌、周汝昌、周伦玲两代三人联合署名，其按语先后两番发布，态度郑重，口吻严肃，可信度应较高。基于上述九项理由，读者可选择相信该按语。

再说不可信。耸人听闻，故作惊人之语？炫耀眼福奇绝，尝见尔曹所未见？不得不承认，还真有此种可能。周汝昌确乎撒过谎、造过假、讲过许多完全不靠谱的华言风语，也难怪读者杯弓蛇影，疑神疑鬼。我曾多次指出他的某些言辞不可信，但对他并无成见，只愿实事求是，可信即可信，不可信即不可信。坦白讲，有一段时间，面对周校本按语，我觉得信也不是，不信也不是，进退维谷，左右两难，犹豫不决。

信——也就是讲，除"一九四七年"显误以外，周校本按语当为大抵属实。那既不是误忆，也不是乱讲，更不是撒谎，而是披露胡适甲戌原本在1948年夏季的版本形态史真相。那个时候，兄弟二人亲眼"所见"，在甲戌原本上：（1）"点睛"均作讹字"点晴"；（2）竹头"簿籍"作草头"薄藉"；（3）"首行末缺四字有半"，即"多"和"红楼"三个字还没有填补上。这与现今所能见到的甲戌本（包括原本与复印件）首页B面及次页A面，可以说大相径庭。周校本按语所谓"复印件描改失真"，不讲面目全非，起码也算眉眼走形。

---

① 周汝昌：《五十六年一愿酬》，2004年7月22日《光明日报》副刊；乔福锦《"尼山事业"争千秋》，《邯郸学院学报》2007年第1期。

该按语笔之确确，言之凿凿，还有版本实物为证，似乎没有什么理由断然不予采信。

不信——周校本按语一举颠覆了已往的红学常识，令人十分诧愕。孤证不立。倘若仅因该按语这么一说，我们便立刻予以采信，似乎也太不慎重。必须找到旁证材料。

胡适的相关证言

《红楼梦旨义》首句"是书题名极多□□红楼梦是"中，"多"和"红楼"三个字究竟是谁填补上去的，此事早为红学家所瞩目。1962 年春夏之交（胡适已病逝三个多月），《乾隆甲戌脂砚斋重评石头记》影印本于台湾地区再版，毛子水跋云：

> 我现在要借这个重印的机会把一件和这个复印件有关的事情告诉读者。影印本的第一页第一行的"多"和"红楼"三字，潘石禅教授疑为胡先生所补写的；曾于今年夏间写信嘱我代为查询。我函商胡先生哲嗣祖望兄；祖望兄即转请蒋硕杰教授代为校对。上月中，蒋教授给祖望兄的信有下面一段：

> 潘重规先生之推测，完全正确。原书是页表纸破损一角，自"极"字以下第一行之原文尽失，"多"及"红楼"三字，显是适之先生补写于里纸上者。自原书上犹可辨纸色略有不同；但自影印本中则不易辨矣。唯字体与原书其他各字显然不同；且"多"及"红楼"三字上均盖有"胡适"图章，显系适之先生指示后人此三字乃其补写也。①

---

① 毛子水：《〈脂砚斋重评石头记影印本〉第二次重印跋》，见《胡适红学研究资料全编》，北京图书馆出版社 2005 年版，第 495—496 页。原有误字，已校正。胡适图章为篆书"胡适之"三字，非"胡适"。参看吴佩林：《〈红楼梦〉版本变异的活化石——毛子水〈脂砚斋重评石头记影印本第二次重印跋〉异文录及启示》，《学术界》2014 年第 2 期。吴文揭示"蒋硕杰"讹"蒋硕傺"故事，令人捧腹。

台湾大学中文系教授毛子水（1893—1988）跋文转引康奈尔大学经济系教授蒋硕杰（1918—1993）信中这段话，现广为红学界所知。职是之故，大家一致肯定，甲戌本上"多"和"红楼"三个字是胡适拟补上去的。至于拟补的具体时间，可惜尚未明确。

事实上，有比蒋硕杰信函更直截的相关证言。前引1961年暮春甲戌复印件初版发行之后，胡适所写的《校勘小记》，其中还有一段话：

影印本二叶上首三行原有撕去的一块，大概是有意隐没最后藏此书者的印章，故"是书题名极多"之下缺了四字，我只填了"红楼"两字。此句原文似是"一曰红楼梦"。

此为胡适生前亲笔书写的学术证言，当属毫无疑问。惜乎他没有提到拟补时间，也没有着重谈"多"字，而是一副理所当然的口吻，说"故'是书题名极多'之下缺了四字"。大概残缺"有半"的字正是"多"的上半"夕"，胡适觉得那肯定是个"多"字，没有必要特意谈它①。他明确承认，"我只填了'红楼'两字"。此乃谜底。"多"为胡适所描补，"红楼"为胡适所填补。这三个字上均有"胡适之"朱文印章，证据确凿，不容置疑。

应该讲，"多"字对王藏本证真方比较有利。然而，胡适又猜测，"此句原文似是'一曰红楼梦'"，即空格并非可有可无，这对王藏本证真方显然不利。胡适蛮谨慎的，不能肯定"一曰"确否，便宁肯留下两个空格，很值得称道。今日学界咸知吴恩裕主张填"一曰"，其实胡适早有此见。最成问题的是，胡适没有交代描补填写的具体时间，则周校本按语所谓1948年兄

---

① 威斯康星大学历史系教授周策纵（1916—2007）曾目验甲戌原本，认为"极"字之下仅剩一撇，胡适乃就一撇补为"多"字。见《红楼梦案——周策纵论红楼梦》，北京：文化艺术出版社，2005年版，第118页。

弟二人亲眼"所见"甲戌原本"首行末缺四字有半"之说便无从证实，当然也还无从证伪。我们只好继续寻觅证据。

俞平伯暂且无法作证

我首先想到俞平伯。据《秋荔亭日记》，他曾于1931年春季至夏季借阅胡适甲戌原本，还在当年的3月26日晚及28日上午"节抄"过甲戌原本上的脂砚斋评语①。依常情推断，俞肯定会抄录甲戌本凡例第一条，即《红楼梦旨义》。对此，我有证据。

a 极至红楼梦一回中（甲戌原本）

b ——————————（周氏副本）

c 及——————————（陶洙抄件）

d ——————————（俞辑旧版）

e ——————————（王藏伪本）

此处甲戌本"极"（即繁体"極"字）属音同致讹。周氏副本袭，也作"极"。陶洙曾用蓝笔将甲戌本凡例（所据为甲戌原本或周氏副本）过录到自己所藏的己卯本上，"极"径改"及"，无任何说明。俞平伯《脂砚斋红楼梦辑评》旧版（上海文艺联合出版社1954年初版及古典文学出版社1957年再版）所据为陶洙抄件，亦作"及"，但其下括注"原作极"。该书中华书局上海编辑所1963年新版同，亦有"原作极"括注。

甲戌本影印于1961年暮春，翌年大陆地区翻印，则俞辑1963年新版括注"及（原作极）"完全不足为奇。对照甲戌复印件，俞平伯当然知道"及"字"原作极"。问题在于，1954年至1957年甲戌复印件还没有出来，陶洙抄件又是个干干脆脆的"及"，俞平伯如何知悉"及"字"原作极"呢？他当

① 见《俞平伯全集》第10卷，石家庄：花山文艺出版社，1997年版，第221页。参看拙文《真假红学三谈》，《红楼梦学刊》2015年第4辑。

然知悉。他在 1931 年就仔细阅读过甲戌原本，还"节抄"过部分脂批。俞辑 1954 年初版和 1957 年再版上的"及（原作极）"证明，俞平伯确乎"节抄"过甲戌本凡例，起码"节抄"过第一条《红楼梦旨义》。

倘《红楼梦旨义》俞氏抄件首句为"是书题名极多□□红楼梦是"便证明 1931 年春之前胡适已将"多"和"红楼"三个字填补到甲戌原本上；倘俞氏抄件为"是书题名极□□□□□梦是"便证明当时胡适还没有填补"多"和"红楼"，1928 年仲春《考证〈红楼梦〉的新材料》征引作"是书题名极多□□红楼梦是"只不过空口说说而已，胡适并没有真的把"多"和"红楼"三个字填补到甲戌原本上。果如此，则证明周校本按语所谓 1948 年亲眼"所见"甲戌原本"首行末缺四字有半"是可信的。

遗憾的是，目前还无缘得见俞氏抄件。俞平伯对陶洙抄件上"是书题名极多□□红楼梦是"没有表示任何怀疑，更没有任何注释解说，似乎证明那种文字面貌正是他 1931 年所见到的样子，也正是他"节抄"下来的样子。不论如何，俞平伯当前尚无法为周校本按语作证。另据高树伟考证，1928 年春，胡适向友人透露，他命程万孚（1904—1968）"誊校"过一部甲戌副本，参与其事的可能还有罗尔纲。汪原放似乎给魏绍昌看过这个副本。只可惜，程氏副本已佚[1]。罗尔纲没有留下相关的文字材料。魏绍昌语焉不详。

顺带一说，陶洙也无法作证。尽管梅节考证，周汝昌曾将胡适甲戌原本出借给陶洙，以换取红学数据，陶洙抄补己卯本所据为甲戌原本，而非周氏副本，但陶洙抄件上赫然即"是书题名极多□□红楼梦是"，根本无法为周校本按语作证[2]。相反，陶洙倒可证明，他亲眼看到的甲戌原本上不是五个空格，而是两个空格，周校本按语不可信。

---

① 高树伟：《无畏庵主记胡适席间谈甲戌本》，《胡适研究通讯》2015 年第 1 期。

② 参看梅节：《周汝昌、胡适"师友交谊"抉隐——以甲戌本的借阅、录副和归还为中心》，香港《城市文艺》第 54 期，2011 年 7 月。此文收入《海角红楼》，北京：国家图书馆出版社，2013 年版。

周氏副本山寨化问题

周校本按语可信与否，胡适、俞平伯、程万孚、罗尔纲、汪原放、陶洙、魏绍昌均无法作证，我便将目光投向周氏副本。照理说，周氏兄弟应该是能够给自己作证的。然而，非常尴尬，该副本自身形态相当可疑，自顾尚且不暇，根本无法为周校本按语作证。

周氏副本全书不得一窥，目前仅可见首页影印件，不过够了。"是书题名极多□□红楼梦是总其全部之名也"，此乃周氏副本《红楼梦旨义》第一句话。倘若确如周校本按语所言，兄弟二人 1948 年夏季亲眼"所见"甲戌原本"首行末缺四字有半"，那么他们怎么会抄出"多"和"红楼"三个字呢？莫非自家以意拟补？果如此，当有说明。既无说明，可知那便是胡适甲戌原本 1948 年夏季之时的实际文字面貌。诸本比对如下：

a 是书题名极□□□□□梦是（甲戌旧貌）

b —————— 多 —— 红楼 ——（甲戌新貌）

c ————————————————（周氏副本）

d ————————————————（陶洙抄件）

e ————————————————（俞辑旧版）

f ———————— ◇ ◇ ————（王藏伪本，无空格）

关键在于，周校本按语说，兄弟俩 1948 年夏季之亲眼"所见"乃甲戌原本的历史旧貌，即"首行末缺四字有半"，但相关证据均不予支持。不宁唯是，还恰恰相反，每一项证据（包括周氏副本形态）都在否定周校本按语。该兄弟确乎自相矛盾。按语所谓"复印件描改失真"，那不是复印件之过，而是胡适之过。事实恐怕是，周氏兄弟跟孤陋寡闻的我辈一样，压根就没有眼福亲睹亲见胡适"描改失真"之前的甲戌本历史旧貌。换言之，胡适描补"多"字并填写"红楼"二字，此事发生在 1948 年夏季之前。

且慢，在周氏副本首页影印件上，在"多"和"红楼"三个字上，没有"胡适之"那两枚红艳艳的图章，这是怎么回事？此种形态能否证实周校本按语？似乎值得斟酌一番。该副本首页影印件右侧盖有三枚阳文图章，由上到下依次是"刘铨富子重印""子重""髯眉"，与胡适甲戌原本上的刘铨福钤印一模一样，连倾斜角度皆相同，仅墨色略有差异而已。我曾著文指出，这在影印出版的时候若不加以必要说明，便有学术造假之嫌①。有人说那不是学术造假，不是盖上去的，而是画上去的。对，画上去的，确有此种可能。画上去的也该说明，否则会导致读者误会。关键在于，周氏兄弟为什么要盖或画那三枚刘铨福钤印呢？显然，以存其真也。他们要让自己的副本尽量接近甲戌本原貌。

随之而来的问题为，那是什么时候的原貌？这又是个时间问题。两种可能：一是 1948—1961 年之间，若此时段仿制印章，那反映的只能是 1948 年兄弟俩获睹过的甲戌本原物模样；二是 1962—2005 年（附有周氏副本首页书影的《红楼无限情》出版），若此时段仿制印章，那反映的便是甲戌复印件模样。第二种可能性比较滑稽。一方面高调指责"复印件描改失真"，另一方面悄悄对照复印件仿制图章，怎么琢磨也是个山寨版，去正宗副本远矣。山寨者，fake 也，赝作也。打个比方。我们现今以甲戌复印件为底本抄写若干回《石头记》（类似王藏伪本），再在上面仿制刘铨福钤印三枚，看上去像模象样，但恐怕是不好意思声称我这是甲戌副本的。周氏副本明明是个来历正大的真货真物，却被涂上假油假彩，让人觉得匪夷所思。如果说 1953 年《红楼梦新证》出版之前他们还不太懂行的话，那么此后便很难说他们还不算行家，竟犯低级错误，给古董家具刷新漆。

劳驾注意，1961 年春台湾所出甲戌复印件同页上有胡适图章三枚，一在右上角（胡适之玺），一在右下"多"字上（胡适之），一在更下"红楼"二字上（胡适之），而周氏副本上全无胡适图章踪影。胡适图章是何时钤上

---

① 参看拙文《真假红学续谈》，《红楼梦研究辑刊》第 8 辑，2014 年 6 月。

去的？目前不清楚。依常情推断，应该在补写"多"和"红楼"同时。周氏副本上没有这三枚胡适图章，是不是说明胡适补字钤印于1948年之后？似乎有此可能。或许某位读者会说，右上角的"胡适之玺"属藏书章，胡适购买后不久即当钤妥，以明归属，可见周在副本上仿制图章于60、70年代，彼时大陆地区甲戌复印件正是去尽了胡适藏书痕迹的。此说有理。不过，似乎另有一种可能（实际无此可能），即在1948年秋冬之际，周氏兄弟觉得时局动荡，仿制胡适藏书章不妨缓缓。他们首先仿制的是刘铨福钤印三枚。至1949年元月，北平和平解放，后来胡适又被宣布为十恶不赦的"头等战犯"之一，周氏兄弟当然不敢仿制"头等战犯"的藏书章[①]。至80年代后，胡适越来越吃香，若须仿制图章，此际正当其时，但事实是周氏副本上就是没有胡适图章的任何痕迹。因此，不妨假设，除"胡适之玺"藏书章以外，该副本影印页反映的正是1948年夏季兄弟二人亲眼"所见"甲戌原本的历史面貌。这也就是讲，那个时候"首行末缺四字有半"，胡适尚未补写"多"和"红楼"，自然也就没有右下那两枚"胡适之"朱文图章。问题是，凭什么除"胡适之玺"藏书章以外？周氏副本首页影印件所呈现的图章形态，太像1962年后大陆甲戌复印件的虚假面貌，即"去尽胡适涂抹痕迹"（翻印说明）。刘铨福是个古人，他的三枚图章因而得以保留。大陆复印件如此，周氏副本亦如此。

再回到1948年秋冬之际。仿制图章有两个办法，一曰刻，二曰画。刻需要一定时日，画则极迅捷。既敢主动借书，又敢私行过录，更敢擅自题跋，便敢欣然仿制甲戌原本藏主胡适的那三枚图章。若讲政治立场问题，借阅、录副加上题跋（名下钤"禹父"印）已属大错特错，哪还在乎图章仿制细故？

[①] 胡适于1952年被列为"头等战犯之一"，实因他于1948年12月14日乘专机离开北平，飞赴南京，后去台湾和美国，已用实际行动表明政治立场。此前的1948年秋，解放区广播电台曾专门针对胡适发出公开呼吁，希望他不要追随国民党蒋介石集团逃跑，将来可做北京大学校长兼北京图书馆馆长。参看季羡林《为胡适说几句话》，《群言》2009年第8期。

何况彼时（周氏归还甲戌原本之前）胡适并无显性政治立场问题，依旧还属于格外重要的统战对象。雕刻印章需要时日，但兄弟俩的时间是足够的，描画就更不用谈。一旦将胡适图章三枚仿制上去，再想抹是抹不掉的。如今在周氏副本首页影印件上觑不见胡适图章，这只能证明，周氏兄弟在1948年夏季根本就没有仿制胡适图章。因此，周氏副本上不见胡适图章，并不能证明1948年胡适尚未描补填写"多"和"红楼"三个字，亦即无法证实周校本按语所谓1948年亲眼"所见"甲戌原本"首行末缺四字有半"。胡适"描改失真"，彼时已然。

图章六枚，刘铨福三枚，胡适三枚，周氏兄弟仅仿制前者，而置后者于不顾，这已够虚假。若六枚都不仿制，无人会指责他们，有选择仿制才极不合理，极不正常。大陆地区甲戌复印件上仅存前者，这完全可以理解。周氏副本上同样如此，未免过于巧合。由此，不得不考虑，该副本上的刘铨福图章三枚，那是什么时候仿制上去的。1948年秋冬之际没有仿制胡适图章三枚，只仿制刘铨福图章三枚，于情于理都敷衍不过去，根本讲不通。那么，1948年之后的数年间如何？譬如"壬辰初秋"即1952年。时间是足够充裕的，问题是甲戌原本已归还胡适，不在手边，如何保证刘铨福图章的面貌一模一样？如何保证图章所在的位置一模一样？如何保证图章的倾斜角度一模一样？恐怕合理的解释只能是，周氏副本上刘铨福图章三枚，仿制于1962年之后，那是比照大陆地区甲戌复印件盖上去或画上去的。却原来，周氏副本居然业已山寨化。这是我们以前连想都不敢想的。正因此事发生于60、70年代，彼时胡适是个臭名昭著的阶级敌人，周氏兄弟才没敢仿制他的图章三枚。

或许有人会讲，刘铨福图章是不是山寨版，这有什么要紧？周氏副本上的文字可靠不可靠，这才是关键。首先，如今甲戌复印件充斥天下，而周氏副本产生于1948年夏秋，它最为可贵的文献价值就是按照胡适甲戌原本依样画葫芦。一旦按照1962年之后的影印本做出增饰修补，那便史料价值顿失，文献价值骤减。古籍副本山寨化，这不是个枝节问题，而是个根本问题，原则问题。比照当代影印本弄出来的搀假货色，不叫古籍副本。或许周氏兄弟后来已经意识到问题的严重性，所以尽管可以重新看到甲戌复印件上的胡适图章三枚，却再也没有进行仿制，但悔之晚矣。大错铸成，好端端的副本已山寨化。

其次，不得不认真考虑，周氏副本上的文字有没有山寨化。1948 年夏季，兄弟俩还不懂录副规矩，一没有事先向藏主胡适发出录副请求，二不管不顾甲戌原本的行款格式，三顺手改正原本讹误，如讹字"点睛"均抄成正字"点睛"，草头"薄藉"抄成竹头"簿籍"（详下）。刘铨福图章既可山寨，则何者不可山寨？红杏一旦出过高墙，人们必然疑心是否被偷过，是否被偷过不止一次两次。这怪不得大家，要怪只能怪红杏枝头春意闹。

周氏副本上有旁注和眉批，加批时间为"壬辰初秋"即 1952 年，那时候甲戌复印件还没有出来，周汝昌不可能根据复印件作出相应改动，勿论图章还是文字。你瞧，又是个时间问题。既然如此，下面便来探讨一番该副本上的旁注和眉批。劳驾注意，"壬辰初秋"，彼时固然没有甲戌复印件，但周氏手边也没有甲戌原本。

在周氏副本首页影印件上，四个"点睛"（甲戌本目前形态）均作"点睛"，第一个"睛"右侧旁注原讹字"（晴）"；竹头"簿籍"（甲戌本目前形态）旁注原讹字草头"（薄藉）"。诚可谓细之又细，一丝不苟。其上眉批："括号表原本误字，下仿此。玉言识于成都，壬辰初秋。"又批："亦表别种，以存原本之真。又识。"[1]然而，校雠至少须两个本子，一个底本，一个副本。"壬辰初秋"即 1952 年人在成都的周汝昌仅持孤零零一个副本，手边并无甲戌原本，他是如何一一"括号表原本误字"的？他是如何实现"以存原本之真"

---

[1] 此页书影见周汝昌著，周丽苓、周伦玲编：《周汝昌与胡适》，天津：百花文艺出版社，2013 年版，第 224 页。

的？单纯依赖一己的记忆吗？世间有种神人，一目十行，过目不忘，但周显然不是此种神人。在他的论著中，引文讹误俯拾即是，周校本按语中"一九四七年"便是错的，可见他的个人记忆完全靠不住。既然"壬辰初秋"即1952年之说不可信，便只剩下以下两种可能性。

"括号表原本误字"于1948年，眉批于"壬辰初秋"。这不可能。倘若1948年已晓得"误字"的版本珍贵性，又何苦将它们一个一个俱抄成正字？录"误字"为正字，恰因不知录副的特殊讲究，看似正确，实则乖谬。那时候，兄弟俩连原本的行款格式都还不懂得尊重，根本谈不上尊重"误字"。真正明白应该尊重"误字"，必定是相当晚近的时候。周汝昌对此的历次解说，如录副时不懂云云，也可证明之。至于周校本表现出极端刺眼的错别字崇拜症，那正是对于早年不谙"误字"文献价值的一种强烈的反拨效应。一个显而易见的逻辑是，倘"括号表原本误字"于1948年，便不可能"壬辰初秋"即1952年才加眉批。

实际上，此处合理的推索仅剩一种，即"括号表原本误字"于1962年之后，那是对照甲戌复印件做出来的，眉批也在这个时候，只不过倒填岁月为（起码十年以前的）"壬辰初秋"即1952年而已。只有在1962年之后，周汝昌才具备主观与客观两项必备条件。主观条件即认识到胡适甲戌原本上"误字"的独特版本价值，客观条件即两个本子（甲戌原本与副本）都在手边。1948年不具备主观条件，1952年则不具备客观条件（是否已具备主观条件存疑），故"括号表原本误字"只可能完成于1962年之后。这与仿制刘铨福图章的浅显道理，指向完全一致。毋庸讳言，对照甲戌复印件"括号表原本误字"，此为周氏副本山寨化的又一突出表现。1962年之后的周汝昌显然已意识到山寨化问题，故不得不倒填岁月"壬辰初秋"。道理极简单，"壬辰初秋"完全不可能实施校雠，故绝对不可信。

我谈过甲戌本附条，指出它具旁证作用，证明王藏伪本抄成于1948年之后。周伦玲透露，副本针对该附条有眉批："此后人批不必存玉言。"其中"批"

一作"笔墨"①现今我们意识到这条眉批产生于 1962 年后，其旁证作用不会受损吗？我确信不会。无论该眉批写于 1948 年、1952 年还是 1962 年后，其认知结论均必定产生于 1948 年夏秋冬三季。1962 年后，周汝昌看到甲戌复印件上没有附条的任何痕迹，而副本上是存有该附条文字的，他便不得不做出相应说明。于是乎，括注"（附条）"二字，另加眉批一条。在这个问题上，周倒是挺负责任的。当然，"后人"是谁，他没有交代清楚，自属缺憾。

周氏副本山寨化，此非想象。因证据充分，逻辑清晰，应无太大疑问。指出这一点，并非刻意贬低该副本的文献价值；恰恰相反，是想努力维护它的文献价值。它是个历史产物，文献价值（莫管高低）是谁也否定不了的。我只想厘清一项基本事实，供学界同仁参考，以使我们在做出相关判断的时候更加严谨缜密。同时，理应意识到，该副本长期不得全部影印出版，存在继续山寨化的现实危险。当前及今后的任何增删涂抹，都是继续山寨化的具体表现。因此再次呼吁，尽快将它公之于世，以利学术研究，以免继续山寨化。

"簿籍"描改问题

《红楼梦旨义》有"亦曾翻出十二钗之簿籍"一句话，其中"簿籍"二字是描改过的，即从草头"薄藉"描改为竹头"簿籍"，痕迹宛然。这是谁干的？没人问过，自然也就没人回答过。前引胡适《校勘小记》说："在我买来之前，已有人校改过一些错误了。"据此，可以讲，"簿籍"二字竹头是胡适购藏甲戌本之前某人描改出来的。

然而，前引周校本按语却明确说，1948 年夏季兄弟俩亲眼"所见"甲戌原本"'簿籍'作'薄藉'"，即他们看到过两个原始的"艹艹"。这可能吗？这可信吗？诸本排列如下：

a 亦曾翻出十二钗之薄藉（甲戌旧貌）

---

① 参看拙文《再谈甲戌本附条》，《红楼梦研究辑刊》第 9 辑，2014 年 11 月。

b ———————————簿籍（甲戌新貌）

c ——————————（周氏副本，旁注"薄藉"）

d ——————————（陶洙抄件）

e ——————————（俞辑旧版）

f ———————————薄—（王藏伪本）

g ———————————簿—（俞辑新版）

此处甲戌本旧貌"薄藉"（草头）形讹，后被描改为正字"簿籍"（竹头）。于是乎，周氏副本→陶洙抄件→俞辑旧版→王藏伪本，一线贯串，一脉相承。仅王藏伪本作"薄籍"，两个字，一草头一竹头。我们可以说，王藏本上那个"薄"（草头）属形近致讹，不能否定它抄自俞辑旧版的基本事实。但是，这个字毕竟对王藏本证真方有利。

现今看到的甲戌本作"簿籍"（竹头），但周氏兄弟说那不是历史原貌，已然"描改失真"，"薄藉"（草头）才是历史原貌，最迟至 1948 年夏季还是这个样子的。对此，周祜昌于 1948 年 8 月 24 日作出过相关说明：

> 关于字的写法。原钞的字有些特殊的写法，例如"侯"作"候"……"簿籍"作"薄藉"，"诸之子曰"该是"诗云子曰"，"词幻见山"该是"开门见山"……可见钞手的幼稚而又忠实，对笔划不明的字有误认，对笔划清楚的字不会换个写法，自作聪明。从他保留下来的古写、帖写、行草写法看来，所根据的底子说他是雪芹原稿，也很可能，并非飞言浮躁；只是没有进一步的证据罢了。可惜我未能一一照写。其他别字漏字，一仍其旧，未敢妄加臆改，尽力存真。（中略——引者按）虽然如此，大体说来，我们的钞校是相当忠实而且用心的。[①]

① 周祜昌：《红夏钞书记》，见《石头记会真》，郑州：海燕出版社，2004 年版，第 10 册第 78—85 页。

周祜昌述及"'簿籍'作'薄藉'"，正与周校本按语合榫。彼时周祜昌毫无必要就此扯谎。可见，起码到 1948 年 8 月 24 日，甲戌原本上还是"薄藉"（草头），而非"簿籍"（竹头）。王藏伪本麻烦，周氏兄弟更麻烦。他们将一桩原甚简单的版本事体，弄得非常复杂。但不能怪罪周氏兄弟，他们当然拥有道出历史真相的学术权利。周校本按语特意提及现今"复印件描改失真"，直接针对"簿籍"（竹头）原作"薄藉"（草头）一事，因"首行末缺四字有半"，胡适填补"多"和"红楼"，今仅剩两个空格，这不属于"描改"，而属于拟补；另甲戌本讹字"点晴"根本没有被"描改"过，故不存在"失真"问题。

前已剖析，周校本按语所谓兄弟俩 1948 年亲眼"所见"甲戌原本"首行末缺四字有半"基本不可信，那么他们说亲眼"所见"1948 年"'簿籍'作'薄藉'"又如何呢？似乎不能把洗澡水和孩子一起泼掉。周校本按语中有错话、有假话，未必便全不可信。"'点晴'均作'点晴'"就是可信的，则我们对 1948 年"'簿籍'作'薄藉'"似乎没有理由滥施怀疑。拟补事大，"描改"便小得多，何况只是"描改"两个偏旁部首而已。将"薄藉"的草头改成竹头，作正字"簿籍"，从版本学角度看当然欠妥，但终究不属于罪大恶极。当年的《红夏钞书记》作证，周校本按语针对"簿籍"竹头的"描改失真"之说基本可信。

盘算起来，1948 年 8 月 24 日以后，已知接触过甲戌原本的人士有周祜昌、周汝昌、陈梦家、张伯驹、陶洙、胡适、王际真……（1950 年春季之后情况不详）他们均为"描改失真"的嫌疑人。当下要从中指认出一个"作案凶手"来，殊非易事。放着"点晴"的"晴"四个误字不管，却将"薄藉"的草头"描改"成"簿籍"的竹头，此类小动作迹近无聊。据我有限的了解，陈梦家、张伯驹、胡适、王际真（英译《红楼梦》的哥伦比亚大学教授）尚不至于如此无聊，他们四位可首先排除掉。周祜昌最早指出"簿籍"原作"薄藉"，态度认真，也可排除。坦率讲，我对周汝昌确有看法。尽管如此，我也不觉得他会如此无聊。世人皆无聊，但表现方式各种各样。周汝昌的无聊会风雅些。不必讳言，我怀疑陶洙。

讨论至此，相信许多读者会联想起梅节的那篇名文。据梅说，周汝昌曾将甲戌原本借给陶洙，最直接的证据即陶写于"己丑人日"（1949年2月4日）的己卯本卷首题记。另据周汝昌透露，陶洙其人极可厌，专爱在别人的珍本上留下"雪鸿之迹"①。照此看来，陶洙擅自动笔"描改"那"薄藉"草头为"簿籍"竹头的嫌疑最大。一个痴迷红学的老书虫子，己卯本藏主，庚辰本摄影照片拥有者，北师大藏本主持制造者，头上还戴有一顶附逆人员的黑帽子，他在胡适的宝贝本子上留下几痕"雪鸿之迹"，心理上定会获得某种满足。

由于痕迹微小，被描改出来的"簿籍"竹头未必会为胡适、俞平伯所察觉。周汝昌有心，显然注意到了，但有苦难言，因他本不该把甲戌原本借给陶洙，要借也只应借出自家的副本。超级名流胡适的甲戌原本已遭玷污，追悔莫及。于是乎，1962年后，周汝昌在其副本上标明"（薄藉）"二字，同时眉批"括号表原本误字"，郑重声明"以存原本之真"，藉以发泄他对陶洙的强烈不满。比至桑榆之晚，他对此事犹然耿耿于怀，遂在周校本中仍用草头"薄藉"，执拗拒绝竹头"簿籍"，另在按语中明文书曰，我兄弟二人1948年亲眼"所见"甲戌原本"'簿籍'作'薄藉'"，现已"描改失真"，大有春秋笔法之遗风。无论如何，周汝昌因此事愤懑，可以理解。明明是自己借来的名流瑰琼，却遭陶洙染指涂抹，还哑巴吃黄连，这口气咽下去也会冒出来。

确定陶洙描改"薄藉"草头为"簿籍"竹头，梅节名文的相关论证是一项前提条件。窃以为，此方面问题不大。有人列出陶洙抄件与甲戌复印件的诸多异文，试图以此推翻梅说，证明陶洙补抄己卯本所据为周氏副本，而非甲戌原本，其实徒劳。陶洙抄件与周氏副本也存在不少异文，仅首页《红楼

---

① 周汝昌序，见王毓林：《论石头记己卯本和庚辰本》卷首，北京：书目文献出版社，1987年版，第3页。

梦旨义》便有"及"与"极"的明显差异，但这说明不了什么问题；两者的四个"点睛"相同，却与甲戌本上四个讹字"点晴"相异，这也说明不了什么问题；三者的竹头"簿籍"相同，但与甲戌本原貌草头"薄藉"不同，与周氏副本旁注"（薄藉）"也不同，这同样说明不了有人试图说明的那个问题。陶洙过录甲戌原本或副本，均会出现此类异文。另须注意，借阅与过录是两码事。陶洙先借阅甲戌原本，再据周氏副本过录核校，这也是可能的。像陶洙那种老书痴，你把甲戌原本借给他两三天，他就能在上面动出若干手脚来。内中委曲十分复杂，不宜思维简单化，不能一厢情愿。

当代"古本"说的逻辑启示

王藏伪本面世以来，已有十几篇报刊论文及一部研究专著探讨它，另有新闻稿若干，网帖则不计其数。许多人士卷入其间，有主动的，有被动的，或发表高见，或撰写文章，或参与鉴定，或影印发行，或新闻报导，景象闹热，辩诘也足够激烈。有一个当代"古本"说，认为尽管王藏本抄成于1954年之后，但绝对不是蓄意伪造之物，它可能有个"古本"为依据。此说谬妄可哂，却能够引出更多的逻辑思考。

在1954年之后，某人可以到北京大学图书馆借阅庚辰原本，同时照抄十来回。他抄成的这个东西，可以讲有"古本"为依据，可以叫"庚辰副本"。然而，倘若他所依据的本子不是北大藏庚辰原本，而是1955年11月之后各出版社所公开影印发行的现代图书，那么他所抄成的东西当然就不能讲有"古本"为依据，就不能叫"庚辰副本"。道理极简单。庚辰复印件的底本是个"古本"，但庚辰复印件本身（itself）并非"古本"，尽管那上面的文字一模一样（姑勿论复印件偶或修版失真）。事关古籍版本学，概念必须一清二楚。

王藏本有"古本"为依据吗？一时间，似乎无从证实，也无从证伪。同在1956年之后，抄录庚辰原本，与抄录庚辰复印件，两者的效果是百分之百相同的，完全可以做到分毫不差，如何加以区分？当代"古本"说正是要钻这个空子。然而，很不幸，既然能够肯定王藏本抄成于 1955 年之后，既然 1955 年 11 月已有庚辰复印件出版，那么王藏本证真方（含当代"古本"说）便无法有效证明王藏本的底本是庚辰原本而非庚辰复印件。这便好比，警察逮住一个偷窃了二十块钱的扒手，已能肯定他口袋里的十块钱绝对是偷来的，那就不能再设想另外十块钱并非该扒手的偷窃所得，因那二十块钱本是同一张钞票（面额贰拾圆）。王藏本抄手根据俞平伯《脂砚斋红楼梦辑评》旧版抄录下甲戌本附条、甲戌本凡例、甲戌本批语、己卯本批语、庚辰本批语、戚序本批语、甲辰本批语……然则，他怎么可能根据某"古本"去抄录余外的批语及正文？王藏本批语与正文浑然一体，正好像扒手口袋里的那张二十元钞票，不可能一半腌臜一半清白。当代"古本"说拿一种绝对不可能存在的可能性来说事，显然属于故意狡辩①。该说持论者热衷于逞一时口舌之快，不在乎事实，不在乎真相，不在乎逻辑，不在乎公理，只在乎笔墨争胜，欠缺起码的学术责任心。

由此反观周氏副本，道理更加明晰。兄弟俩 1948 年依据甲戌原本擅自抄写，那是录副；1962 年之后依据甲戌复印件增删涂抹（包括旁注、眉批及仿制图章），那是山寨化。后者的后果，显然是降低而非提高副本的文献价值。由于不谙录副规矩，周氏兄弟已然一错再错，如今不可再错下去。由于王藏伪本的突然现身，人们愈发感觉到，曾经涉足红学河流的周氏副本已到非影印出版不可的地步。在该副本上，甲戌本附条究竟是怎样的书写形态？"予若能遇士翁这样的朋友亦不至于如此矣"，究竟是"亦"还是"也"？"此后人批不必存玉言"，究竟是"批"还是"笔墨"？进而追问，该副本上那三枚刘铨福图章，究竟是钤盖上去的还是描画上去的？当初周汝昌借给陶洙的，究竟是甲戌原本还是副本？陶洙到底涂改过甲戌原本没有？甲戌原本不

① 参看拙文《乙未说及其他——纪念曹雪芹诞辰三百周年》，《红楼梦研究辑刊》第 11 辑，2015 年 12 月；拙文《天津王超藏〈脂砚斋重评石头记〉抄本辨伪》，《曹雪芹研究》2016 年第 2 期。

避"玄"字讳，那究竟是怎么回事？等等等等，内情不胜枚举。此类细节的进一步深究，皆有待于周氏副本影印出版。

莫讲出版困难。倘若周氏子女点头，众多出版机构会你争我抢打破脑袋的。然而，实际状况却为，该副本的影印出版遥遥无期，周氏子女对此没有任何解释说明，仅仅罔顾学界的再三呼吁而已。究竟是何原因？恐怕根本没有讲得出口的正当理由。我们不得不担忧，有人试图根据学界的研究动向，随时准备对该副本做出相应的增删涂抹。此即前面谈及的，该副本存在继续山寨化的现实危险。善意提醒有关当事人，此种抉择是非常不明智的。于公于私，周氏副本均应尽快影印出版。否则，今天拎出一条"此后人批不必存玉言"，明天捅出一条"令余悲恸血泪盈面"，只会令学界生厌乃至生疑。

有人代为解释说，周氏子女打算对照上海博物馆藏甲戌原本，在此之前是不会影印出版的。此言令人十分费解。对照出差异怎么办？难道还作修改？譬如上博藏甲戌原本首页钤有胡适图章三枚，周氏副本无，莫非再仿制上去？对照上博藏甲戌原本描画，那的确不算山寨化，但请在影印出版之际交代清楚，那是何时何地何人描画上去的。1948年夏秋擅自抄写的副本，近七十年后，周氏兄弟已双双作古，居然还没有抄写完，委实不可思议。

包括周氏子女在内的某些人士，反复攻击梅节，再三声称周借给陶的不是甲戌原本，而是副本。果真如此，则没有该副本就没有俞平伯《脂砚斋红楼梦辑评》，没有俞辑旧版就没有王藏伪本。换言之，周氏副本早已进入《红楼梦》研究公共领域，一直发挥着显性及隐性作用。《新证》初版所引甲戌本材料，当然也来自该副本，这也是它早已进入红学公共领域的突出表现。从源头上看，1948年夏胡适将甲戌原本借给素不相识的大学生，那是出于公心；兄弟俩擅自录副，尽管欠妥，毕竟尚存学术乃天下公器的一念之仁。在此情此理此景此况之下，周氏子女若一味强调副本为周家私有财物，因而拒绝及时影印出版，这无论如何都是搪塞不过去的。周氏兄弟当初擅录副本的"原罪"（original sin）不应因长期隐匿及持续山寨化而被逐步放大，逐步加深，以致最终将该副本的文献价值销磨净尽。

结语——尽信书则不如无书

有的时候，过程比结果更重要。生活如此，治学亦如此。在反复斟酌周校本按语是否可信的过程中，我发现了周氏副本山寨化问题，此属意外收获，值得向学界同仁通报。至于王藏伪本，那只是个研究由头，此处无关紧要。《红楼梦旨义》首句"是书题名极多□□红楼梦是总其全部之名也"，其中的"多"和"红楼"三个字是胡适填补上去的，胡适本人对此供认不讳，还猜测两个空格处是"一曰"。这个红学掌故及其来龙去脉，有的读者尚未留意到，顺便谈谈也没有什么坏处。胡适治学还是相当严谨的。

勿论主观如何，由于种种因素，客观事实是周汝昌没有做到严谨，以致为学格调上远胡适近陶洙，更不似王国维、吴宓、俞平伯。在红学领域，周氏兄弟皆为陶氏嫡系传人。周氏副本及周校本的实际情形，尤其是现存唯一一部甲戌副本的山寨化问题，令人感到特别痛心。我们应当时刻提醒自己，记住孟老夫子留下的一句至理名言——尽信书则不如无书。

附言一：胡适原藏甲戌本分装四册，书末跋文五条，计胡适三条，俞平伯与周汝昌各一条。其中，胡跋三条最晚出。友人提示，俞跋写于第四册后，可谓谦雅；周跋则写于第一册后，名下钤"禹父"印，应属越礼。友人所言，觉有理。乙未平安夜初稿。

2016 年 5 月 5 日丙申立夏订定于曼谷旅次

附言二：《红楼梦学刊》第三辑载文，披露哥伦比亚大学图书馆藏缩微胶卷上存甲戌本附条完整字迹，另指《新证》初版曾征引该附条，梁归智则明确判断周氏副本与胶卷原本附条两种"字迹非常接近，也就是说很像"。据此可知，甲戌本附条的产生时间确是 1948 年夏秋冬，书写者为周祜昌。由于《新证》征引，遂成赝品，也证明"此后人批不必存玉言"云云应写于

1962 年后。因确认周祜昌书写附条，在下已不便呼吁周家公布副本。此篇完稿较早，故仍其旧。

7 月 23 日于曼谷

　　附言三：香港梅翁惠函赐知，周氏兄弟尊人周景颐（1876—1952）也读过甲戌原本，故为副本题签"乾隆甲戌本脂砚斋重评石头记沽上周氏重钞戊子秋八月抚槐老人"。此说合理可信。另据周贵麟《"石头"蒙尘手抄录副，秘籍重光辉耀津沽》，周祜昌副本序云："卅七年暑假，雁翩燕园课罢，携胡藏《脂砚斋重评石头记》以俱归，一见倾赏，喜出望外，乃发心钞录副本……复出古楮（光绪二十年旧帐纸距今五十年余家盛时物也），老父、三哥及商君菱洲相继馈以新毫朱墨，于今不钞，更待何时？"是则，当时披阅甲戌原本的，祜汝二昌外，似不惟"老父"一人而已。录此备考。参看周长庚《周汝昌与父亲周景颐》，载 2013 年 3 月 31 日《今晚报》副刊。

2016 年 9 月 23 日于曼谷旅次

2017 年高考《红楼梦》作文题拟评

张 惠

2017 年北京高考作文题新鲜出炉:

请从《红楼梦》中的林黛玉、薛宝钗、史湘云、香菱中选择一人,用一种花来比喻她,并简要陈述这样比喻的理由。要求:依据原著,自圆其说。

从一个大学老师专业的角度,我想谈谈评分的标准。考卷可以分为上中下三类,其中上卷又分 A+ 和 A;中卷分 B+ 和 B;下卷分 C+ 和 C。

基本上,《红楼梦》对林黛玉、薛宝钗、史湘云对应什么花有比较明确的描述。香菱虽然不明显,但仔细阅读应该也是可以回想出来的。比如以薛宝钗为例,A+ 卷应该达到的标准:

一、要点综述: 宝钗在《红楼梦》中被比喻成牡丹。她抽到的花签是牡丹"艳冠群芳",容貌雍容华贵,"任是无情也动人"。然而却因宝玉出走守寡终身,又如牡丹"辜负侬华过此身"。

二、个人创新: 但是我认为可以把宝钗比喻成……花,因为……(例如,我认为宝钗可以比喻成凌霄花。因为 1.《红楼梦》交代宝钗最初的目的是进京待选;2. 宝钗曾经在《临江仙·咏柳絮》写过"好风凭借力,送我上青云"等等。)

我个人认为,要点综述体现出了该生对《红楼梦》的熟悉程度,这是"依据原著",表现出学生确实进行过经典阅读,此为"继承"。但是如果能够再进一层自出机杼,表现出个人的识见,能够"自圆其说",此为"创新",

该生为综合性人才，此文可为一类文之 A+。

但是另外一种虽只有要点综述，未有个人创新，但也能到达 A 程度的，以林黛玉为例：

要点综述：黛玉在《红楼梦》中被比喻成芙蓉。她父母双亡，寄人篱下，身体又袅娜不胜，有似芙蓉"风露清愁"。芙蓉有两种，一种是木芙蓉，一种是水芙蓉（又称莲花），综合来看，黛玉应为水芙蓉莲花。理由如下：

1. 晴雯死时据说被封为"芙蓉花神"，而彼时为八月，是木芙蓉盛开。晴雯既为木芙蓉，"晴为黛影"，且晴为又副册，黛为正册，两人不应相同，故黛玉应为水芙蓉。

2. 黛玉与水更密切相关。她来到贾府和回葬苏州，走的都是水程。她要把一生的眼泪都偿还甘露之惠。更似水芙蓉。

3. 在《红楼梦》中宝钗和黛玉常常对举，而周敦颐《爱莲说》恰恰也早就把牡丹和莲花予以对举。象征"富贵"和"君子"两种人格，曹雪芹可能受此启发。

4.《红楼梦》中黛玉抽到的花签写"莫怨东风当自嗟"，有两种最著名的出处："红颜胜人多薄命，莫怨东风当自嗟"，"芙蓉生在秋江上，莫向东风怨未开"。此一暗含黛玉的容貌与身世——"红颜""薄命"，一暗喻黛玉为莲花——秋江之上，可见是莲花，莲花开在六月，所以不要怨恨东风（春风）。但自陆游因母亲逼迫被迫休了爱妻唐婉而写下《钗头凤》"东风恶，欢情薄"一词后，"东风"又喻父母，故"莫怨东风"之语又暗指黛玉应反躬自省，可能是身体柔弱和性格不够圆融而最终失去了贾府家长们的欢心而不支持她和宝玉成为眷属。

我个人认为，即使该生没有个人创新部分，但这些要点充分显示出该生的博观慎思，此文可为一类文之 A。

那么什么是 B 类文？和 A 的差距在哪里？

首先，B 类文是就事论事，没有个人创新部分。其次，B 类文稍显肤浅。

以史湘云为例：

要点综述：

1. 湘云在《红楼梦》中被比喻成海棠。因她抽到的花签画的是海棠，题写是"香梦沉酣"，"只恐夜深花睡去"，用的是苏轼诗关于海棠花的典故。

2. 湘云曾经在海棠诗社举办后来到贾府，也填写了两首海棠诗，是海棠社压卷之作，众人大惊，看一句，惊讶一句，看到了，赞到了，都说，"这个不枉作了海棠诗，真该要起海棠社了"[1]。

3. 湘云的"海棠诗"是"自况"。在湘云第一首白海棠诗之"自是霜娥偏爱冷"句下，庚辰本和有正本有一双行批注："又不脱自己将来形景"[2]。（有正本无"又"字）。这条批语告诉我们，湘云"将来形景"是爱冷的"霜娥"。"白首双星"回目预伏湘云将来像织女，白海棠诗暗示她将来像嫦娥。织女与嫦娥的婚姻同属一个类型，她们虽然都有丈夫，但又都离开了自己丈夫！湘云是入"薄命司"的，湘云如嫁宝玉，只是苦命，并非薄命。《红楼梦》的十二金钗，她们的结局各不相同，但都是一出悲剧。湘云的婚姻遭遇和宝钗的守寡不同，也和迎春受蹂躏而死不同，她提供了另一类型，这种类型无疑具有更深刻的现代意义：湘云"霁月光风"，"从未将儿女私情略萦心上"，却蒙受不贞之冤……"幽情欲向嫦娥诉，无奈虚廊夜色昏"，她只好抱着满腔的幽恨，像蜡炬一样滴干最后一滴眼泪，结束自己的生命[3]。

如果该生的作文答出了 1,2,3 点，则至少是 A。如果该生的作文只答出了 1 和 2，则为 B+。

如果该生的作文有失误，比如"《红楼梦》有《憨湘云醉眠芍药裀》，描写湘云酒醉卧睡于芍药花丛石板凳之上"。则酌情减为 B。因该生虽然对《红楼梦》很熟悉，但可能因紧张等因素没注意到此处的花是"芍药"而非"海棠"。

---

① （清）曹雪芹：《脂砚斋重评石头记》，北京：人民文学出版社，2006 年版，第 857 页。

② （清）曹雪芹：《脂砚斋重评石头记》，北京：人民文学出版社，2006 年版，第 856 页。

③ 梅节：《海角红楼——梅节红学文存》，北京：国家图书馆出版社，2013 年版，第 117—118 页。

那么什么是 C 类文？

首先那些完全脱离《红楼梦》原文，毫无根据地天马行空，拟为 C 等。

其次，那些举出《红楼梦》原文但要点不足，或脱离《红楼梦》原文但有一定想法的，拟为 C+ 等。

当然有学生会不服气，认为何以要点不足或者没有原文就评分太低，认为自己虽不擅长《红楼梦》却擅长其他名著，用其他作比何以老师不能见出自己的水平。但是请注意题目中并非只有《红楼梦》一题，不擅长可选他题扬长避短。再者题目要求之一就是"依据原著"，如果做不到首先就是审题不清。因为正如《红楼梦》所说——"也不要狠离了格儿"①。

当然，在此之外，还有"酌情"：也就是那些没有写《红楼梦》原文对宝钗黛玉湘云的比喻，但是自出心裁并依据《红楼梦》原文作出比喻且有创见的，也就是没有 A 类文的"要点综述"但有"个人创新"的，可酌情给予B 类甚至到 A，但不宜到 A+。

当然，可能有学生质疑，老师为何没有举香菱的例子？其实很简单，天下的事有"事倍功半"，也有"事半功倍"，这个高考作文题的选题难度本身就有高下之分。其难度是香菱＞湘云＞黛玉＞宝钗。香菱最不好写，而宝钗最好写。

以香菱为例：

一、要点综述：

1.香菱在《红楼梦》中被比喻成并蒂花。香菱和芳官、蕊官、藕官等人斗草，因为拿了支"夫妻蕙"，遭到众人的讥笑，扭打之中弄湿了裙子。"夫妻蕙"是并蒂花的意思。

2.香菱解释"夫妻蕙"说："并头结花的为'夫妻蕙'。"别人就反问她："若两枝背面开的，就是'仇人蕙'了？"②这表面上是随口带出的，但读者

---

① （清）曹雪芹：《脂砚斋重评石头记》，北京：人民文学出版社，2006 年版，第 923 页。
② （清）曹雪芹：《脂砚斋重评石头记》，北京：人民文学出版社，2006 年版，第 1476 页。

如果知道了香菱的结局，就会想到作者是在说"夫妻"将成为"仇人"。

3.香菱在《红楼梦》中掣了一根并蒂花，题着"联春绕瑞"，那面写着一句诗，道是："连理枝头花正开。"

4.语出宋代朱淑贞《惜春》诗："连理枝头花正开，妒花风雨便相催。愿教青帝长为主，莫遣纷纷落翠苔。"[①]向花"催"命的"风雨"是用来比喻有"妒病"的悍妇夏金桂的。

5."愿教青帝长为主"词句"青帝"是花神的意思，这两句说明要是花神能够做主，就不要让并蒂花都凋谢了。在古代以夫为纲的社会，妾室的地位很多时候来自丈夫的疼爱，此处的"青帝"对于香菱来说就是薛蟠。但是薛蟠自从娶了夏金桂之后，完全被夏金桂挟制，所以根本不可能为香菱做主，所以香菱只能被折磨致死。

二、个人创新：但是我认为可以把香菱比喻成……花，因为……（例如，我认为香菱可以比喻成并蒂莲或者并蒂菱。因为香菱本名叫"甄英莲"，是之后拐卖而被改名为"香菱"的。"并蒂"是指她嫁与薛蟠为妾，而且对薛蟠有真感情。薛蟠被柳湘莲打了以后，香菱哭的眼都肿了，真的伤心。在《红楼梦》中，只有两次女子是为心疼心上人哭泣，一是宝玉挨打后黛玉哭的眼睛肿的像桃子一般，一是薛蟠挨打后香菱哭的眼睛都肿了。如是"莲"则照应其本名"英莲"且谐音"怜"，如是"菱"则照应她后来的两个名字"香菱"和"秋菱"。且香菱斗草举出夫妻蕙时，刚好宝玉也准备加入，手里拿着的是"并蒂菱"。

由是可见，香菱的花喻是较难写好的，尤其是在高考的时间限制和心情压力下。

诸君以为然否？一笑。

2017 年 6 月

---

① （宋）朱淑真：《笺注断肠诗词》，上海：新文化书社，1934 年，第 83 页。

仁者梅节——梅节先生印象

吴营洲

　　与梅节先生仅有一面之缘。那是 2012 年在镇江召开的一次红学会议上。此后，与梅节先生时有邮件往还或电话交谈。在我看来，梅节先生给我印象最深者，当是他的宅心仁厚。而他的这份仁厚，于我而言，主要体现在他的诲人不倦上。

一

　　众所周知，梅节先生不仅是一位红学家，也是一位金学家。在镇江开会期间，我借便向梅节先生讨教了一些相关问题。诸如我问："《金瓶梅》的作者究竟是谁？"梅节先生说："是个说书人，无名氏。"这令我大感意外。梅节先生自然看出了我的懵懂，便解释道："《金瓶梅》的性质，与《水浒传》《三国演义》一样，是说书人的脚本，很难确知原作者是谁，而整理《水浒传》《三国演义》的罗贯中，实际上是说书人的祖宗。"

　　后来，我在翻阅《金瓶梅》时，从些细节上，更加意识到梅节先生的判断是正确的。

　　《金瓶梅》的许多细节是经不起细究的。诸如西门庆的岁数及他女儿的岁数，就貌似有违常情。书中的西门庆，也就"二十五六岁年纪"。这般年纪的人，其女儿会有多大？撑死也就"十二三"，可却结了婚。其女婿陈经济多大岁数呢？书中介绍，"十七岁"。但陈经济和潘金莲"勾搭成奸"时，完全像个欢场老手，和西门庆的偷情伎俩难分伯仲，一点都不像个稚气尚未褪尽的青葱少年。

王婆多大岁数呢？第二回写道：王婆"三十六岁没了老公"，给她留下了一个儿子。她儿子多大？王婆道："那厮十七岁了。"如此说来，即便王婆的儿子是个"遗腹子"，她的年纪撑死也就是"36+17"，五十出头。可在第三回，王婆却告诉潘金莲："老身也活了六七十岁……"这不是明显的相牴牾吗？纵使王婆说话没准头，爱显摆，爱吹嘘，满嘴跑火车，但在自己的邻居面前，也不至于说出如此不着调、不合榫的话吧。

再就是，对于书中人物的介绍，诸如潘金莲、吴月娘、孟玉楼、林太太、韩爱姐等，全都是"百伶百俐"，给人的感觉是千人一面，涉嫌雷同。这一"现象"，《红楼梦》可是没有。

因此我认同梅节先生的观点，倘若《金瓶梅》真是出自某位大文豪（诸如王世贞、贾三近、屠隆、冯梦龙等）之手，焉会如此"粗疏"？

印象里，我还问过梅节先生一个十分浅薄的问题："武大不是有个十二岁的女儿迎儿吗，为什么武大、潘金莲与武松吃饭时，是'三口儿同吃了饭'？那孩子不吃饭？"梅节先生回复道："大概是武大前妻所生女儿，金莲凶狠，将之作婢女，武大懦弱，逆来顺受，且山东地方，妇女在家中本无地位。莫言说，山东的家庭年轻媳妇，吃饭都上不了桌。可能俗例如此，武二也就不怪。"

二

当然，向梅节先生讨教最多的，还是红学方面的。

凡是对曹雪芹的生平有所了解的，大多知道敦诚、敦敏，并且认为敦诚、敦敏与曹雪芹交往最多，关系最好，友情最深。然而在我读过敦诚的《四松堂集》后，感觉未必。

其一，在《四松堂集》的钞本中，有两首关于曹雪芹的诗：一是《赠曹芹圃》，一是《挽曹雪芹》（甲申）。另外，在敦诚的《鹪鹩庵杂记》钞本中，也有一首《挽曹雪芹》。然而，当《四松堂集》刊刻时，敦诚并没有把这几首诗收进去。为什么没有收进去呢？可在《四松堂集》刻本中，敦诚记述他人的诗文比比皆是啊！其间的因由，目前不得而知了，但也不妨作点臆测，或许是敦诚认为关涉曹雪芹的这几首并不值得付之梨枣。也就是说：敦诚和曹雪芹的交情，或许并不像时人所想象的那么"铁"。

其二，在敦诚的诗作《挽曹雪芹》（甲申）里，有一句"他时瘦马西州路，宿草寒烟对落曛"。其中的"西州路"一词，典出《晋书·谢安传》，是"感旧兴悲、悼亡故友"的意思。因此有人认为，这里是敦诚"比喻自己与曹雪芹感情挚厚，所以悲痛深切"（蔡义江语，见《红楼梦诗词曲赋评注》第428页）。其实也未必。在敦诚的《四松堂集》中，这一典故不仅仅用在了曹雪芹身上，至少还用在了另外8个人身上——敏亭、贻谋、立翁、嵩山、拙庵、索敏亭、周立崖、复斋[（敏亭、索敏亭疑是一人，立翁、周立崖疑是一人，需核）]。由此可知，"西州路"在敦诚这儿，不过是个"熟典"，并无"特殊意义"。当然，我说这些，并不是想否定或质疑敦诚、敦敏与曹雪芹的友情，只是想探究一种历史真相。

一次在电话里和梅节先生闲聊，无意间谈及此事，梅节先生说：敦诚与曹雪芹的交情当然是很好的。但为什么《四松堂集》刊刻时没有把《赠曹芹圃》等收进去呢？是因为《四松堂集》刊刻时，敦诚已经去世了，负责刊刻的是敦敏，而敦敏与曹雪芹不睦，就把这首诗撤下来了。

三

我曾将芜稿《新解〈红楼梦〉》寄给过梅节先生，欲在付梓前征求一下意见，没想到，梅节先生回了一封很长的信。信中说："书名太一般，最好另想一个，能吸引眼球的。目录看了一下，惊喜发现，先生深得我心，《红楼梦》主旨是谈情。我自愧读了几十年《红楼》，并未读懂。最近才发现，来自天上'原情'的木石前盟，来到尘世所以失败，被金玉姻缘取代，是世上不讲情，是讲所谓理的（宋明理学之理），是排斥情的，灭绝情的。陪同神瑛、绛珠到世间来的'情鬼'，如：金钏（黛玉是绛珠后身）、晴雯、司棋、尤三姐、鸳鸯等被迫害而死，神瑛被迫与'理'的代表、仕女班头宝钗缔婚，不及数月弃之而去。整个《红楼梦》是揭露人世富贵的罪恶与不可恃，不是曹寅家史。"读了梅节先生的长信，感慨良多。最主要的，是他由一"情"字，联想到了"理"……感觉他的确站得高，看得深，并对文本烂熟于心。令人禁不住一阵慨叹："大家就是大家。"

随后，梅节先生又打来长途电话，向我讲了《红楼梦》中从天上下来的那些人。他说：《红楼梦》中从天上下来的人，到了地上后，不是死于非命，就是落荒而逃……

放下电话，我就想，究竟谁是从天上下来的呢？

宝玉、黛玉自然是。他俩在天上一个是神瑛侍者，一个是绛珠仙草。黛玉的丫头紫鹃也是。因为她是黛玉从"娘家"带来的。癞头和尚、跛足道人也是。他俩在天上分别是茫茫大士、渺渺真人。秦可卿也是。天上有个警幻仙姑，警幻仙姑有个妹妹，乳名兼美，字可卿，而这个"可卿"，恰恰是秦可卿的"小名"。尤三姐也是。蒋勋先生在一篇文章中说，尤三姐"像是警幻仙姑在人间的替身"。既然尤三姐是，那么尤二姐自然也是。晴雯是"黛副"，黛玉是，她自然也是。香菱也是……

这些人为什么会从天上下来呢？下来要干什么呢？

宝玉、黛玉从天上下来的目的书中已有交代。宝玉是艳羡红尘，想体验一番温柔富贵。黛玉是想"还泪"，报答神瑛侍者曾经的"灌溉之恩"。那么，其他人呢？癞头和尚、跛足道人把甄士隐带走了，算是度化了他，但这对两个仙人而言，是"搂草打兔子——带捎的事"；他俩的"主差"，自然是在宝玉身上……

还有，《红楼梦》中的二尤故事，看似游离全书，其实，二尤对作者的创作主旨而言，绝对是不可或缺的。富贵人家的骄奢淫逸，无论是当事人还是旁观者，都认为那是天经地义的，该是其生活常态。诸如做皇帝的，就该三宫六院……然而，透过二尤故事，不仅使当事人意识到了自身的丑陋，同时也使读者意识到了那种丑陋……

从天上下来的那些人，其命运极其悲催，大多死了。黛玉死了。晴雯死了。二尤死了。香菱死了。秦可卿死得更早。贾宝玉倒是没有死，却是"悬崖撒手"，飘然而去了……

我知道这是个大题目，也很新颖，应该做一做，无奈才疏学浅，纵然梅节先生给点了题，指了路，仍是做不来，不免惭愧一下……

四

这些年，我一直在断断续续地鼓捣《曹雪芹通俗演义》。架子或初稿早已有了，但一直自感不成熟。有些情节，想通了，却深感笔力不逮，有想法没办法，写不出来。有些事情则没有想通……

自从与梅节先生有了交往，偶而谈起此事，梅节先生总是不吝赐教、指正……

譬如说，乾隆二十五年（庚辰、1760）初秋，曹雪芹打南方回来，首先见的，自然是他的儿子、家人及他的近亲，然后才是他的朋友们。我们知道，敦敏、敦诚是曹雪芹的朋友，可他为什么在没有见敦敏、敦诚之前先见了明琳呢？从目前已知的资料看，明琳与曹雪芹的友情，显然逊于二敦。因此我就想，极有可能是曹雪芹在去往敦敏、敦诚家的路上，被明琳遇见并拦住了，这才有了敦敏的"隔院惊呼"。那么，明琳的"隔院"会是谁家呢？在我的想象中，该是明义。后来与梅节先生谈起此事，梅节先生说，若是明亮才更合情理。梅节先生详细地讲述了他的理由，我认为极有道理，于是就修正了芜稿……

在红学中，几乎是没有一个话题是没有争议的，但是想杜撰《曹雪芹通俗演义》，有的话题可以绕过去，诸如"题壁诗""故居""小像"等，有的则绕不过，诸如"脂砚斋""拙笔""书箱""废艺斋""新妇"……

譬如说"拙笔"问题。一次与红学界的一位长者谈及此事，没想到他说："关于香山题壁的落款'拙笔'问题，这本是一场天大的笑话，可能还是一个内幕重重的陷阱。"但他又语焉不详。我也不便细问。只是感觉很恐怖。

关于如何准确、真实地再现曹雪芹的人生际遇及《红楼梦》的成书过程，梅节先生给过我许多建议。一次我给梅节先生写信道："关于曹雪芹的'卒年'，我现在也认为你的'甲申说'有道理。这于《曹雪芹通俗演义》而言，好改，一顺就顺过来了。但在'脂砚斋'这件事上，问题就复杂了。我认同'脂砚斋就是李鼎'这一说法，你对此似乎既没有肯定也没有否定。但你说曹雪芹身边有个'小圈子'是对的，其中就有'脂砚斋'。你关于《红楼梦》是'非传世小说'的分析也极有道理。只是你说是脂砚斋'花钱养曹雪芹写小说'，我还有些想不通的地方。曹雪芹写《红楼梦》，肯定有他非要表述出的思想及情感，不让他写，他会憋死。我想，起初的时候，或许真是脂砚斋'花钱养曹雪芹写小说'的，但现在的《红楼梦》，绝对不是谁逼着曹雪芹写出来的（周汝昌所说的曹雪芹'钥室三年'而成《红楼梦》简直是扯），那么，曹雪芹是如何从'要我写'变成'我要写'的呢？我一时真的还没有想明白。还有关于《红楼梦》的成书过程，也是绕不过去的。这里涉及到'版本'问题。在这方面我以前认同朱淡文、沈治均等人的观点，现在很认同你的'两个版本系统论'。可是，我对'版本'不熟，这是我的'内伤'，也是芜稿一直难以'杀青'的原因之一。"

后来我将芜稿寄给了梅节先生，梅节先生回信道："寄来的《曹雪芹通俗演义》，已经拜读。文笔传神，当可传世。问题是曹雪芹生平我们知道太少。周汝昌的《曹雪芹小传》是写自己，许多事实都有争论。我建议暂时搁搁再说。"

我知道，梅节先生所说的"文笔传神，当可传世"不过是句鼓励的话，但我回复道："我遵从你的建议，'搁搁再说'。"

五

梅节先生终归是红学大家，而我毕竟是一普通的《红楼梦》爱好者，在对红学的认识、理解诸方面，远非在同一层次。这，常常使我感到对话的困难，并且时感焦灼。一次谈及林家的财产及黛玉婚嫁等问题，梅节先生写信给我，信中写道：

> 我意林如海一定与贾母和贾政商量，后者答应外甥女的婚嫁，将来许给宝玉。所以贾家尽没其财。一部分（连珠宝）归贾母保管，一部分拿作元春归省、建大观园费用。
>
> 根据贾珍和乌庄头的算计，荣国府是没有这个财力的。这几十万两银子从何而来的？花钱一点也不心疼，是因为得了林家的全部财产。当时贾母还扣下一部分，如珠宝，预为黛玉的嫁妆。但没几时，凤姐、贾琏串通鸳鸯，便窃盗这应归黛玉的财帛花用。但对黛玉，连燕窝、人参都吃不上。最妙七十四回，贾赦、邢夫人也知道荣府收了林如海的家产作为黛玉的嫁妆。现在却大笔盗用，他们也要沾一份，邢夫人向贾琏要二百两过中秋节，两母子还为此争吵，邢夫人威胁说：幸亏我没和别人说。把嫁妆都花了却不要人家女儿（是自己的外甥亲骨肉），另结"金玉良缘"，讨另一个有钱的。
>
> 试想想，第二回目，三红本（甲辰、程甲、程乙）均题："托内兄如海荐西宾，接外孙贾母惜孤女。"三脂本却抛开原文，作"荣国府收养林黛玉"（甲戌）；林黛玉抛父进京都（己庚）。这些脂本可能是原稿吗？为什么要改成这样呢？下次再谈。

我回信道：

关于林家的财产，曾经听人谈起过，是被贾家侵吞了，盖大观园了。贾琏在书中说过，我们"这会子再发个三二百万的财就好了"。有人分析，他所指的就是林家财产。但我好像还没有听说过"黛玉的嫁妆"等等事宜……

关于黛玉的婚嫁，江西的桂向明先生曾撰文称："我决不相信贾母会同意用'调包计'拆散宝黛的木石姻缘，将两个玉儿推向绝境。高鹗续书写贾母薄情寡恩，这不符合她的性格……"

关于贾家财产及进项，上海的陈大康先生好像研究的很深入。我在网上读过他的文章，感觉很震撼，没想到他对贾府的经济收支分析得那样清楚细致。他好像说贾家有七八个庄子，乌庄头只是其中之一，乌庄头是以实物形式进贡的，其他的则是货币形式。这个也太"专业"，我也只有拜读的份儿。听你最后一段的口气，你是认同"程前脂后"的？莫非"脂本"真的是一场"骗局"？这又是个大题目，又涉及到"版本"，不敢置喙。

我对《红楼梦》版本的理解，比较传统，还是认为"甲戌本"是最早的。所谓的"荣国府收养林黛玉"（甲戌），是曹雪芹的初稿，也最符合林黛玉生活原型的真实身份，她并不是贾宝玉的"亲表妹"，所以才用了"收养"一词，后来才渐渐改了。我曾写过一则《林黛玉绝对不是贾宝玉的亲表妹》，附在下面，有暇或可一阅。

我的信发出后，就一直渴望着能够收到梅节先生的回复，然而却没有。一直没有。转眼两三个月过去了，仍似泥牛入海。我不禁暗暗自责起来，怕是我的回信让梅节先生不快了。那天，当梅节先生再打电话给我时，我便问："是不是生气了？"梅节先生微笑着予以否定……

梅节先生对我的回信，不以为忤，依然对我耳提面命，教诲有加……这，真真使我更加感受到了他的那份仁厚。

　　我与梅节先生，"认识有年"，交往却不是很多，但梅节先生给我印象最深者，当是他宅心仁厚。现在，适逢梅节先生九十华诞，在我脑海里，总是萦回着一句古语——

　　仁者寿！

2017 年 2 月

读《大唐秦王词话》札记

程毅中

　　《大唐秦王词话》相传为罗贯中撰，实不可信。只说现存的明刻本，一、三、五、七卷题作"澹圃主人编次，清修居士参订"，二、四、六、八卷题"澹圃主人编次，梦周居士参订"，至少是已经过三个人加工的了。书前有陆世科写的序，说道："吾友诸圣邻氏以风流命世，狎剑术纵横，雅意投戈，游情讲艺，羡秦封之雄烈，挥霍遗编，汇成钜丽。"陆世科名下有一方"丁未进士"的印，诸圣邻的年代也可由此略知一二。陆世科其人见于《明史》卷二四二《董应举传》，说到天启五年（1625）陆世科为巡盐御史，因知他中进士的丁未应为万历三十五年（1617）。《大唐秦王词话》第五十九回前有两首诗是赞叹于谦的，诗后说"诗谈肃愍褒封日，词整秦王受禅时"。"肃愍"是弘治二年（1489）追赠于谦的谥号（《纲鉴易知录·明纪》作弘治元年，误），后来在万历（1573—1629）中又改谥"忠肃"（《明史·于谦传》），所以《大唐秦王词话》当编成于弘治二年之后，万历十八年改谥之前，比《金瓶梅词话》还略早一些。按：明孙高亮《于少保萃忠全传》第四十传载更谥谕祭文，明说万历十八年八月十有六日，非常具体（《纲鉴易知录·明纪》卷九作万历十八年十一月，改谥忠肃）。陆世科写序在万历三十五年之后，与东吴弄珠客写《金瓶梅词话序》的年代也大致同时。当然，编者没有改用"忠肃"的谥号，可能有消息滞后的缘故。澹圃主人是否就是诸圣邻的别号，还有待求证。

旧传与《大唐秦王词话》同为罗贯中所编的《隋唐两朝志传》，有些故事与《大唐秦王词话》相似，但很多情节不同。二者的异同，我在《试探〈隋唐两朝志传〉的渊源》一文中已作了初步的探讨（载《文献》2009 年第 3 期）。现在再作一点补充，从两部书的异同可以看出《大唐秦王词话》对史料的取舍和增饰，从而进一步探讨其源流。

第一回《李公子晋阳起兵，唐国公关中受隋禅》，讲的事实很多，大致包含了《隋唐两朝志传》第九至十四回的内容，但详略和先后次序有很大差异。如：《大唐秦王词话》第一回讲了隋炀帝荒淫失政，引起十八家兵团起事，李世民鼓动李渊兴兵建国，裴寂又挟持说服李渊，终于自称大将军，传檄郡县，郡守高德儒抗拒唐军，被杀。李世民征霍县，斩宋老生，李靖与房玄龄、杜如晦来投，迎立代王杨侑为恭帝，封李渊为唐王。炀帝被弑后，恭帝愿让位给李世民，世民却让给父亲李渊，改元武德，立建成为太子，封世民为秦王。这一回的事非常繁富，在《隋唐两朝志传》里就分见于九回。不同的地方分别对照如下：

《大唐秦王词话》第一回	《隋唐两朝志传》
炀帝失政	1、2 回
李世民、裴寂劝李渊起兵	9、10 回
李渊传檄	11 回，檄文不同
李世民攻西河，殷开山擒高德儒	11 回，长孙顺德斩高德儒
征霍县，"斩宋老生"（只四字）	（叙战事约八百字）
李靖及房玄龄、杜如晦来投	13 回，房玄龄来投
	14 回李世民召李靖
	31 回李世民用杜如晦
立代王侑为帝	14 回
义宁三年，隋恭帝欲禅位于李世民	21 回，隋恭帝禅位
世民让其父，封秦王	

按《资治通鉴》，李渊称帝在大业十三年，即义宁二年（618），《大唐秦王词话》误系三年。《大唐秦王词话》叙事多出虚构，不足为据。如恭帝愿意禅位给李世民即属编创。

《大唐秦王词话》里虚构成分较多，基本上是民间说唱话本。元明杂剧中有许多隋唐故事，取材于前代或当时的说唱话本，可以与《大唐秦王词话》参证。

《大唐秦王词话》第四回《唐秦王私看金墉地，程咬金明劈老君堂》，讲李世民私看金墉，被程咬金追到老君庙，举斧即将劈下，幸得秦叔宝挡住，只把他擒住送交李密，关入南牢。现存元杂剧有郑德辉的《程咬金斧劈老君堂》，可作对照比较。杂剧的特点是从斧劈老君堂一直演到程咬金归顺大唐。中间加了一个楔子，演李世民消灭萧铣的故事。第三折又由正末扮探子，用唱词描述了李世民和萧铣的战斗场面。第四折由李靖向秦王报告李密降将内有程咬金，秦王不念前仇，亲释其缚。杂剧与《大唐秦王词话》不同的是预言李世民有百日之难的不是李靖和李淳风、袁天罡"三仙"，而是袁天罡一人，又把李孝恭、李靖征服萧铣的功劳放在秦王身上，把时间提前了。

脉望馆所藏钞校本元明杂剧《魏徵改诏风云会》，也演李世民私看金墉，被程咬金抓住。与《词话》第四、五两回故事相合，但配角人名略有不同，剧中李密派出五个大将，除程、秦二人外，还有王伯当、裴仁基、蔡健得，《大唐秦王词话》第四回则说是秦叔宝、王伯当、单雄信、罗成、程咬金。

《魏徵改诏风云会》杂剧头折李世民上场有一大段念白，叙述了十八处烟尘的形势，最后说道："别处军兵也不打紧，则有这江南萧铣、洛阳王世充、金墉城李密。某今先要收伏洛阳王世充，后破李密。"剧中军师李靖看出李世民面色不好，不可远行，没有说是袁天罡，就和《斧劈老君堂》不同。幸而李密打败了孟海公，大赦一应罪人，惟独不赦李世民、刘文静，魏徵改"不"字为"本"字，放了两人。两本杂剧都说李密打败了孟海公，因而放赦。这在《大唐秦王词话》里则是打败了梁师都，而且还有一些新奇情节，与两本杂剧都不同。《隋唐两朝志传》则孟海公讹为"凯公"了。

《大唐秦王词话》第十四回《定巧计十羞李密，吟反诗三忤秦王》，讲李世民命十将扮演秦王，使李密拜迎十次。又以枯竹为题，吟诗讽刺李密。无名氏《四马投唐》杂剧第二折里只有三将出场，这是可以理解的，可能演员不够。但是杂剧里假扮秦王的有段志玄，却是《大唐秦王词话》里没有出场的。杂剧开头有一个很长的楔子，演述王世充和李密交战之前，先向李密借粮，随后背信下书挑战。单雄信打破金墉城，李密与王伯当、柳周臣、贾润甫四马投唐（《隋唐两朝志传》里随李密投唐的有魏徵等）。唐公李渊封李密为邢山公，并赐他独孤夫人。第二折演李世民西征薛举得胜回来，唐公命李密去迎接，李世民有意羞辱李密。又出题命他作诗，互相讽嘲，激怒了李密，就决意出逃叛唐。第三折演盛彦师于断密涧射死李密，李世民又下令射死了王伯当。这些情节几乎包括了《大唐秦王词话》里李密的全部故事，大体相合，但细节不同。如《大唐秦王词话》第十四回李密的《竹》诗云：

"拂云苍玉手亲栽，饱历风霜足干才。寄语时人莫轻弄，曾从葛水化龙回。"杂剧中李密吟《竹》诗则作："老竹苍苍节大坚，等闲小辈莫摧残。潇潇雨洒深秋月，惊的邪魔心胆寒。"他再吟一首云："小笋全无君子节，初生岂有化龙时。消疏绿叶飞池畔，出土微尖更不知。"还有李世民和李密咏鸡的两首诗，文字也完全不同。另有一首咏风筝的诗，杂剧就省略了。杂剧和《大唐秦王词话》都有两人吟诗相嘲的情节，当有共同的来源。但《大唐秦王词话》的诗似乎更雅净一些。

《大唐秦王词话》第十六回《野猪坡李密败兵》，说到李密射死一犬，射了自己本命；又遇见宜山老母，收回了以前赐他的火星剑，说他犯了"盛独鹿"三字，违逆天命。杂剧第三折也有黎山老母出场，说当初曾有三戒："一者勿杀阴人，二者不许反唐，三者勿割鹿肉。""今三事皆犯，必遭亡身之祸。"这也是同出一源的故事。但《大唐秦王词话》前文对"三戒"并无交代，似有删略。

从《大唐秦王词话》的情节看,有一些摹仿前人作品的痕迹,如第二十六回,秦叔宝命家僮持简上街出卖,要一千贯钱,近似《水浒传》林冲、杨志故事。而说要一千贯钱,又是按宋代的钱币计数。明代已经改用银子计价,这是现在考证古代小说年代的依据之一。当然,我们不能据此推论《大唐秦王词话》产生于宋代。又如第五十四回元吉设计,命家将把一口宝剑以五百贯钱卖给尉迟恭,骗尉迟恭进英王府比剑,完全模仿高俅陷害林冲的故事。从中可以看到编者对《水浒》故事非常熟悉,比《隋唐两朝志传》更接近于民间话本。

《大唐秦王词话》第二十七回《茂功智说秦叔宝,世民义释程咬金》,说徐茂功(即徐懋功、徐茂公)扮作道人,潜入河南,遇见秦叔宝命家僮出卖双简(铜),就跟着到秦家游说秦琼,又拿出尉迟敬德的画像,刺激秦琼的好胜心,决意归唐。共事者有牛进达、牛进雄、程咬金三人。程咬金曾斧劈老君堂,冒犯过李世民,李世民不念旧恨,赦免其罪。脉望馆所藏钞校本《徐茂公智降秦叔宝》杂剧就演此故事,剧中徐懋功拿着李世民的信去说降了秦叔宝和陆德明、程知节、李君实、田留安等,一起归唐。最后由殿头官念诵断语韵白,宣读圣旨:

> 您听者:隋室乱天下荒荒,四海内各占封疆。太原城先朝旧业,王世充搅乱村坊。仗手下文强武胜,秦叔宝双铜高强。徐懋公施谋用智,一封书拱手来降。各罢兵干戈宁静,众将军武艺非常。秦叔宝封胡壮公之职,陆德明加紫绶金章。李君实田留安二将,取家小直到洛阳。今日个加官赐赏,一齐的拜谢吾皇。

杂剧里有李君实、田留安而没有牛进达、牛进雄,与《词话》不同,却与《隋唐两朝志传》相同。《隋唐两朝志传》第四十七回讲李世勣(即徐懋功)路遇程知节,通过程劝说秦叔宝、陆德明、李君实、田留安归唐,接着第四十八回《秦叔宝弃郑归唐》。两书情节、人物、文字大不相同。按《资治通鉴》卷一八七有李君羡、田留安继秦叔宝降唐，杂剧与《隋唐两朝志传》较近史实。

尉迟敬德是《大唐秦王词话》里的主要人物，第二十一回至二十六回讲他的出身，有许多传奇性情节。第三十七回榆窠园单鞭夺槊是一个著名故事，讲尉迟敬德救秦王，赤身单鞭夺了单雄信的槊。接着齐王李元吉要谋害李世民，诬告尉迟敬德，在唐高祖前提议要和尉迟比武。秦王在尉迟右臂上系一块金牌，不许下手，只是三次夺了元吉的槊。英王李建成又生一计，提出明天到南御园扮演一次榆窠园夺槊的故事。让英王家将黄庄（绰号立地太岁）假扮单雄信，追赶秦王，尉迟敬德再来救驾。黄庄按元吉的指使举刀真要砍杀秦王，尉迟急来救主，打死了黄庄。元人尚仲贤有《尉迟恭单鞭夺槊》和《尉迟恭三夺槊》两个杂剧，就演这两个故事，但元刻本《三夺槊》杂剧文字有缺漏，不易读通，第四折唱词有"谢吾皇把罪愆免，打元吉丧黄泉"的话，大致可以解读出尉迟敬德三次夺槊后竟打死了元吉。这是元杂剧的虚构，离史实更远了，《大唐秦王词话》也没有采取。《隋唐两朝志传》则又有变化，第六十二回叙元吉与尉迟敬德比武，阴谋刺杀世民，被敬德夺槊刺倒，只有一次。次日又命黄太岁扮演单雄信追秦王，真要下手，还是敬德夺槊刺死黄太岁，就没有"三夺槊"的情节了。按《隋唐嘉话》卷上、《资治通鉴》卷一八八确有敬德三夺槊的记事，所以流传极广。

元明杂剧演尉迟恭的故事极多，除《单鞭夺槊》《三夺槊》外，现存的有杨梓的《功臣宴敬德不伏老》、无名氏的《小尉迟将斗将认父归朝》（《词话》无此故事）、无名氏的《尉迟恭鞭打单雄信》，已佚的有关汉卿《敬德降唐》、郑廷玉《尉迟公鞭打李道焕》、于伯渊《尉迟公病立小秦王》、屈子敬《敬德扑马》、郑廷玉《尉迟公鞭打李道焕》、无名氏《敬德挝怨鼓》等，都已失传。有些情节还可以在《词话》见到踪迹。《敬德不伏老》杂剧演尉迟恭与李道宗争功，打了李道宗，被贬去田庄闲居，后来高丽军进犯挑战，徐茂公（功）去召他复出，敬德装疯不应。徐茂公用计激怒他，使他复出建功。"装疯"这一折保留在戏文《金貂记》和多种戏曲里,传唱不衰。可是在《大唐秦王词话》里却改为李元吉设计陷害尉迟恭,虽得免死,仍把他贬去田庄闲住,最后也是徐茂功去骗他出来复职出战。看来是编者为了要加重李元吉的罪名,有意把起因转加到他头上,对传统的《敬德不伏老》故事作了夺胎换骨的改造。于此可见《大唐秦王词话》应是较晚的作品。

《大唐秦王词话》后面还有许多建成、元吉阴谋杀害秦王李世民的故事,从五十三回至六十三回,都是兄弟相残的内斗,直到玄武门政变,唐太宗即位,有不少十分离奇的情节,都是《隋唐两朝志传》和《唐书志传》《隋史遗文》《隋唐演义》《说唐全传》等所不取的。

总的看来,《大唐秦王词话》保留了不少民间说唱的故事,离史实较远,如"三鞭换两锏"之类孙楷第先生所谓"粗鄙"的情节。但书中也有一部分比《隋唐志传》更近史实的叙事,就不知是原著所有还是诸圣邻"按采史鉴"修订的改笔。

《大唐秦王词话》的每一回卷前都有一些诗词歌赋作为入话,也就是现在弹词开场前唱的"开篇",前人有的称之为"滩头",至今上海青浦人还这么说。如第一回开头的四首词,分咏四季景物,格式与《金瓶梅词话》卷首的《四贪词》相似。试举第一首为例:

> 花开禁苑春光早,万紫千红斗新巧。偷香粉蝶艳丛飞,酿蜜黄蜂芳径绕。秋千蹴罢玉钗横,倦倚银屏午睡清。芳草梦成谁唤醒,绿杨枝上一声莺。

四首词之后,又有一首定场诗:

> 晴窗煮茗谈经史,静夜挑灯阅简篇。要识古今兴废事,分明都在话中传。

诗词都写得比较优雅，与成化本词话大不相同，似出文人手笔。又如第二回卷前的四首咏秦汉史的诗，也写得较好。再举第四首来看：

> 垓下初闻铁骑过，拔山力尽奈愁何。数年霸业移刘策，一旦雄师散楚歌。夜永挥戈悲壮士，月明按剑泣娇娥。繁华满目空流水，依旧闲花野草多。

第三回前三首咏张良的诗显然是改写话本的再创作。第三回卷前咏张良辞朝的三首诗，似据话本改写，第二首作：

> 鸟尽弓藏意可哀，高人何事忌贤才。金章紫绶无心恋，绿水青山有意来。双手擘开名利锁，一身跳出是非垓。子房因甚休官早，恐蹈韩侯剑下灾。

这首诗在元刻本《前汉书平话》里作：

> 懒把兵书再展开，我王无事斩贤才。腰间金印无心恋，抽袖白云去不来。两手拨开名利路，一身跳出是非垓。老臣若不归山去，怕似韩彭剑下灾。

清平山堂话本《张子房慕道记》也有此诗，又有数字不同。

《大唐秦王词话》所引如果是诸圣邻的改笔，就改得比较好了，如与第五十九回那两首诗参看，似乎寄寓了作者对于谦的同情。这应是明代后期的作品。

第九回前是一篇独立的短篇词话，先是四句诗："玉貌遗青冢，丹枫出玉沟。

舞同垂柳弱，情向锦筝留。"随后解释这四句讲的是王昭君、韩翠琼、赵飞燕、薛琼琼的故事。第二个故事不太著名，引出原文，以见一斑：

> 丹枫出御沟，乃唐僖宗时韩翠琼题红叶的故事。
>
> 香烬玉炉烟，帘响金钩控。正遇着清秋永。拈笔聊将怀抱写，步金莲直至沟东。叶叶谁知雌与雄。寄新诗仗你成功。暗叮咛风飘水送，趁清波流出帝王宫。
>
> 红叶无情句有情，　御沟流出寄知音。
> 九关虎豹真虚设，　漏泄春光一片心。

这是韩夫人红叶题诗故事的一段词话，翠琼的名字仅见于此。一支曲加一首诗，和宋代人的"缠达"非常相似。四段故事连在一起，作为一个"头回"，放在正传之前，还是宋代说话人的惯例。可见《大唐秦王词话》的文体也保存着不少宋元话本的传统。

今本《大唐秦王词话》应有文人修订的部分，如每回前面所有的"入话"诗词都非常优雅，与《大唐秦王词话》正文的风格相差较远，显然出于文人手笔。其中有引用前人如胡曾的《咏史诗》，也有不知出处的，有可能为诸圣邻自撰，第五十九回前有两首七律，实际上咏的是明代的事，都是赞叹于谦的，现引录全文于此：

> 补天豪气已消磨，成就人间好事多。正统再更新日月，大明重振旧山河。功超吕望扶周室，策迈张良散楚歌。今日辞朝臣去也，白云影里笑呵呵。
>
> 当时忠义冠群公，死后英魂直上通。荒草含悲秋雨下，杜鹃啼血夕阳中。经邦事业千年制，盖世声名一日功。炳炳封章隆庙祀，行人谁不仰高风。

前一首诗据陕西师大郑敏婕硕士论文《〈大唐秦王词话〉研究》的考查，是于谦被杀之前的绝命辞，出自徐咸《西园杂记》。原文作：

> 于少保遇害之日，从容口占一诗云：庄椿居士老婆婆，成就人间好事多。正统再更新日月，大明重整旧山河。功超吕望扶周室，德迈张良散楚歌。长叹一声归去也，白云堆里笑呵呵。

这首诗又见于孙高亮《于少保萃忠全传》第三十二传，文字有所不同：

> 村庄居士老多磨，成就人间好事多。天顺已颁新岁月，人臣应谢旧山河。心同吕望扶周室，功迈张良散楚歌。顾我今朝归去也，白云堆里笑呵呵。

按：《于少保萃忠全传》是一部小说化的传记，书中抄录了许多实录笔记，有不少可贵的史料。作者的祖父是于谦的好友。年代虽晚于《西园杂记》，但这首诗的文字却比较通顺得体，很有参考价值。徐咸所记的诗中说"正统再更新日月，大明重振旧山河"，应指正统十四年景帝（代宗）继位后于谦打败也先重振明朝山河，而不是天顺元年英宗复辟的事。于谦会不会自夸战功，宣扬代宗建立新朝的业绩，而根本否定天顺复辟？"功超吕望""德迈张良"也像是后人对于谦的歌颂。孙高亮所记的诗句作"天顺已颁新岁月，人臣应谢旧山河"，却有反讽天顺清除异己、杀害功臣的意思。总之，不论文字如何变动，这首诗不大像于谦自己的绝笔，尤其是末两句有些莫名其妙，把悲惨的结局化为超脱潇洒的笑声，更像是民间传说的拟构。类似《宣和遗事》前集讲张天觉辞朝时的词句说："瓦钵与瓷瓯，闲伴白云醉后休。"《张子房慕道记》里的诗句："若问小臣归何处，身心只在白云山。"恐与于谦的性格不甚相合。《西园杂记》和《于少保萃忠全传》的故事可能都是从民间传说里采集来的。《大唐秦王词话》引用此诗，并没有说是谁作的。而后一首诗，有可能就是诸圣邻自己的作品。这一插曲不妨留待以后另作研究。

明代的近体小说或古体小说都有引用前人诗词的惯例。尤其是讲史演义往往引胡曾、周静轩的咏史诗为证。《大唐秦王词话》引诗一般都不说明作者和诗题，可以考出的有胡曾《咏史诗》，如第一回的《汴水》，第四回的《涿鹿》《洞庭》《箕山》《长城》（文字略有出入），第二十一回的《商郊》《傅岩》《钜桥》《首阳山》，又如四十九回引《西湖十景》诗，即明人聂大年所作，见《西湖游览志余》卷十一。《西湖十景》诗后又有诗云："歌罢西湖十景诗，词中发出史中枝。有根有叶秦王传，不比荒淫妄诞书。"这才是说话人的定场诗。《大唐秦王词话》每回前多引诗词作为"入话"，还沿袭宋元话本的格式，和现代弹词演说前之加唱"开篇"相似。可能"词人"只用以吟诵，也是说唱艺术的一部分。所选的诗词都比较优雅，正如宋元小说的入话，如《西山一窟鬼》卷前引的诗，缪荃孙称之为"韵雅欲流"。《大唐秦王词话》里有不少优雅的诗，因为并没有假托书中人物的作品，还不致破坏整体的风格，造成不调和的弊病。

今见《大唐秦王词话》大约编定于万历中期，刻印于三十五年之后，不能说它是《隋唐两朝志传》和《唐书志传》的祖本，但是它应有诸圣邻所据以修订的底本。这本书的特点是，神异色彩较多，如《高祖试三仙斗术，李靖诱梁王起兵》《飞鼠耗粮同天谴，美人困使亦人谋》《桓军师大布神师计，李魏王兵败翠屏川》《野猪坡李玄邃败兵，断密涧王伯当死节》《桓法嗣再布神师计，王世充重借纳命军》等，都出现神仙或妖术的情节。特别是尉迟恭出身的几回，有《因借宿力伏铁妖，为投军智降水怪》《六丁神暗传战策，猛敬德明夺先锋》等回目。第二十九回尉迟恭鞭打李世民时，半空中被五爪金龙托住；第六十一回李世民被元吉下毒后，神医孙思邈来救活。这无非是神化李世民的虚构。

特点之二是在史传的基础上加强了对唐太宗美化，竭力丑化建成、元吉，夸大他们的阴谋活动，写他们一而再、再而三地陷害李世民和尉迟恭，引起读者（听众）的憎恶，从而宣扬唐太宗夺位的正义性和必要性。《大唐秦王词话》大体上按历史程序讲了王世充打败李密和李世民先后消灭薛仁杲、王项（当作须）拔、朱灿（当作粲）、刘武周、王本行、刘黑闼、王世充、萧铣的战功。唐军屡胜之后，自第四十七回《杀忠臣元吉报私怨，救良将士信劫法场》起，主要写李世民与建成、元吉兄弟之争，李元吉一再谋害李世民和尉迟敬德等秦府诸将。《大唐秦王词话》极力描写元吉的阴谋诡计，完全是按照两《唐书》根据唐太宗改写过的历史铺演的。又加上许多虚构和夸张，如说元吉逼罗成在恶煞红沙忌兵之日出战，因而被箭射死。五十三回《英齐练马咬秦王，敬德保驾救真主》摹拟屠岸贾谋害赵盾的故技，训练烈马咬红衣草人，意图害死世民，烈马幸为尉迟恭打死。建成又用针刺一匹马的背脊，骗世民上马，几乎把他摔死。按：《资治通鉴》卷一九一载：

> 建成有胡马，肥壮而喜蹶，以授世民曰："此马甚骏，能超越数丈涧，弟善骑，试乘之。"世民乘以逐鹿，马蹶，世民跃立于数步之外，马起，复乘之，如是者三，顾谓宇文士及曰："彼欲以此见杀，死生有命，庸何伤乎！"

《大唐秦王词话》似乎是据此敷演的。孙楷第先生曾认为"三跳涧"由李世民三跃乘胡马的故事演化而来（《日本东京所见中国小说书目·隋唐两朝志传》提要自注），那就是一事二用了。

从这方面看，编次者似有为明成祖夺位辩护的用意。另一面，第五十九回正文前插入赞叹于谦的诗，更可能有批判明英宗复辟后杀害功臣的寓意，暗讽了本朝宫廷兄弟夺位的丑恶现实。因此书中许多渲染李建成、李元吉罪恶的情节，应该出于明代后期人的续补。

　　特点之三是《大唐秦王词话》的文采较好，许多诗词写得非常优美，可见作者的才华。即使其中不少诗词是借用他人的作品，但也显示了编者的眼界和眼力，与成化本词话迥然不同，比《隋唐两朝志传》《唐书志传》也高出一个层次。《大唐秦王词话》可以说是文人参与俗文学再创作的优秀成果。明代词话留传的不多，成化本词话的出土，给我们提供了鉴别的文献资料，也使我们对《大唐秦王词话》的成就，有了比较的标本。

　　另一方面，《大唐秦王词话》散说的部分很多，又被称为《秦王演义》，书中多处题作"按史校正唐传演义"，可以和多种唐史演义参照研究。因此我们对于《金瓶梅》之称为词话，也就不必置疑了。《大唐秦王词话》增改的诗赞，可能出自诸圣邻之手，比《金瓶梅词话》里借用的那些文不对题的诗词高明得多，兰陵笑笑生这方面的文化修养就较差。《大唐秦王词话》从话本向文本小说过渡中，诗词的增改和明代政治的暗讽隐喻，也推动了小说艺术的提高，但总的艺术成就却不如《金瓶梅词话》，则由于编写者是讲史家而不是"小说家"，缺少的是现实社会生活的阅历。我们如果对明代词话作一番综合的研究，或许还能扩展一下对明代小说研究的视野。

2008 年 5 月初稿，2017 年 3 月改定

转虚为实：《三国演义》的生成
能力与社会作用

洪　涛

一、引言

在《三国演义》的研究领域里，如果我们聚焦于前人对"文本内外"的论述，我们会发现"文史关系"一直纠缠不休。这种纠缠，衍生出两种倾向：一种是指责文学文本失真不可信，这种言论的代表人物有章学诚、郭沫若、翦伯赞等人①。他们希望小说能够做到"存真"，排拒"弄假"。另一种倾向却走向反面：以假当真（literalization），将文学变成"历史"，按照文学文本来建构"现实"。

第一种倾向我们不必再剖析，因为要求"历史对文学起控制作用"或者认定"文学指涉历史"，接近于西方学者所说的"reference theory of meaning"（意义的指涉理论），实际上是不可行的（unworkable）②。我们也知道历史至上的倾向已经被评为"不理解小说和历史的区别"③、"大错特错"④。相反，

---

① 郭沫若、翦伯赞等：《曹操论集》（香港：三联书店，1979）。其中，郭沫若《为曹操翻案》一文早在 1962 年发表。

② John M Ellis, The Theory of Literary Criticism： a Logical Analysis (Berkeley： University of California Press, 1974), P.12.

③ 徐朔方：《小说考信编》，上海：上海古籍出版社，1998 年版，第 10 页。

④ 王平：《中国古代小说文化研究》，济南：山东教育出版社，1996 年版，第 200 页。

第二种倾向"以假当真"值得我们多加关注。

某些文学作品（如《三国演义》）有一种创造"现实"的能力。由于反复不断的增饰，一代一代传承，以后那被说多了的事情就被后来者视为"传统"，甚至演化成"既定的现实"①。清代史学家章学诚（1738—1801）曾经提出"淆人"之说，他主要是批评作品虚实错杂。其实，我们还可以进一步谈论"淆人"的实际效果：有些文学作品往往有自我转化为"真实"的力量 使人"以假当真"。所谓"真"有时候是"真实感"，有时候竟然成为"事实"（说详下文）。

怎样"以真实为事实"？这里，有必要先解释一下：例如中国学术界有人花了大量精力来研究李商隐的无题诗、《红楼梦》，考证了作品中人物的"真实"身分，也就是，书中人物相当于现实世界中的某人②。在西方，也曾有人穷毕生精力考证莎士比亚十四行诗里的黑妇人是谁、美国诗人狄金森（Emily Dickinson, 1830—1886）诗里那个神秘的情人是谁。这种做法，正如西方的新历史主义者孟酬士（Louis Montrose）在"Renaissance Literary Studies and the Subject of History"一文评说的那样："……the erudite but sometimes eccentric detective work of scholars who, treating texts as ciphers, seek to argue one-to-one correspondences between fictional characters and actions, on the one hand, and specific historical persons on the other."③他说的正是读者在诠释过程中"对

---

① 参看盛宁：《关于后现代"表征危机"的思考》，《文学：鉴赏与思考》，三联书店，1997年版，第230—242页。

② 例如，徐朔方曾经指出："个别研究者把《红楼梦》的每一细节描写都作为真人真事即曹家的传记资料看待，在他们的心目中，《红楼梦》不存在任何艺术虚构。"语见徐朔方：《小说考信编》，上海：上海古籍出版社，1998年版，第213页。涛按，此话后半可能是夸张的说法。

③ Louis Montrose, "Renaissance Literary Studies and the Subject of History", English Literary Renaissance 16:1 (1986), P.6.相近的话也出现在其"Professing the Renaissance: The Poetics and Politics of Culture". In H. Aram Veeser (ed.), The New Historicism (NY and London: Routledge, 1989), P.18。

号入座、一一对应"。再如，穆亚（Virginia Moore）[1]和金斯利（Edith E. Kinsley）[2]诸人研究 Brontë 姊妹和她们的家世，简直就把她们所写的小说 Jane Eyre, Villette 和 Wuthering Heights 看作传记材料，使小说与传记合而为一。

在中国，同样有人把作品中的人物附会为历史上的真实人物，例如有人说贾宝玉和林黛玉是顺治帝和董小宛，也有人将《红楼梦》人物还原为曹家人物[3]。同样，有人把《三国演义》的人物当成三国史上的人物、把《三国演义》的故事当成"真历史"。

关于人物的指涉问题，语言哲学家弗雷格（Gottlob Frege, 1848—1925）对"涵义"（sense）和"指涉"（reference）的区别特别值得一提[4]。据弗雷格的说法，"涵义"（sense）是论述本身的意义，而"指涉"（reference）则是论述所表示的事物。例如，我们说"爱因斯坦是一代伟人"这句话固然是指爱因斯坦这个人，将句子与具体的现实加以关连；不过，就论述本身的意义而言，这句话表达了语意结构所塑造出的语言现实，并不一定要在大家都知道爱因斯坦确有其人而句子一定有所指涉的情况下，才能被人理解。儿童唱的"摇摇船"："摇摇摇，摇到外婆桥。外婆对我笑，叫我好宝宝。糖一包，果一包，吃完饼儿还有糕。"就其意义而言，不管那糖是指的是大白兔糖或什么别的糖果，皆显示出论述本身的意义，也就是论述构成语言现实，透过论述的主语与述部结构所表达出的句子意义，一方面涉及我们对糖果的

---

[1] Virginia Moore, The Life and Eager Death of Emily Brontë – a Biography (London: Rich & Cowan, Ltd., 1936).

[2] Edith Ellsworth Kinsley, Pattern for Genius; a Story of Branwell Brontë and his Three Sisters, Charlotte, Emily and Anne (New York: E.P. Dutton & Co., 1939)。此节参见 R. Wellek & Warren, Theory of Literature (Harmondsworth: Penguin Books, 1942), Chapter 7。

[3] 参看洪涛：《〈红楼梦〉与诠释方法论》，北京：北京图书馆出版社，2008 年版，第二章。

[4] 原文为 Sinn（涵义）与 Bedeutung（指涉）之别。参看 "On Sinn and Bedeutung", in Michael Beaney (ed.), The Frege Reader (Oxford: Blackwell Publishers, 1997), P.151—171。

知识，另一方面则超越了真实的指涉，形成一个虚构的新现实世界，在我们不一定设想或指定某一种糖果时，也能体会这句话本身的意思。换言之，意义并不一定要在指涉十分明确的情况下才能产生，意义与指涉属于不同逻辑范畴的论述活动。

以文学作品而言，《三国演义》是参照历史撰成，因而有所指涉，但是，小说作品本身也有自己的意义，不受到指涉的影响便发展出论述意义，同时，小说也脱离了作者的"原意"及其世界，不断地显现它在读者之中所呈现的作品意义[①]。

小说中的描写，构成了语言现实，有时候这种"语言现实"就会被视为"现实"，就像赛凡谛斯（Cervantes, 1547—1616）的《唐·吉诃德》（Don Quixote）中的主角，将文字所构成的世界，视为"真"的世界。

二、《三国演义》的逼真感与"真实"

《三国演义》的历史气氛浓厚，有些情节有很强的逼真感。明朝人已开始将《三国演义》中的情节视为实事。"永乐十年东宁伯焦玉序"《火龙经》时说诸葛亮"鏖兵于赤壁，火焚于藤甲……火攻之法，至孔明而尽善矣。至若埋地雷于葫芦谷，非天雨大降，则司马氏之父子必为火中之煨烬矣。""火焚于藤甲"指七擒孟获事，"葫芦谷"指上方谷事，都是小说中的情节。当代学者任昭坤指出："《三国志通俗演义》在明初成书后，便很快流传开去，以至被人们当作史书信以为真，甚至以为诸葛武侯是火器的发明者。"[②]

到了清朝，类似的情况更多。袁枚（1716 — 1797）《随园诗话》卷五记世人将小说演义语当作真事，例如：华容道、"生瑜生亮""明烛达旦"等事。

① 参看 G. Frege, "On Sense and Nominatum", in H. Feigl and W. Sellars（ed.），Readings in Philosophical Analysis（New York：Appleton-Century-Crofts, 1949），P.85—102。
② 本段参考了任昭坤：《〈火龙经〉序与〈三国志通俗演义〉》，见于《明清小说研究》1988 年 1 期。

陆继辂《合肥学舍札记》卷一也记京官误引《三国演义》，遭人讪笑①。

以上故事，显示出读者弄不清《三国演义》的虚与实。实际上，有人在处理国家大事时征引小说情节，例如，"雍正间，长白某少宗伯，因保荐人才，引孔明不识马谡事。宪宗怒其以小说入奏，责四十板而枷示焉。乾隆朝，某侍卫擢荆州将军，人贺之，辄痛哭，异而请其故，则哽咽言曰：'此地为东吴所必争；关壮缪尚不能守，今遣老夫，是欲杀老夫耳！'此二事均发生于阅《三国演义》者。"②

那个"长白某少宗伯"，把《三国演义》中诸葛亮错用马谡的事，用到举荐人才的事情上来。这是把小说当史实来引用③。在当时那种议事环境（正在讨论国家大事）中，将虚构的小说情节当成史实来引用，恐怕是不合宜的。

第二个小故事（乾隆朝），那个行将当上荆州将军的侍卫，完全被故事的逼真感所蒙蔽，以为小说中所述情景等同于他处身的环境，忘掉自己所面对的现实④。

---

① 朱一玄、刘毓忱编：《三国演义资料汇编》，天津：百花文艺出版社，1983年版，第709页。

② 朱一玄、刘毓忱编：《三国演义资料汇编》，第746页引《小说月报》第二年第一期（1911年）《杂缀》。编者朱一玄注明：该篇文章，《小说月报》刊载时，未题作者名讳。无名氏《所闻录》中亦有此则故事，但说是康熙朝事，参看李景白：《〈三国演义〉中拥刘反曹思想的面面观》，载于《河北师院学报》，1985年3期，页64。又，雍正六年二月二十九日"上谕"因郎坤引《三国志》小说而革职枷号。按，奕赓《管见所及》也记载了因小说而被责的事。参看朱一玄、刘毓忱编：《三国演义资料汇编》，天津：百花文艺出版社，1983年版，第707页。

③ 按《三国演义》所写，马谡临行前，诸葛亮再三嘱咐他下寨须在要道之处。马谡违反孔明节度，舍水险上山屯兵，否则街亭本不该失。估计那个"长白某少宗伯"必引述了小说的情节，才会触怒皇帝。讽刺的是，皇帝本人想必也看过《三国演义》，否则他如何能知臣下引用小说？况且《三国志》的确写到"亮违众拔谡。"（《蜀书·马良传》附《马谡传》）。

④ 这令人想起包法利夫人（Madame Bovary）深陷于小说世界而不能自拔。

三、《三国演义》的衍生谱系（genealogy）与 "地理"（geography）

小说的事迹，可以成为"塑造"现实的力量。盛宁在《文学：鉴赏与思考》中提及，在某些激进的后结构主义（post-structuralism）文论家眼中，"不是客观现实决定小说、人们按照客观现实去创造小说；而是小说决定客观现实，人们按照小说去理解和构想客观现实。"[①]魏因谢默（Joel Weinsheimer）也说过："……in mimetic criticism life imitates art。"[②]符号学家洛特—加龙省曼（Lotman）同样认为文学对现实有塑造功能[③]。这种说法好像只是理论，然而，从《三国演义》的情况看，确有文学文学塑造现实的案例。以下，笔者检视一些真实个案。

江苏镇江北固山上的"相亲遗迹"，恐怕就是得力于"按照小说来构想客观现实"。

（1）现实世界中的"相亲遗迹"、试剑石

史书《三国志》没有刘备在甘露寺"相亲"的故事。小说《三国演义》写东吴请刘备到甘露寺，应该是虚构的情节。如果参照史书上的记载，我们得知孙权之母早在建安七年（202）死去[④]，而刘备过江相亲之事发生在建安十四年（209）。

[①] 盛宁：《文学：鉴赏与思考》，北京：三联书店，1997年版，第11页。

[②] Joel Weinsheimer, "Theory of Character: Emma", Poetics Today, Vol. 1: 1—2（1979），P.187。

[③] 参看高辛勇：《形名学与叙事理论》，台北：联经出版事业公司，1987年版，第8页。另参看 Daniel P. Lucid（ed. and tr.）, Soviet Semiotics: An Anthology（Baltimore: The Johns Hopkins UP, 1977），P.7。王尔德（Oscar Wilde, 1854—1900）在"The Decay of Lying"有一番话：Life imitates Art far more than Art imitates Life. 见其 Intentions（Amherst, N.Y.: Prometheus Books, 2004），P.55。

[④] 《三国志·吴主传》说："（建安）七年，权母吴氏薨。"见于卢弼：《三国志集解》，台北：宏业书局，1972年版，第927页。另参看许蓉生、林成西：《真真假假话三国》，成都：四川大学出版社，1994年版，第332页。

《北固山志》卷六提到："（建安）十四年宗室备荆州婚吴如京。"[1]（按，小说第五十五回写明"建安十五年春正月元旦"刘备离开东吴回荆州[2]）刘备建安十四年才过江，孙权之母已经死了七年[3]。孙权借婚姻诱杀刘备之事，小说所写与史书所载，颇有落差[4]。更重要的是甘露寺可能是后起之物[5]。

相亲之地甘露寺是著名寺院，目前座落于江苏省镇江北固山上。实际上，在北固山上修建寺院，始于笃信佛教的南朝梁武帝（464—549）。甘露寺，则是唐朝李德裕在宝历年间（825—827）为皇帝祈"冥福"才兴建的。

《北固山志》卷二记载："（甘露寺）世传创自吴初，盖因走马涧、试剑石傅会。并妄。"[6]卷四记载："唐创甘露寺宝刹。"[7]编者又引李德裕"手记"谓："余创甘露寺宝刹……以资穆皇之冥福也。"[8]（另参《镇江志》）另一说：传说甘露寺建于吴甘露元年（265）[9]。即使如此，也是刘备（161—223）死后多年的事。刘备招亲时，寺尚未建[10]。

另一方面，《三国志·先主传》说是"（孙）权稍畏之，进妹固好。"从"进"字看，孙权是把妹妹送到男家的地方成亲的，而不是像小说那样写刘备到东吴。

---

① （清）周伯义编、陈任旸订：《京口三山志（北固山志一）》，台北：成文出版社有限公司印行（据清光绪三十年刊本影印），第11878页。按，该书属中国方志丛书华中地方第149号。

② 《三国演义》，北京：人民文学出版社，1973年版，第472页。按，周瑜正是死于建安十五年。

③ 卢弼：《三国志集解》，台北：宏业书局，1972年版，第927页。另参看许蓉生、林成西：《真真假假话三国》，成都：四川大学出版社，1994年版，第332页。

④ 参看高明阁：《三国演义论稿》，沈阳：辽宁大学出版社，1986年版，第246页。关于乔国老事，参看王立言：《桥国老和孙刘联姻故事的衍变》，载于《贵州文史丛刊》1986年1期。

⑤ 参看杨志玖：《甘露寺尚未建寺，何来刘备招亲：兼谈孙刘联姻》，载于《文史知识》1984第6期。

⑥ 《京口三山志（北固山志·一）》，台北：成文出版社有限公司印行（据清光绪三十年刊本影印），第1755页。

⑦ 《京口三山志（北固山志·一）》，第1809页。

⑧ 《京口三山志（北固山志·一）》，第1757页。

⑨ 《京口三山志（北固山志·一）》："《三山志》《郡邑旧志》并言吴王皓甘露改元时建。"语见该书第1755页。

⑩ 参看王仲奋：《中国名寺志典》，北京：中国旅游出版社，1991年版，第285页。

另外，《资治通鉴》和清人顾祖禹（1659—1692）《读史方舆纪要》都说刘备娶孙夫人的地点是石首县[①]。

总之，甘露寺相亲，应是虚构情节，然而，目前的江苏省镇江北固山上有甘露寺（附近有相婿楼），也有孙、刘的试剑石。相婿楼、试剑石之类，可能是源自小说情节。

（2）现实世界中的落凤坡、白马关

另一个例子是落凤坡。东汉、三国时代，没有落凤坡这个地名。[②] 不过，《三国演义》小说第六十三回写"凤雏"庞统骑白马殒命于此坡。[③]

宋代诗人陆游（1125—1210）有《鹿头山过庞士元墓》诗，诗文中未见"落凤坡"之名。另外，笔者查看过北宋初年乐史（930—1007）的《太平寰宇记》卷83，也没有查到"落凤坡"。该书"罗江县"条仅说：白马关在县西南十里，与鹿头关相对[④]。

明朝的地方志中，有没有落凤坡？前人修方志，已经议论及此："落凤坡之名，想亦后人因凤雏死于此而名之，未必当时有此坡名也。果令有之，何以唐《元和郡县志》、及宋《九域志》《地舆广记》《寰宇记》《方舆胜览》《明一统志》皆不载其名，国初顾氏《读史方舆纪要》白马关一条下，始载其名。

---

① "赤壁"的情况也值得注意。关于小说所写"赤壁"何在，是在黄州，还是在蒲圻，80—90年代曾反复论辩。请参看吴新雷：《〈三国演义〉与蒲圻赤壁》，载于《古典文学知识》1995年4期。

② 明代小说《西游记》第七十一回描写"落凤坡"："朱紫国先王在位之时，这个王还做东宫太子，未曾登基，他年幼间，极好射猎。他率领人马，纵放鹰犬，正来到落凤坡前，有西方佛母孔雀大明王菩萨所生二子，乃雌雄两个孔雀，停翅在山坡之下，被此王弓开处，射伤了雄孔雀，那雌孔雀也带箭归西。佛母怀恨以后，吩咐教他拆凤三年，身耽啾疾。"

③ 《三国演义》这样写：却说庞统迤逦前进，抬头见两山狭窄，树木丛杂；又值夏末秋初，枝叶茂盛。庞统心下甚疑，勒住马问："此处是何地名？"内有新降军士，指道："此处地名落凤坡。"庞统惊曰："吾道号凤雏，此处名落凤坡，不利于吾。"令后军疾退。只听山坡前一声炮响，箭如飞蝗，只望骑白马者射来。可怜庞统竟死于乱箭之下。时年止三十六岁。

④ 《景印文渊阁四库全书》，台北：商务印书馆，1983—1986年版，第469册，第677页。

盖自近时人有立落凤坡三字石于道旁者，顾氏因采之。连葬时洞中有白马逸出之言，俱未深信也。"① 落凤坡是怎么变得出名的？

　　京剧、川剧、秦腔皆有《落凤坡》剧目。清王士禛（1634—1711）《雍益集》有《落凤坡吊庞士元诗》："沔上风流万古存。鱼梁洲畔向江村。何如但作鸿冥好。采药相携去鹿门。"② 王士禛因此而遭人讪笑。其实，《罗江县志》中，同题诗作还有不少，例如，邛州牧杨潮观作诗："白马关前落凤坡，千年孤冢郁嵯峨，可怜未定三分鼎，草草功名也不磨。"③ 又，《罗江县志》中，朱云骏有《落凤坡》诗④。

　　戏曲搬演和文人诗文吟咏，应该有助提升落凤坡的名气。

　　明末曹学佺（1574—1647）《蜀中名胜记》、清人顾祖禹《读史方舆纪要》均记有"落凤坡"⑤。其中《蜀中名胜记》"罗江县"条："白马关，在罗江西南十里，与鹿头关相对，志云：山上平坦，有小径仅容车马，三国时营垒也。其下名落凤坡。"⑥ 顾祖禹《读史方舆纪要》也有此说法⑦。

　　清嘉庆《罗江县志》卷十二"古迹"中有"古落凤坡"："县西十里。《秦蜀驿程后记》落凤坡上有诸葛公庞靖侯祠。祠毁于献贼。惟祠门石狻猊尚存其一。有碑题汉代龙凤二师祠。又有古落凤坡碑。今名白马关。"① 又有"换

---

① （清）李调元（1734—1803）：《罗江县志》，北京：中华书局，1985 年版，第 53 页。

② 《四库全书存目丛书》，济南：齐鲁书社，1997 年版，集部第 227 册，第 441 页。

③ （清）李调元：《罗江县志》，北京：中华书局，1985 年版，第 313 页。

④ （清）李调元：《罗江县志》，北京：中华书局，1985 年版，第 303 页。

⑤ （明）陆应阳《广舆记》卷十五有"白马关"。见《广舆记》，北京：北京出版社，2000 年版，原版十三叶反面。另，该书卷十五有"武安公庙"。见卷十七，第十九叶反面。涛按：该书属《四库禁毁书丛刊·史部》第十八种。

⑥ 曹学佺：《蜀中名胜记》，北京：中华书局，1985 年版，第 152 页。

⑦ 《读史方舆纪要》（北京：中华书局，2006 年版，第 3182 页）："白马关，县西十五里，与德阳县鹿头关相对。山至险峻，有小径仅容车马，三国时营垒也。其下名落凤坡，相传庞士元待昭烈至此，卒于流矢下。《新唐书》罗江县有白马关。明初置巡司，今废。"

马沟"条目记载："县西北十五里相传汉庞靖侯与先主易马处。旧有碑，久毁。"（见《嘉庆罗江县志》页 200）

总之，"落凤坡"自明末清初始见于纪实为主的地理书，目前也存在于现实之中。这种现象，恐怕也就是"虚构转化为事实"吧？我们还可以在县志上看到《落凤坡论》（见《罗江县志》卷三十六页 296）。至于庞统墓，《罗江县志》卷二十九说"汉靖侯庞士元墓"在"县西十里白马关祠后。国朝康熙三十六年巡抚能泰立碑墓。"（见《罗江县志》页 252）

其实，依据《三国志》中的庞统本传，庞统死于雒城，即今四川广汉县[②]。但是，现今四川德阳罗江有"落凤坡"，坡之西北有山沟，名为"换马沟"，相传是庞统与刘备换马的地方。又有血衣坟埋庞统"血衣"，还有庞统的墓和祠。相传农历正月二十六日是庞统生日，人们会到庞统墓绕走三圈，以求一年平安和五谷丰登。这一习俗，渐渐演化成庙会活动[③]。笔者相信，血衣坟、庞统墓、庞统祠等等，都可能是因"落凤坡"而衍生出来的。

我们也许可以这样说，环绕庞统的"亡地"出现了"生成衍育"的现象。按照罗邑令王荣命所撰《修庞靖侯寝室序》，连白马关之名，也是得名于刘备和庞统换马："白马关者，即古落凤坡也。后汉时刘先帝兵向雒城，忽凤雏先生马蹶……以白马故，关由是得名。"（《中国地方志集成》第 22 册，页 295）现实中白马关、换马沟、落凤坡，看来都是按虚构的小说情节而"落实"。

顺带一提，其他按小说来塑造"现实"的项目还有一些，例如，成都武侯祠的关羽像旁边有青龙偃月刀、张飞像旁边有丈八蛇矛（按，偃月刀出现

---

① （清）李桂林等纂：《嘉庆罗江县志》，成都：巴蜀书社，1992 年版，第 199 页。收入《中国地方志集成》，列第 22 册。

② （晋）陈寿《三国志》卷三十七，《庞统传》说："进围雒县，统率众攻城，为流矢所中，卒，时年三十六。"

③ 金良年编：《三国大观》，上海：上海古籍出版社，1994 年 12 月版，第 182 页。

于唐，只用来操练以示威武雄壮，不可作为实战兵器①。丈八蛇矛也"很可能是罗贯中时代才出现的"②）。无论如何，到了明王圻（1530—1615）《三才图会》"器用"，关羽的刀，已被当成"真实的器用"来登录："关王偃月，刀势既大，其三十六刀法，兵仗遇之，无不屈者，刀类中以此为第一。"③

又，周仓本来是《三国演义》虚构的人物，正史本无④。然而，湖北《当阳县志》卷之一竟载有周仓墓：周仓墓在治东南五十里麦城之西。乾隆二十三年邑令苗肇岱加修勒石⑤。墓前石碑大书"汉武烈侯周将军之墓"⑥。《山西通志》还按《演义》为他立传：周将军仓，平陆人，初为张宝将，后遇关公于卧牛山，遂相从。于樊城之役，生擒庞德，后守麦城，死之⑦。

此外，洛阳关陵也可能是附会《三国演义》的产物⑧。又，《广舆记》卷二十一记录有"关索寨"。关索恐怕也是虚构人物⑨。

四、"以假当真"与公众的普遍共识

西方"新历史主义"（New Historicism）重视的课题是：文本如何转化为

---

① 沈伯俊、谭良啸编：《三国演义辞典》，成都：巴蜀书社，1989年版，第83页。有证据显示，金元时代，青龙刀才与关羽形象配合起来。在《三国志平话》中，仍未见关羽用青龙刀。另，陶弘景《刀剑录》谓关羽"为二刀"。这似乎说明关羽所用为双刀。胡小伟指"大刀是宋代开始挽入关羽传说中的"。见胡小伟：《伽蓝天尊：佛道两教与关羽崇拜》，香港：科华图书出版公司，2005年版，第247页。

② 李福清：《〈三国演义〉与民间文学传统》，上海：上海古籍出版社，1997年版，第86页。

③ （明）王圻、王思义：《三才图会》，上海：上海古籍出版社，1988，页1196。此一版本系据上海图书馆藏明万历王思义校正本影印。

④ 其原型可能出自《三国志·鲁肃传》。小说描写周某曾加入黄巾军。

⑤ （清）阮恩光修、王柏心等纂：《同治当阳县志》，南京：江苏古籍出版社；上海：上海书店出版社；成都：巴蜀书社，2001年版，第91页。

⑥ 朱正明：《中国关帝文化》，北京：中国画报出版社，2002年版，第45页。

⑦ 《景印文渊阁本四库全书》，第133册，卷167，第84叶。

⑧ 李殿元、李绍先：《〈三国演义〉中的悬案》，成都：四川人民出版社，1994年版，第247页。

⑨ （明）陆应阳辑，（清）蔡方炳增辑：《广舆记》，北京：北京出版社，2000年版，第473页。

社会公众的普遍共识①。从这个角度分析，《三国演义》实有助于普遍共识的形成，例如，"桃园结义"属于平话和小说情节（未见于正史《三国志》），到了清朝，"桃园结义"深深根植于世人心目之中，社会作用不小②。以下，我们举出一些实例。

（1）"桃园结义"的现实作用

崇德三年皇太极（清太宗，1592—1643）致函明朝总兵祖大寿（？—1656），信上说，"今将军甚宜出城相见"，又动之以中原故典："且朕之梦寐，亦时与将军相会，未识将军愿见与否耳？昔刘关张之三人异姓，自立盟以后，始终不渝，名重万祀，至今称焉。将军其见斯而速答之。"③可见清统治者也有刘关张立盟结义之念。至于满清统治者如何将《三国演义》翻译成满文，如何将此满本授于军人，拙文《满文译本三国演义及其作用》已经有所论述。本文不赘④。

另一方面，反清力量也善能利用"桃园结义"，其意念与皇太极同出一辙。秦宝琦《清前期天地会研究》记述："嘉庆十三年广东南海县人颜亚贵，在广西来宾县拜颜超为师入天地会，颜超传授给他一件天地会盟书誓词，其内容已较乾隆年间有所发展与完善。其原文是："……香主弟子XX，携带众信弟子天地结拜。请到明朝先锋，请到刘关张三位，在桃园结义。"⑤（涛按：文中XX，系秦宝琦原文如此）

清咸丰时期，在对抗太平天国（1851—1864）的活动中，"桃园"又再

---

① 盛宁：《文学：鉴赏与思考》，第 319 页。

② 桃园结义，也见于《三国志平话》的开端。

③ "中央研究院"历史语言研究所编：《明清史料丙编》，上海：上海商务印书馆，1936 年版，第一本，第 58 页。

④ 洪涛：《满文译本〈三国演义〉及其作用》一文，载于俞汝捷、宋克夫编：《黄鹤楼前论三国》，武汉：长江文艺出版社，2003 年版，第 484—496 页。

⑤ 秦宝琦：《清前期天地会研究》，北京：中国人民大学出版社，1988 年版，第 151 页。

发挥它的作用。这时出现了《桃园明圣经》，以降乩、降神形式大讲忠义教化，对抗西来宗教[①]。《桃园明圣经》又称《关圣帝君应验桃园明圣经》，或简称为《桃园经》，有多个别称，其中有四种标榜"桃园"[②]。

及至清代末期，反清的秘密社会也很重视"桃园结义"。萧一山《近代秘密社会史料》辑录了不少秘密社会诗歌，从中可见洪门中人如何看重《三国演义》的结义精神：

脱了清衣换明衣，桃园结义至今时。
今日桃园来结义，四海九州岛尽归洪。[③]

洪门中人三十六誓中，声称"要桃园结义风"。其中的"问答书"也屡次提到桃园结义。

（2）桃园结义衍化成为象征物

有时候，秘密仪式不能在现实的桃园举行，秘密社会就用桃枝作为象征之物，例如，刘联珂《中国帮会史》描述海外洪门的入会式："神座前设高溪塔及盛果实之器，又有细加刻画之九话塔，香炉有反清复明等字样。更有红灯、官伞、七星刀，刻画龙凤之棍棒，及木杨城之木斗。案前列烛无数。其下是七星剑，及墨盘。以示灭满清明室复兴之意。有红灯以辨真伪，有尺，以量会员之行为，且以计天地合一之度。有秤，以表示正义公道。有镜，以鉴一切之顺良邪恶。有剪，谓可剪开蔽空之暗云。有桃枝，以明效法刘关张

---

① 卢晓衡编：《关羽、关公和关圣：中国历史文化中的关羽学术研讨会论文集》，北京：社会科学文献出版社，2002 年版，第 141 页。胡小伟：《护国佑民：明清关羽宗拜》，香港：科华图书出版公司，2005 年版，第 525 页。

② 卢晓衡编：《关羽，关公和关圣：中国历史文化中的关羽学术研讨会论文集》，第 141 页。

③ 萧一山：《近代秘密社会史料》，长沙：岳麓书社，1986 年版，第 236、238、245 页。

桃园结义之意。"① 日本学者平山周《中国秘密社会史》也有关于"桃枝"表"桃园"的记载。

洪门结义讲究三把半香，其中的第二把是"桃园义气"："二把香，在汉朝，桃园义气高。"洪门的《香堂总令》："刘王传旨出黄榜，来了桃园结义人。"② 刘联珂《中国帮会史》说明："三把半香"是拿手指来代表的。无名指代表第二把香。

此外，三合会中的茶阵，是隐秘社会中人用茶碗排成图形，以表示自己当下的处境，其中有所谓"桃园结义茶"："将中心个杯拈上，拈开左右两杯，可题诗：桃园结义刘关张，兄忠弟义姓名扬。不信曹公忠义将，万古流传远自香。"③ 另有一诗"桃园结义刘关张，兄弟忠义姓名扬。不服曹公心在汉，流传万古世无双"。

综上所述，桃园由原本的结义场所，渐渐衍化成为象征物如桃枝、二把香、茶阵之类的物事，而这种种物事，都是公众普遍意识的体现，也是义气的象征。此外，秘密会社成员出外拜码头的词令中也有"桃园"，暗号如打手语：大拇指与食指拢成一圈，中指、无名指和小指伸直，那三个伸直的指头就代表桃园三结义④。到了当代，也有人到涿州找"桃园"遗址⑤。

总之，原本虚构的"桃园结义"成了秘密社会的核心价值。刘联珂《中国帮会史》第一章说："中国同胞个个都知道桃园结义刘、关、张的故事。"笔者认为，刘君此话有点夸张，但是，桃园结义确已成为许多华人的公众意识。试看"中国历史文化中的关羽学术研讨会"王洛林的开幕辞："涿州是

---

① 刘联珂：《中国帮会史》，北京：团结出版社，2004 年版，第 172 页。
② 朱琳：《洪门志》，石家庄：河北人民出版社，1990 年版，第 144 页。
③ 萧一山：《近代秘密社会史料》，长沙：岳麓书社，1986 年版，"茶阵第九"，第 362 页。
④ 姜克：《中国帮会漫话》，合肥：黄山书社，1996 年版，第 58 页。
⑤ 龚学镳：《三国遗迹探秘》，北京：西苑出版社，1995 年版，第 4 页。

历史上刘关张桃园三结义之地。"[1] 台湾的代表张平沼也如此说。 中国社会科学院世界宗教研究所的王卡、汪桂平也说"三人桃园结义……"这些言论，反映"桃园结义"似乎已成既定事实。

五、结语

综上所述，像《三国演义》这样的显赫的历史文化小说，纵使有大量虚构成分，也具有一种能动的塑造力（shaping power），它限定并影响人们对现实世界的认识。虚构情节也能衍生出种种令人信以为真的"现实"[2]。

此外，世人认定现实作用于艺术，而本文揭示艺术也可以反作用于现实：与魏蜀吴三国有关的一些"地理"和"共识"，实际上是由文学文本（literary text）衍生出来的。至于刘关张桃园结义，这行为原是文学情节，不料桃园结义成为后世结社者的楷模，它在历史进程中产生过作用，这一点同样是有迹可寻的[3]。

2000 年初稿，2008 年春修订，2017 年再改

---

[1] 卢晓衡编：《关羽，关公和关圣：中国历史文化中的关羽学术研讨会论文集》，北京：社会科学文献出版社，2002 年版，第 2 页。

[2] 参阅盛宁在理论上的演述，见其《文学：鉴赏与思考》，第 12 页。按照廖炳惠的说法，这大概可形容为衍生谱系（genealogy）变成地理学（geography）。参看廖炳惠：《里柯》，台北：东大图书公司，1993 年版，第 177 页。本文撰写时，参考了廖先生的概念。

[3] 接受者（读者）也可能主动以假当真。如果是这样，我们自然不宜把一切"虚转实"都归功于"小说的生成能力"，只能说读者主动发掘文学文本的"潜力"。

欲读金瓶有善本

——评梅节点校本《金瓶梅词话》

马 力

《金瓶梅》与《三国志》《水浒传》《西游记》合称明代小说"四大奇书"，若论流传和影响，《金瓶梅》均叨陪末席。究其原因，主要是因为它太多色情描写，为历代所严禁。但成为禁书反而使它的版本系统相对简单，有利于探讨它的原来面目。

《金瓶梅》有两个版本系统：十卷的"词话本"系统和二十卷的"评像本"系统。词话本回目上下句字数多参差，对仗不工，书中穿插大量说唱材料，夹杂大量方言和市井对话。评像本则回目对仗工整，删去不少词曲，用通行词语代替方言土语，文辞较为修饰。比较之下，显然是词话本更接近原来面目，可惜它实在讹误太甚，影响其可读性，乃至失传；而评像本的改变虽不理想，却因其基本上可读而风行，现存的"崇祯本"、张竹坡《第一奇书》本，均属评像本系统。

1932 年在山西发现刻本《金瓶梅词话》。由于此本的弄珠客序有明万历丁巳的署年，而有清一代似乎并没有人提到这个本子，因此发现后极受学界的重视。以下是半个世纪以来词话本的主要版本年表：

1933 年，马廉以"古佚小说刊行会"名义，影印 104 部；

1935 年，郑振铎校以崇祯本，刊于《世界文库》，共三十三回；

1936 年，上海杂志出版公司出版施蛰存点校本，有删节；

1957 年，北京文学古籍刊行社重印古佚小说刊行会影印本，略加缩小；

1963 年，日本大安株式会社据彼邦收藏之两部词话本，影印出版配本，一般称之为"大安本"；

1970 年，台湾联经出版社事业有限公司依据傅斯年所藏古佚小说刊行会影印本，对比山西发现的刻本原样描改，出版朱墨两色影印本；

1976 年，台湾增你智文化事业有限公司据联经本排印出版全标点本；

1980 年，台湾三民书局出版刘本栋删节本，根据崇祯本作校订；

1984 年，北京人民文学出版社出版戴鸿森校点本，所据除崇祯本外，兼及其他材料，有删节，附校记。

必须指出的是，影印本流传不广，可读性不高，即使是专家学者，也有困难。如日本的"金学"权威鸟居久靖就自认"读起来也不是没有问题"，其论文《金瓶梅的语言》中，五段引文，就有两段误读。大陆研究《金瓶梅》的学者王汝梅也承认，《金瓶梅词话》"有很多句子、词语尚读不懂、读不通"。专家学者尚且如此，更何况一般读者了。排印本无疑流传较广，可是至今还没有一个不经删节的全校刊标点本。梅节整理的全校本《金瓶梅词话》（下称"梅校本"），在这方面跨出了重要的一步，为有兴趣研究古典小说的人和一般读者，提供了一个较少错误、可读性较高，并且比较接近原来面目的本子。

笔者曾参与检阅梅校本的清样，对此书的特点，有一定的了解，兹介绍于后。

取材广泛　校勘精细

梅校本的第一个特点，是取材广泛，校勘精细，使一些过去根本读不通、读不懂的句子，豁然通达起来。

凡读过《金瓶梅词话》的人，都会感到第一回的楔子，有许多难懂的地方。如开头的引词：

丈夫双手把吴钩，欲斩万人头。如何铁石，打成心性，欲为花柔？
请看项藉并刘季，一似使人愁。只因撞着，虞姬戚氏，豪杰都休。

"一似使人愁"，使人费解。梅校本据《古今合璧事类备要外集》卷
五十七引南宋卓田《眼儿媚·题苏小楼》，改正为"一怒使人愁"。又：

此一只词儿，单说着情色二字，乃一体一用。故色绚于目，情
感于心，情色相生，心目相视。亘古及今，仁人君子，弗能忘之。
晋人云：情之所钟，正在我辈。如磁石吸铁，隔碍潜通。无情之物尚尔，
何况为人，终日在情色中做活计一节。须而"丈夫双手把吴钩"，
吴钩乃古剑也……

"一节。须而"不通。山西发现的词话原本某氏朱批改"而"为"眉"，
作"须眉丈夫双手把吴钩"。施蛰存本、增你智本、刘本栋本均从原本句读。
戴鸿森本改"而"为"知"，作"一节须知"，属上句。梅校本认为，这段
文字，出自话本《刎颈鸳鸯会》，见《清屏山堂话本》，其末句为："何况
（你）我终日在情里做活计耶？"故词话"节"字当为"耶"字之形讹；"一"
字应为"者"字的音讹；"须而"，联系上下文理，应为"词云"之讹。
又如刘邦作歌劝解戚夫人，原来的句读是：

鸿鹄高飞兮羽翼，抱龙兮横踪四海。横踪四海兮，又可奈何。
虽有绵缴，尚安所施。

戴鸿森本增补"羽翼抱龙"四字，作："鸿鹄高飞兮，羽翼抱龙。羽翼
抱龙兮，横纵四海……"梅校本认为"抱龙"应为"已就"之形讹，并根据《史
记·留侯世家》补"一举千里"四字，使歌词读为"鸿鹄高飞兮，一举千里。

羽翼已就兮，横纵四海。横纵四海兮，又可奈何。虽有矰缴兮，尚安所施"。

再如武松打虎的一段：

> 那一阵风过处，只听得乱树皆落黄叶，刷刷的响。扑地一声，跳出一只吊眼白额斑斓猛虎来，犹如牛来大。

其中"乱树皆落黄叶"欠通，但各本均照刊不误。梅校本认为："皆落"二字应为"背后"之形讹，并根据容与堂本《水浒传》校改为："只听得乱树背后黄叶沙沙的响，扑地一声，跳出一只吊睛白额斑斓猛虎来。"

从卷首的几则例子。当可看出梅校本校勘之精细，根据原始材料，改正原本的错误，补各家之失。类似的例子实在不胜枚举。

从成书过程探索底本秘密

梅校本的第二个特点，是研究词话本的底本，找出其致误的规律，改正今本词话的音误、形误、刊入异文、不删衍文、倒行、倒段的错误。这是梅校本超过前人的地方。

过去所有的点校者，遇到词话本读不通的地方，多根据崇祯本来删改。崇祯本虽然是现存《金瓶梅》的两大版本系统之一，是校勘词话本的最主要资料，但崇祯本本身并不可靠，它的改编者往往随意删改原本，有的删改甚至是不动脑筋，毫无道理的。如第二回王婆的二段赞词，词话本赞词末二句作："这婆子端的：惯调风月巧排，常在公门操门殴。"

荣与堂本《水浒传》没有这两句，应该是《金瓶梅》的词话说书艺人作为"反讽"加上去的，"巧"字下明显脱"安"字，而"操"字则是"遭"的带音字。但崇祯本的改编者就将之删去，戴鸿森本也照删不疑。又如第二十回，小玉揶揄李瓶儿刚进西门庆家就挨打，说："去年城外落乡，许多里长老人好不寻你，教你往东京去。"崇祯本不明"落乡"的"落"字即"涝"字之音讹，干脆将"城外落乡"四字删去。当然，读者也就不明白找李瓶儿"告水灾"是什么意思了。又如第六十六回"黄真人炼度荐亡"：

> 其其人仪伟容貌，戴王冠，韬以乌沙，穿大红斗牛衣服，靸乌履。
> 登文书之时，西门庆备金缎一匹金字……

这段文字有多处错误。"其其人"应为"黄真人"形近之讹；"登文书"应为"发文书"；"金字"应为"签字"。但崇祯本将"其其人"以下二十四字删去，"金字"也删去，读者实无从了解"西门庆备金缎一匹"的因由。崇祯本之不可靠如此！因此，即使是根据崇祯本进行校勘，最多也只能得出一个粗糙的词话本而已。梅校本并不迷信崇祯本，而是从词话本的内容和成书过程着手，探讨词话本的底本的秘密。

梅节认为，《金瓶梅词话》是当时民间说书楼艺人的一个底本。这些说书艺人专门在淮安、临清、扬州等运河的大码头上说唱。他们说书时，以通俗活泼的口语吸引听众，在进行记录整理时，由于许多方言土语都有音无字，只好自我造字，或以近音字代替，致使简笔字、生造字、谐音字、错别字到处都是。这些"字"在缮正上版时，出现许多形讹。如词话本中大量的"個"字，因其简写成"个"，以致误成"了"字；"還"字则因简成"还"而误成"正"字和"不"字。词话本还有大量的谐音字、代用字，如"交"可做"教""叫""较""皎""跤"，"相"可作"箱""镶""厢""想""向""像"。梅校本正是掌握了这些"秘密"使许多原来读不懂的句子恢复其易懂的原貌。

掌握规律校改原文五千处

梅校本更大的贡献还在于发现了词话本的底本，是每行大约十六字的手抄本。抄本残缺的地方颇多，因而出现不少漏行、倒行、倒段的情况。对这些问题，崇祯本的改编者是束手无策的。

第二十五回初写吴月娘诸夫人在花园打秋千，有一段文字是这样的：

> 金莲又说：李大姐把我的裙子又兜住了。两个打到半中腰里，都下来了。却是春梅和西门大姐两个打。早时又没站下我来。手挽彩绳，身子站的直屡屡，脚趾定下边风。来一回，却教玉萧和惠莲两个打立秋千。这惠莲也不用人推送。

文字显然不通。崇祯本将这段文字重新组织：删去"早时又没站下我来"八个字；"手挽彩绳、身子站的直屡屡，脚趾定下边画板"十八个字，移至"这惠莲"下；又改"来一回"之"来"字为"了"字，上接"春梅和西门大姐两个打"。真是剪裁移改的天衣无缝，戴鸿森也来照改无疑。实际上，崇祯本除了将"下边风"改成"下边画板"正确以外，并没有完全解决问题，反使"早时又没站下我来"八个字没有着落，无缘无故失了踪。梅校本根据归纳出来的词话本底本每行十六字的规律，发现"早时（当作跕）下我来"和"两个打到半中腰里"这两个八字句，在底本里分处两行，刚好并列在一起，因此出现两行互倒的现象。两句互调，文理就通顺了："早是又没跕下我来"，是潘金莲的另外半句话。

第二十六回讲阴孔目"因是（当作见）提刑官吏上下受了西门庆贿赂，要陷害此人（来旺儿），图谋他妻子，故入他奴婢图财持刀谋杀家长的重罪"，下文是：

> 也要天理，做官的养儿养女也往上长。再三不肯做文书送问，与提刑官抵面相讲。况两位提刑官，上下都被西门庆买通了，以此挚肘难行。又况来旺儿监中无钱，受其凌逼，多亏阴先生悯念他复屈衔冤，是个没底人，反替他分付监中狱卒，凡事看顾他。延误了几日……

整段文字，扞格不通。崇祯本尽量将它删节，改为："再三不肯做文书送问，与提刑官抵面相讲，以此掣肘难行。延挨了几日……"梅校本则将"也要天理"和"做官的"上下互调，使句子通顺。整段文字，以手抄本每行大约十六字计算，"做官的也要天理，养儿养女也往上长"为一行，"再三不肯做文书送问，与提刑官抵面相讲"为一行，两行文字付梓时，整行互倒了；"况两位提刑官，上下都被西门庆买通了"一行，也与"以此掣肘难行，又况来旺儿监中无钱"一行互倒。梅校本改正了这些上下行的倒文，文气便能一贯到底，全无阻滞。

又如第七十二回，西门庆从东京回家，应伯爵会同温秀才往探望，对西门庆说的一段：

> 我早起来时，忽听房上喜鹊喳喳的叫。俺房下就先说：只怕大官人来家了，你还不走的瞧瞧去。我便说，哥从十二日起身，到今还（当作止）得上半月期，怎的来得快？我三日一过在那里问，还没见来的信息。房下说，来不来，你看看去。教我穿衣裳到宅里。不想说哥来家了。走到对过会温老先儿，不想温老师也才穿衣裳，说我就同老翁一答儿过去罢。因问了今东京路上的人。

最后十个字"因问了今东京路上的人"显然没头没脑，戴鸿森本将这句划为应伯爵的讲话内容以外。梅校本将这十个字放在"不想说哥来家了"之前。倒文四十八个字，以手抄本每行十六字计，刚好三行。

由于词话本的底本是一个未经整理抄本，故讹误极多。据梅节的统计，词话本的错误率几达百分之二，所以长期以来，读者学着都有"欲读金瓶无善本"之叹。梅校本校改原文达五千余处，当为最接近原著的善本。

从方言土语作疏解

《金瓶梅》之所以难读，除了因为太多讹误之外，还因为它包含了大量的方言土语。词话本在某种意义上说，是一部方言小说。过去一般人都认为使用的是鲁南方言，但事实上却不是单一的方言。有不少学者都指出词话本中还有相当多的北京土话和吴方言。梅校本在吸收前人注释的同时，又从粤方言特别是四邑话方面，对词话本中的不少难词，提出疏解。梅校本编有《金瓶梅词话辞典》共一千五百余条，其中大部分是解释书中的方言词和土语，使一般读者基本上能读懂《金瓶梅词话》，这则是梅校本的第三个特点。

其实从粤方言、特别是四邑话中保留的宋元以来的楚语，以印证、解释词话本中的难词，本身也是对《金瓶梅》研究的一个新的开拓。如第五回写武大捉奸，"这西门庆便仆入床下去躲"。"仆入"，崇祯本作"钻入"、施蛰存本作"爬入"。刘本栋本作"扑入"。"仆"字在小说戏曲词典中皆不注释，梅校本注为"伏匿"，其音意均与粤方言口语中的"仆伊人"（意即捉迷藏）的"仆"字完全相同。第二回里，潘金莲称她"不是那腲脓血搠不出来鳖老婆"的"搠"字，意为"伸出头"。今四邑话说蛇从洞中伸出头，龟从壳中伸出头、人从窗中伸出头叫"搠出头"，或简称"搠出来"。整句的意思便是潘金莲自称不是甘受侮辱，不敢出头的鳖老婆。真是活灵活现。又如第十一回春梅骂秋菊"还在厨房里雌着"，第五十八回潘金莲学李瓶儿说话"他爹要便进我屋里，推着孩子，雌着和我睡"，两出的"雌"字，即粤方言"黐"的代用字。又如第五十三回李瓶儿说"是便这等说，没有这些鬼病来缠扰他好"，梅校本注，"是便"为"随便"，今四邑话仍说做缺德事为"过爲"，也保存在四邑话中，因为至今四邑话仍说做缺德事为"过爲""有阴公"。

此外，梅校本也运用徐州方言、淮安方言、北京方言、温州方言、山东峄县方言、福建仙游方言等语词资料进行注释，使词话本中一些过去被认为已死的词语"复活"。

大醇小疵　　仍需改善

当然，梅校本也有一些不足之处，还有一些明显的漏改、漏补的现象。例如第九十九回写陈经济和春梅密谋陷害张胜，被张胜听见，决定先动手："此时教他算计我们，我先算计了他罢"，"此时"应为"比时"之形讹，梅校本已将"彼时"统一为"比是"，意即"与其"，这里也应校改。崇祯本将"们"字改为"不如"，属下句，文理更为通顺。又如第七十四回写薛姑子高声演说《黄氏女卷》，开篇云："盖闻法初不灭，故归空；道本无生，每因生而不用。""故归空"句显然有缺文，李开先《宝剑记》作"故归灭以归空"（第一个"归"字应为"缘"字之形讹），应据之以补。

又有一些改字，还值得商榷。如第六十五回李瓶儿出殡，将赞词中"起火轩天，中散半空黄雾"的"中散"改为"冲散"，恐怕不对。因为开头四句是"和风开绮陌，细雨润芳尘。东方晓日初生，北陆残烟乍敛"，已明言天气晴朗，故"黄雾"应为起火上升的硝烟，"中散"则谓弥漫于半空中也。像这样的例子还有一些，希望再版时能加以改正。

梅校本先出不附校记部分的普及本，对一般读者来说，当然是好的，但对小说研究者来说，则希望能及早出版附校记的版本，或者可以将五千多条校记单独出版，以飨研究者的需要。书后所附的《金瓶梅词话辞典》，是读懂词话本的一把锁匙，但目前是只有按笔画编排，而无注明初见回数，检察起来，不甚方便，如能加上例句，则将更为完善。

作者应是中下层知识分子

梅校本除了本身在校勘、注释方面的特色外，值得注意的，是梅节在其前言中提出的一些有关《金瓶梅》的研究新观点。他正是依据这些新观点来校勘整理《金瓶梅》的。

关于《金瓶梅》的作者，梅节认为："欣欣子序虽有'兰陵笑笑生作金瓶梅传'的说法，真实姓名与生平事迹均语焉不详，且亦不见早起抄阅者著录。后人指为王世贞、李开先、贾三近、屠隆等等，皆缺乏可靠证据。从本书的内容、取材、叙述结构和语言特征看，《金瓶梅词话》应为民间说书人的一个底本，其作者大概是书会才人一类的中下层知识分子。他们从当时流行的'水浒'故事中截取西门庆和潘金莲一支，另辟蹊径，从赞颂超自然和超人的仙道佛事、英雄豪杰，转而为摹写现实社会的卑微的众生，敷衍铺叙，反复加工，遂成钜著。"

笔者同意《金瓶梅词话》的作者为熟悉《水浒传》故事的民间说书艺人的观点。首先是因为根据徐渭《徐文长佚稿》和钱希言《戏瑕》中的记载，我们有理由相信，今本散文体《水浒传》的前身是有说有唱的《水浒传词话》，"水浒"故事至少在元代是讲唱兼施的，到了明朝中叶，还有人在弹唱。《金瓶梅词话》很明显是熟悉"水浒"故事的说书艺人借《水浒传》"武松杀嫂"的故事繁衍而成，所以书中留下了不少《水浒传》的痕迹。例如《金瓶梅词话》的前十回，就有八回半是来自《水浒传》；第八十四回"宋公明义释清风寨"，是改纂自《水浒传》第三十二回。此外，词话本有大量的回前诗、赞词，均来自百回本《水浒传》。如词话本第七十一回写西门庆见的朝仪铺叙，是抄自《水浒传》第八十二回宋江一伙受招安后殿见的朝仪的赞词；第六十一回写李瓶儿的病容赞词"面如金纸，体似银条"是取自《水浒传》第五十二回写柴皇城的病况的赞词；第六十五回李瓶儿出殡的盛大场面，开头四句（见上引），则是抄自《水浒传》第八十二回梁山泊英雄受招安后入城朝觐的开篇四句"和风开御道，细雨润香尘。东方晓日初升，北阙珠帘半卷"，只是略改数字而已。

其次是因为《金瓶梅词话》基本上没有经文人整理过的痕迹，强行把它说成为文人名士的作品，根本不合词话本的现存面貌。相反，词话本是保留得最好的说书艺人的底本，因为书中穿插的性描写和打诨戏谑之词，都是说书人跑码头时用来吸引听众的江湖手段，与故事情节的发展关系不大，在后三十回中更嫌累赘重复，强行插入。而全书的故事情节也显得虎头蛇尾，说明跑码头说书人常常不能讲完整套的故事，因而出现前半部情节丰富而后半部情节单薄的现象。这也是由说书发展而成的小说共同的弊病。《金瓶梅词话》作为一个说书艺人的底本，老实地反映了这种现象，更有力地证明它不可能是文人的创作。

成书过程

关于《金瓶梅》的成书过程，梅节认为："据现有资料，大概在公元十六世纪末叶、万历二十年前后，《金瓶梅》抄本已在文人圈子中流传……在辗转传抄过程中，开始出现两种本子，一为十卷本，一为二十卷本。二十卷本曾有人加以编纂，删削词曲，略去细节，改写了楔子、回目和回前诗，以《金瓶梅》为书名刊行，有东吴弄珠客序和廿公跋。现存之《新镌绣像批判金瓶梅》，可能是这个二十卷本的第二代刻本。二十卷本面世后风行一时，书林人士见有利可图，乃梓行十卷本《金瓶梅词话》。为了招徕读者，除录入二十卷本之弄珠客序、廿公跋外，另撰欣欣子序作为公关手段。十卷本《新刻金瓶梅词话》虽更接近平话底本，它的刊行却在二十卷本《金瓶梅》之后。"

说传抄本就有十卷本和二十卷本两个系统，这是有一定根据的。谢肇淛的《金瓶梅序》就说他的抄本是二十卷。说评像本并非源自现存词话本，也有一定根据，因为有校勘材料证明两者不是父子关系，而是兄弟关系。但说二十卷的评像本系统的《金瓶梅》的出版在《新刻金瓶梅词话》之前，恐难令人接受。因为现存的《新镌绣像批判金瓶梅》被称为"崇祯本"，是因的它"检"字讳（崇祯皇帝名朱由检），改作"简"字。例如词话本第九十五回中的"吴巡检""巡检司"，崇祯本均改作"吴巡简""巡简司"；第四十八回中曾孝序参刻夏提刑的本文，内有"行检不修"，崇祯本也改作"行简不修"。词话本不避崇祯讳，如果说它刻于崇祯本之后，时间岂非在崇祯末年乃至清初，这是不可能的。现存的词话本无疑是明刻本。所以梅节说崇祯本是《新镌绣像批判金瓶梅》的第二次刻本。当然，据笔者所知，梅节的新说，是有校勘材料支持的。如果梅节能证明现存的词话本曾据评像本校改过，则可证明今崇祯本是第二次刻本了。这将是《金瓶梅》成书过程中的重大发现，希望他能早日写出文章，公布其研究成果。

梅节点校本《金瓶梅词话》于1987年由星海文化出版有限公司印行。此文为马力先生在点校本出版时所写，发表于香港《明报月刊》第九期

对传统校勘学的承继、弘扬和完善

——谈梅节的《金瓶梅词话》校勘

王 伟

一

梅节在金学领域的贡献，首先在于他继承乾嘉学派校勘古籍的方法，整理古典长篇白话小说《金瓶梅词话》。

在中国传统学术史上，校勘、辨伪、订正是治学的根基，也是非常重要的学术活动。随着印刷技术的发展，到了现当代，文学作品的校勘、校对渐渐成为一项技术性工作。面对着留存下来的大量古籍，今人不能一概地以当代的惯例否弃传统学术方法、治学路径。在古典白话小说中，《金瓶梅》最为难读，因其版本复杂，错讹严重，文本内夹杂着大量的方言、土语、俗语，前人早有"欲读金瓶无善本"之叹。因此，拿出一部完善的《金瓶梅》校本是严肃的、艰苦卓绝的学术工作。梅节自觉地承担起这项重任。

梅节围绕《金瓶梅》展开的校勘、考论等研究工作，都着眼于《金瓶梅》的文本建设。谈到《金瓶梅》的文本问题，梅节说："万事不如文本急。比较起来，《金瓶梅》是谁写的不见得有多重要。打谈的记录也好，名公的创作也好，只有整理出可读的文本，使大众能领略、分享这部古典文学名著，才是重中之重。二十载耗尽心力整理此书，追求的就是这个目的。"[1] 1985 年，

---

① 梅节《瓶梅闲笔砚·弁言》，北京：北京图书馆出版社，2008 年版，第 3 页。

梅节开始校订《金瓶梅词话》。1987 年，梅节完成第一次校订，《全校本金瓶梅词话》由香港星海文化出版有限公司出版。1993 年，梅节完成第二次校订，《重校本〈金瓶梅词话〉》由香港梦梅馆出版。1999 年，梅节完成第三次校订，《梦梅馆定本金瓶梅词话》手抄本影印出版。2004 年，《〈金瓶梅词话〉校读记》由北京图书馆出版社出版，该书 50 万字，校记七千四百多条，引用书目四百多种。2007 年，《梦梅馆校定本〈金瓶梅词话〉》排印本由台北里仁书局出版。梅节对《金瓶梅》的校勘有着文化普及的现代意识，也延续、弘扬并完善了中国传统校勘学的学术理念、学术方法。

古人总结了典籍校勘的具体方法，并进行了较为深入的理论思考。但传统校勘关注经、史、子、集各部的经典，古人总结的校勘学理论、方法也多针对经史类的重要典籍。小说只是子部一个不起眼的门类，自然少人问津。即令有学者如胡应麟等人谈及小说，他们也只将目光放在文言小说上。白话小说基本处于自生自灭的状态，仅有些私家目录对之予以著录，并未涉及系统的文本校勘。近世，庶民政治兴起，小说等俗文学被认为是启迪民智、培养群体意识的媒介，成为“文学”之正典，渐受学者重视，但运用传统的学术方法，对古典长篇白话小说进行校勘整理的工作未能全面展开。如鲁迅只辑校文言小说，完成了《古小说钩沉》《唐宋传奇集》；胡适对白话小说版本的流变进行了系统梳理，但并无版本校勘的实践，而且胡适非常排斥《金瓶梅》这部小说。总体来看，《三国演义》《水浒传》《红楼梦》等有了精校本，但《金瓶梅》的版本校勘成果寥寥。1916 年，上海存宝斋印有《绘图真本金瓶梅》；1926 年，卿云图书公司出版《古本金瓶梅》；1936 年，上海中央书局印行襟霞阁主重编《古本金瓶梅》，但在校订过程中，编订者多对《金瓶梅》随意改动，更谈不上版本之精善。1935 年至 1936 年，郑振铎本着严肃、认真的学术态度，以崇祯本为底对校《金瓶梅词话》，列出异同，在《世界文库》第 1—12 册刊出《金瓶梅词话》，但因《世界文库》停刊，《金瓶梅词话》只刊至 33 回，郑振铎校勘《金瓶梅词话》的宏愿未能完成。20 世纪 80 年代，当梅节展开《金瓶梅词话》的校勘工作时，关于《金瓶梅》的校点，虽然有戴鸿森的百回校本等，但总体来看，用以指导长篇白话小说校勘的理论不多，可供参考的实例也非常有限。

在这种情况下，梅节校勘《金瓶梅词话》有意识地借鉴了传统校勘经史的理论与方法，并对之进行了适当调整。陈垣在《校勘学释例》中将校对方法分为四种：对校法、本校法、他校法、理校法。陈垣说："对校法，即以同书之祖本或别本对读，遇不同之处，则注于其旁。刘向《别录》所谓'一人持本，一人读书，若怨家相对者'，即此法也。""故凡校一书，必须先用对校法，然后再用其他校法。"对校法是最基本的方法，陈垣认为："此法最简便，最稳当，纯属机械法。其主旨在校异同，不校是非。"[①]梅节非常重视对校法，但他并不完全赞同对校法"不校是非"的观点。他在《〈金瓶梅词话〉的版本与文本》中引段玉裁的《与诸同志论校书之难》说："校书之难，非照本改字，不讹不漏之难也，定是非最难。定是非之难有二，曰底本之是非，曰立说之是非。必先定底本之是非，而后可断其立说之是非。"[②]梅节认为，版本的选择也存在"是非"问题，校勘家观点的是非建立在底本是非的基础上，底本的种类、优劣直接影响到校勘质量的高下以及校本的完善。

《金瓶梅》问世以来，版本较多，不同版本之间的故事情节、叙述模式、美学风格也存在差异。这样，定底本之是非就成为校勘的首要问题。在比较了各种版本之后，梅节选择了日本大安株式会社配本为底本。"日本大安本是个百衲本"[③]，虽存在诸多问题，但"没有改字。虽然文字清晰度远不如中

---

① 陈垣：《校勘学释例》，北京：中华书局，1963 年版，第 6 页。
② 转引自梅节《〈金瓶梅词话〉的版本与文本》，见《瓶梅闲笔砚》，北京：北京图书馆出版社，2008 年版，第 173 页。
③ 梅节：《〈金瓶梅词话〉的版本与文本》，见《瓶梅闲笔砚》，北京：北京图书馆出版社，2008 年版，第 177 页。以下引文出自《〈金瓶梅词话〉的版本与文本》一文者，不再出注。

土本，但是保持了原刻素洁的面目，而且最后附了一个'修正表'，列出印刷上不鲜明、不清楚的字 385 个。注明卷、回、页、行及正字"。梅节在校勘中，重视底本，但却不盲从底本。他坦率地说，"梦梅馆本虽然以大安本为底本，并不完全放心。因为我们并未见过大安本的底本栖息堂本和慈眼堂本。对于大安本卷末所附之《修正表》开列 385 字，判读的根据是什么，也不清楚。"所以，"梦梅馆本以日本大安株式会社配本为底本，覆以北京图书馆藏中土本的两个影印本，即古佚小说刊行会本和联经本，遇有疑难则核对现藏台北故宫原本，《校读记》称'馆本'"，"务求文本一字不误"。

梅节还使用并修正了本校法。陈垣在《校勘学释例》中说："本校法者，以本书前后互证，而抉摘其异同，则知其中之谬误。"[1] 这种以本书前后互证的方法用来校勘经史，是可行的，因为在治学传统中，众多学者已对经史类的典籍进行了非常严谨、缜密的辨订工作。但陈垣所说的本校法直接应用于古代长篇白话小说，特别是《金瓶梅》，则不太妥当。在流传过程中，《金瓶梅》的情节、细节经过多次改动、调整，这些改动有时甚至是很随意的，这造成了各个版本的《金瓶梅》都存在误写、情节错乱等问题。如果只以"本书前后互证"，校勘工作难以开展，最终的结果可能会是越校越乱。梅节面对《金瓶梅》这部小说的特殊性，对本校法进行调整。首先对《金瓶梅》的成书和版本系统、版本的源流等进行分析，并细致地考察了各版本的流传情况。经过认真地思考，梅节将《金瓶梅》分为艺人词话本和文人说散本两个系统。梅节指出："文士们对大众性说听文学的词话并不很尊重，改编的态度也不很严谨，许多地方原文没有看懂，就随意删改，常乖原意。所以作'别本'，笔者虽然重视说散本的校勘作用，却并不完全信赖，反而更重视从词话本身找寻内证来校正讹文，尽量把阑入词话本的说散本异文剔除。"在梅节的校

---

① 陈垣：《校勘学释例》，北京：中华书局，1963 年版，第 12 页。

勘实践中，本校法就不再是"以本书前后互证"，而是"从词话本身找寻内证来校正讹文"，以"本版本系统"互证。这样，梅节在对《金瓶梅词话》的版本进行了系统梳理之后，在校勘实践中，推进并完善了本校法，使之更为缜密。

梅节充分利用《金瓶梅》的词话系统的各种版本及相关学术成果。"梦梅馆是汇校本，力求反映新文本建设的集体成果。"梅节参考的重要版本有：郑振铎校点、刊于《世界文库》的《金瓶梅词话》；施蛰存校点，1935年由上海杂志公司刊行的《金瓶梅词话》；刘本栋校订，1980年由台湾三民书局出版的《金瓶梅》；1980年增你智文化事业有限公司全标点本《金瓶梅词话》；戴鸿森校点的《金瓶梅词话》；白维国、卜键校注，1995年岳麓书社出版的《金瓶梅词话校注》。另外，"有些单篇论文，如白维国《〈金瓶梅词话〉校点兑商》，鲁歌、马征《〈金瓶梅〉正误及校点商榷》，虽是对某一文本的校订进行商榷，但对正确理解词话的语句，建设新文本是有贡献的。""此外，许多语言学家、注释家如李申、张惠英、傅憎享、张鸿魁、鲍延毅等先生，对《金瓶梅词话》基本的研究，对词话某些关键词和难词的诠释，都作出贡献。其中张鸿魁的《〈金瓶梅〉语音研究》和《金瓶梅字典》，堪称巨著，是建设《金瓶梅词话》新文本的重要基石。"这样，梅节将词话本系统作为一个整体，展开校勘工作，既克服了材料过于杂乱、无法取舍的困难，又避免了版本过于单一，丢失、舍弃有价值材料等弊病。

梅节深知，校勘的目的在于忠实地还原，"去伪存真，提供一个正确的接近原著的《金瓶梅词话》文本"。"接近原著"，这是书籍校勘的重要目标，梅节的这一主张正与校书名家顾广圻"天下书皆当以不校校之"的看法相一致①。《金瓶梅》用白话写成，却是明代的口语，今人读来，仍有古朴艰涩之感，

---

① （清）顾广圻：《思适斋集》，苏州文学山房刊本。

再加上书中大量使用方言俗语，造成了阅读的障碍。但《金瓶梅》的魅力之一，就在于这部小说通过带有特定时代、特定地域风格的语言，传达出独特的美学风貌。特别是一些词汇的用法、写法，本身就是一种书写习惯、书写定例，不存在是非、对错、真伪等问题。古人在校书时，对这类问题也有深入的思考："古书义奥，文句与后世多殊，阙疑犹愈于妄改也。"① 在校勘《金瓶梅》时，梅节本着既保证最大程度地接近原本，又便于读者阅读的原则，对其中的语言词汇做了妥帖、恰当的处理：

> 有些方言土语本来就有音无字，加上记录者识字不多，于是底本便大量出现生造字、破体字、谐音字，形成"语无定音，字无定体"的现象。如"早是"，是方言词，意同"幸而"，但书中往往写作"早时""到是"；"比是"意同"既然是"，本书又写作"比时""彼时""彼是"。"变卖"是常用词，又作"辨卖""便卖"；"常住"是释道用语，又作"常署""长住"。这当然大大增加阅读的困难。梦梅馆本在整理中首先将之统一。凡书中字辞有两种以上写法，我们将别字统一于正字，已不流行的俗写统一于现在仍通行的正写。"一发""益发""越发""亦发""已发"，前面三个辞语仍通用，后两者已被淘汰，词典都查不到，我们将之并入前者。又如"赚""撰""转"，统一作"赚"；"一定""已定""以定"，统一于"一定"。

> 有些词语，如"服侍""服事""伏侍""扶持"，可能含意不尽相同，而且词已见意，则不作统一。同样道理。如女阴本书除"牝"，也作"（毛皮）""（毛比）""（毛必）"，男阴作"髲（上髟下巴）""（上髟下已）（上髟下八）"，反正是有毛的东西，也不统一。

---

① （清）纪昀：《四库全书总目提要》，上海：商务印书馆，1933年版，第956页。

经梅节校勘的《金瓶梅词话》既增强了可读性，又保留了诸多原初的表达方法，全面地留存了《金瓶梅》文本所具有的历史风貌和地理文化蕴味。

二

梅节非常注重校勘与考论相互推动、相互促进。他就《金瓶梅》的版本系统、作者及成书过程、明代社会其他相关问题提出个人见解，将校勘实践融汇于现代学术体系之中。

学术统系包含两个层面：一是留存知识，一是建立知识谱系。在中国古代学术传统中，学者既重知识的留存，也重知识谱系的建立。前者的具体表现是校勘整理典籍，后者由目录学、考辨、点评等构成。在传统学术中，因受到教育普及程度、印刷技术等的限制，"留存知识"是治学的根本目标，传统的目录学、考辨、点评等也有意识地围绕典籍本身展开，以保存文本为核心。传统学术的整体特点是，在留存知识的基础上，建立知识谱系。因此，版本的勘订、校正等蔚为大宗，目录学是学术研究的主流。近现代以来，随着科学、教育、科技等的发展，知识迅猛增长，对知识进行归类，建立知识谱系，成为治学的重心。随着知识分类的细化，现代学科体系的建立，版本校勘、考辨渐居边缘地位，一些治版本校勘的学者忽略了传统学术建立知识谱系的路径，遂将自己的工作限定于留存知识的范围内，不再关注知识谱系的建构。蒋廷黻谈到这一问题，提醒学人说："版本鉴定的目的是要找到一本权威书籍，某一本书其所以能有价值是因为它能使我们获悉某一时期、某一阶段我们国家的实际情形。但这个目的反而被人渐渐给忘记了。人们变成为研究版本而研究版本、为研究古籍而研究古籍了。"① 梅节从学术传统出发，以留存知识为目的，校勘了《金瓶梅词话》，但他不是"为校勘古籍而校勘

---

① 蒋廷黻英文口述，谢钟琏译：《蒋廷黻回忆录》，台北：传记文学出版社，1984年版，第289页。

古籍"，并没有停留在校勘领域而止步不前。

梅节非常重视以现代的治学方法构建知识谱系。不同时代，人们建构知识谱系的方式不同。传统的学者建构知识谱系从讨论具体的、细微的问题着手，注重对既有观点进行辨析、辨正，传统的学术著作强调个人观点与其他学者观念之间的互动，互相生发。如，在古代文学批评传统中，评点是重要的批评方式之一。这种批评模式的特点是，评点者的论点融会于文本之中，不能离开文本而独立存在。读者必须具备较强的逻辑建构能力，将散见于书中的评点内容贯穿起来，才能宏观、全面地把握评点者的思想、见解。现代学术著作则有意识地凸显学者的个人观点，学者往往将他人对相关问题的思考作为佐证。这种表述观点的方式便于读者清晰地把握某位学者个性化的思想、见解。梅节积极采用现代批评模式，完成了一系列论文，汇集成《瓶梅闲笔砚》一书，其中，《〈金瓶梅词话〉后出考》《〈金瓶梅词话〉的版本与文本》和《梦梅馆校本〈金瓶梅词话〉前言》等文章"比较全面地反映了"他的"金学观点"①。

梅节就《金瓶梅》的版本系统提出了个人看法，他将《金瓶梅》分为两个系统：艺人词话本、文人说散本。"现今传世的明代长篇小说《金瓶梅》有两个系统。一为《新刻金瓶梅词话》，十卷；一为《新刻绣像批评金瓶梅》，二十卷。前者通称词话本……又称万历本。后者通称说散本、评像本……又称崇祯本。"② 与梅节不同，日本学者鸟居久晴在《〈金瓶梅〉版本考》中将《金瓶梅》分为词话本、明代小说本、第一奇书本、异本。鸟居久晴所说的词话本与梅节艺人词话本相同，在这个系统中，"现存的最早刻本，离初刻已有七年，是万历丁巳（四十五年，1617），被推定为北方雕板的、题名《金瓶

---

① 梅节：《瓶梅闲笔砚·弁言》，见《瓶梅闲笔砚》，北京：北京图书馆出版社，2008 年版，第 2 页。
② 梅节：《〈金瓶梅〉词话本与说散本关系考校》，见《瓶梅闲笔砚》，北京：北京图书馆出版社，2008 年版，第 25 页。

梅词话》的本子。"①梅节所说的文人说散本融括了鸟居久晴的明代小说本、第一奇书本。鸟居久晴说:"有一种明刻本《金瓶梅》明显地和前者（按:《金瓶梅词话》）属于不同的系统。此本的初刻还不清楚……这个系统的现存版本有四种,因为内容无大差异,就总称它们为明代小说本,而称前者为词话本。""明代小说本附上清代康熙年间张竹坡批评而称作'第一奇书'的事是人们常知的。"②鸟居久晴谈到第一奇书本说:"小野忍氏将第一奇书本与崇祯本（据世界文库本）校对了前三十三回后,作出了'两本仅仅文字上略有小异;而没有大的差别'的结论,这是正确的。"③从这个角度看,梅节将鸟居久晴所说的明代小说本、第一奇书本汇在同一系统内,有其合理且充分的依据。

梅节将《金瓶梅》的版本区分为两个主要的系统,一是为了校勘的便利。正如前文所述,校勘中一些有价值的材料不能随意舍弃,但文献过多,又会造成取舍的困难。梅节将《金瓶梅》分为艺人词话本和文人说散本,其目的是,在校勘中,"尽量把阑入词话本的说散本异文剔除",尽可能接近词话本的原貌。因此,梅节重艺人词话本与文人说散本的不同,对异本也给予了充分的关注。谈到校勘中采纳版本的问题,梅节说:"汇校中也包括真本、古本金瓶梅的成果。有些人很瞧不起这些本子,但张竹坡、施蛰存、梅节可以改,为什么蒋剑人、王文濡、平襟亚辈就不可以改?作为版本,真本、古本等并无多少价值（但仍有影响）,文字虽属臆改,间亦有可取。"这纠正了传统中某些

---

① ［日］鸟居久晴:《〈金瓶梅〉版本考》,见黄霖、王国安编译《日本研究〈金瓶梅〉论文集》,济南:齐鲁书社,1989 年版,第 16 页。

② ［日］鸟居久晴:《〈金瓶梅〉版本考》,见黄霖、王国安编译《日本研究〈金瓶梅〉论文集》,济南:齐鲁书社,1989 年版,第 35 页。

③ ［日］鸟居久晴:《〈金瓶梅〉版本考》,见黄霖、王国安编译《日本研究〈金瓶梅〉论文集》,济南:齐鲁书社,1989 年版,第 35 页。

校勘者只重视古本、善本的习惯做法。梅节之所以有意拎出"说散"本系统，二是与梅节本人的学术观点有密切联系。梅节就现存最早的说散本与词话本的关系，提出了个人的看法。他认为，《新刻金瓶梅词话》后出，《新刻绣像批评金瓶梅》与《新刻金瓶梅词话》"是兄弟关系或叔侄关系，并不是父子关系"①。梅节认为，原始的《金瓶梅传》是明朝"隆庆、万历间流行于运河区的一种新兴大众消费性说唱文体，以评话为主，穿插演唱流行曲。艺人们说唱底本传进文人圈子，有人改编为供案头阅读的说部，就成为说散本"②。也就是，从成书过程看，最早出现的说散本，是直接由说书人的底本、而不是在某一现成文本——如《金瓶梅词话》的基础上改编而成的。梅节还推测，现存最早的说散本、词话本都不是最初的版本。"万历、天启初刊行的是文人第一代改编本。书商看到这是一条财路，立刻增评、绣图、改文（包括帝讳），在崇祯初推出新版，这就是第二代说散本，又即崇祯本的原刻本。"③今本词话"是另外一个艺人本"，因为讹误残缺，书商刊出前曾据流行的第一代说散本校补，录入廿公跋和弄珠客序。弄珠客序署"万历丁巳季冬"，这是第一代说散本杀青时间，非今本词话付刻时间。目前，因无原书作为实证，学界对梅节的这一看法多有批评。但梅节的论点不缺少同道。1934 年，在词话本发现之初，吴晗推断说，"万历丁巳本并不是《金瓶梅》第一次刻本，在这刻本以前，已经有过几个苏州或杭州刻本行世，在刻本以前并且已有抄本行世"④。

---

① 梅节：《〈金瓶梅〉词话本与说散本关系考校》，见梅节《瓶梅闲笔砚》，北京：北京图书馆出版社，2008 年版，第 40 页。

② 梅节：《〈新刻金瓶梅词话〉后出考》，见梅节《瓶梅闲笔砚》，北京：北京图书馆出版社，2008 年版，第 135 页。

③ 梅节：《〈新刻金瓶梅词话〉后出考》，见梅节《瓶梅闲笔砚》，北京：北京图书馆出版社，2008 年版，第 139 页。

④ 吴晗：《〈金瓶梅〉的著作时代及其社会背景》，见《文学季刊》1934 年创刊号。

三

在校勘的过程中，梅节还非常重视传统民俗知识。梅节说，必须"有足够的文化知识，来整理这部王利器先生称之为'有明之大百科全书'的古典长篇小说"，"为弥补知识的不足，我开始习学星相术数，涉阅佛典道藏；研究科仪宝卷、释道疏式；收集有关方言和俗字的资料"。梅节尊重传统文化、传统生活习俗等，对星相、占卜进行了深入的研究，他将相关成果融汇在校勘实践及现代治学体系中。梅节指出："中国是神秘文化淤淀极为深厚的国家，《金瓶梅》又是四百年前俗文化的宝库，其中广泛应用玄学五术的星平禄命术、麻衣相人术、占卜术、选择术等，预言书中人物的命运和吉凶休咎。五四新文化运动之后，这些被作为封建迷信而抛弃，新中国成立更被禁绝。所以过去校点者碰到这些问题都绕过去，不置一词。"梅节对这些传统社会中基本的生活知识进行了系统研究，根据研究成果，梅节发现了底本中的错误并一一做出订正，他还以严谨的态度不断修正自己的看法。在《〈金瓶梅词话〉成书于万历的新材料》一文注释②中，梅节说：

《金瓶梅词话》大安本五十二回原文为："今日是四月二十一日，是个庚戌日，定娄金金狗当直。"末句廿卷本作"金定娄金狗当值"，应是。盖廿卷本的改编者为明人，知道明大统历的格式。吴兴周越然抗战期间出版之《书书书》，曾刊出其家藏明嘉靖元年大统历之书角，有"正月小建壬寅""一日己酉土危觜宜祭""二日庚戌金成参宜祭"之字样。"金"者谓庚戌纳音为（钏钗）金；"定""危""成"者，为建除十二神之定日、危日、成日；"娄""觜""参"为所值之二十八宿娄金狗、觜火猴、参水猿。笔者在1987年出版之《全校本金瓶梅词话》，曾据廿卷本正为"金定娄金狗当值"。1993年出版之《重校本金瓶梅词话》改"金定"为"合是"，完全是无知妄改，罪罪！俟将出之定本改正。①

在对星相、占卜、历数等进行研究的基础上，梅节从《金瓶梅词话》中寻找内证，提出了一系列的学术观点。如梅节对《金瓶梅》中丧葬时日等进行排察，"官哥、瓶儿之葬，时间排在隆庆五年辛未八月丁酉、九月戊戌、十月己亥这三个月……西门庆死于第二年正月二十一日"。"查《近世中西史日对照表》，隆庆六年壬申二月初一（朔日）为戊子，初三为庚寅。至此我们完全明白，《金瓶梅词话》的作者，写官哥、李瓶儿、西门庆之丧，明系年于北宋政和、重和，实安排在隆庆五年辛未八月至六年壬申二月这段时间。""将九月戊戌庚申朔与第二年二月癸卯戊子朔两组干支，根据《三千五百年历日·天象》进行查对，结果从元丰七年（1084）到万历四十八年（1620）这五百三十六年，并无发现一相同者。只元泰定五年（1328）九月庚申朔、六年（1329）二月戊子朔，其日干支相同，但月建九月壬戌、二月丁卯不同。"就是说，《金瓶梅》涉及官哥、李瓶儿、西门庆丧葬的日期，"确然只属隆庆五年八月到六年二月，不能称易于别的时代"。梅节就此指出："官哥、李瓶儿、西门庆之丧，在时间上历五个多月，前后一百六十一天兼跨年度；在篇幅上从五十九回到八十回，是《金瓶梅》平均字数最多，头绪最繁、讹误亦最多的二十二回，然而记述丧事的十二个月、日干支却无一差错，这不能不说是异事……旧时阴阳生治丧，例须批书写殃榜……殃榜要具列死者年寿，入殓、下葬日期及回煞诸避忌。由于神煞均起自干支，所以殃榜开列死者的生辰特别是逝辰，一定要有年、月、日、时的干支。《词话》作者要查五百年前政和时日干支恐怕就不大好理解了。《金瓶梅词话》成书于万历，

---

① 梅节：《〈金瓶梅词话〉成书于万历的新材料》，见梅节《瓶梅闲笔砚》，北京：北京图书馆出版社，2008年版，第22页。

已毋庸置疑，年代之争可以结束了。"①

总体来看，梅节以建设《金瓶梅》文本为根本目标，承继并宏扬了传统校勘学，同时，他又将文本校勘与现代治学路径相融会，着眼于知识谱系的建构，这又是对传统校勘学的补充、发展和完善。

2011 年

---

① 梅节：《〈金瓶梅词话〉成书于万历的新材料》，见梅节《瓶梅闲笔砚》，北京：北京图书馆出版社，2008 年版，第 20 页。

《海角红楼》之我见

苏婉澄

    2012 年的一天，我接到一个出版任务，为梅节先生著的《海角红楼》担任责任编辑，负责全书的编辑出版。作为责编，我先睹为快，在校稿的同时一篇篇仔细阅读书中的文章。读着、读着，我第一次对学者的学术著作兴起惊艳的感觉。学生时代我曾站在图书馆书架前一本本翻阅研究《红楼梦》的著作，有时候也会觉得读到让人心有戚戚焉的文章，但这些文字则远远不如梅节先生挥洒自如、酣畅淋漓的文章让人拍案叫绝。对古文的高深造诣让梅节先生研究《红楼梦》的起点早就高于平常人，而各篇文章中论据的详实，论证的一环环丝丝入扣，更让《海角红楼》中的论述有理有据，让人信服。

    《海角红楼》是梅节先生将他发表过的关于红学的 23 篇文章结集出版。这些文章大体按照写作年代排序，体现了梅节先生"红学"思想的连续性。表面看来，这些文章都是就一些具体事情加以考证厘清，如关于曹雪芹的佚著《废艺斋集稿》、画像、佚诗的辨伪，论《红楼梦》的版本系统、靖本证真、曹雪芹与脂砚斋关系发微，等等。但其实内里有一脉相承的关系。就我看来，《海角红楼》全书 23 篇文章，其实可以依次分为四个部分：《曹雪芹佚著〈废艺斋集稿质疑〉》至《围绕红楼梦著作权的新争论——兼评戴不凡〈揭开红楼梦作者之谜〉》这 6 篇文章，主要是谈作者曹雪芹。《曹雪芹佚诗的真伪问题》至《说龙门红学——关于现代红学的断想》这 6 篇则主要批判红学研究中一些错误的观点和倾向。《曹雪芹卒年新考》至《也谈靖本》对一些重大红学问题进行考证。《曹雪芹、脂砚斋关系发微》至《周汝昌、胡适师友交谊抉隐——

以甲戌本的借阅、录副和归还为中心》5篇，则着重批判新红学末期的畸形儿——龙门红学的怪诞荒谬。纵观所有的文章，梅节先生有一以贯之的思想。他自成体系的红学思想，是对胡适、周汝昌"新红学"的反思。自上世纪以来，也许有许多红学家批判胡、周的"红学"，但是却没有一个人有梅节先生这样自觉，这样全面。

《海角红楼》中虽然收录的文章涉及许多方面。但在我看来，主要体现梅节红学思想和成就的是5篇文章。这5篇文章，集中在对"龙门红学"的批判，对史湘云结局的探索，对周汝昌、胡适"师友"关系探寻及各自红学成就的评价上。不可否认，胡适与周汝昌两位先生，都是"红学"研究的大家，在"红学"史上占有显著的地位，但梅节先生并没有迷信他们的地位与名声，而是敏锐的就他们的观点看出了他们红学研究的实质。胡适开创了新红学的研究时代，将红楼梦从索隐派的寻章摘句、无端联想中解救出来，逐渐形成了一门科学的研究。但梅节先生却一针见血的指出了其研究实质，他认为"胡适强调作品的写实性时，混淆了文学与历史的界限，把红楼梦看成是曹雪芹家史，贾宝玉即是曹雪芹"，那么从这个意义上来说，胡适的新红学并没有摆脱索隐派的影响，他只是以不那么笨拙的"红楼梦谜学"，代替"牵强附会的红楼梦谜学"，以索"曹寅家事"代替索"明珠家事""张勇家事""傅恒家事""和珅家事"。

在对史湘云结局的探索中，梅节先生批判了周汝昌红学的"宝湘姻缘"论，指出了新红学的嬗变。周胡师友关系发微，则是比较两位祖师与弟子的关系。梅节先生认为二人的研究实质上应划为"唯心索隐派"，但胡适先生的研究还是严谨一些。胡适先生"重新确定了曹雪芹的著作权，以自传说代替他传说，以写实说代替影射说，并试图根据作者的家庭环境、社会地位、生活经历来解释作品，这无疑是一个进步"。而周汝昌先生则走的更远一些，走上了"曹贾互证"的道路，在梅节先生看来，这其实是一个"绝路"。

《红楼梦》虽然以宝玉、黛玉与宝钗的爱情婚姻故事为主线，但其中的

"因麒麟伏白首双星"，是红学研究中的一个疑案。胡适对这一回目名感到困惑。周汝昌先生则认为这句回目暗示了宝湘姻缘，且史湘云就是脂砚斋也即是曹雪芹的"新妇"、遗孀。对于这一观点，梅节先生觉得并不正确。首先，周先生的"宝湘姻缘"建立在清晚期甚至民国一些文人记载中。有几位文人记载曾存在一种《真本红楼梦》，书中最终是宝湘结合了。这些材料多为传闻之辞，且自相矛盾。而《真本红楼梦》始终只存在于传说中，它的记载非常可疑。其次，梅节先生"以子之矛攻子之盾"，通过甲戌本《好了歌》"说什么脂正浓粉正香"夹批"宝钗、湘云一干人"，说明了脂砚斋把湘云与宝钗列为一类，《红楼梦》中是写过史湘云的婚事的。

梅节先生对这种"以曹证贾、以贾定曹"的研究方法是持批判态度的。《红楼梦》是中国最伟大的小说，小说的性质，决定了作为文学作品，《红楼梦》有加工创造，而不是一味的照搬历史人物生平事迹。这就如同《三国志演义》，作为一部小说，它有着七实三虚的属性，如果完全将它看作是历史，将书中的曹操等同于历史上的曹操，显然是违背历史，也不利于小说研究的推进。而《红楼梦》的研究，也曾陷入这样一个误区。梅节先生对于披着考证外衣的索隐派是十分反对的，他称之为"实证派红学"，后来见识到了更大的危害性，更归入"龙门红学"。梅节先生揭露了这种方法论的危害，"考证有时只是包装"，所谓的搞物证，其实就是搞心学。

梅节先生的红学思想是有破有立的。他努力揭发、打破的是错误的红学研究方法，力图将红学研究引入正确的康庄大道上。在错误的研究方法之外，对于学术造假，欺骗读者与研究者的行为梅节先生更是深恶痛绝，并希望后人引以为戒。因此对于伪造曹雪芹"佚诗"，对于为了证明自己的作者论正确而删改曹寅原诗的行为都予以揭发与批判。这些行为体现了梅节先生的耿直，他论红学只从自己的研究出发，从自己的本心出发。既不阿谀权威，也不和稀泥，更不逃避问题，对他看不惯的文章和现象仗义执言。

《海角红楼》还有一个突出的特点，那就是其中虽然收录的都是严肃的学术文章，但梅节先生却用语幽默，行文流畅。如关于"肉边菜"的叙述，如提到"脂砚斋脸上油彩太多要替他落妆"，既形象又有趣。

甚至关于史料的引用和叙述，梅节先生也是说得生动活泼。如引用《国朝宫史续编》卷二中一则乾隆三十五年五月初七日谕旨，对于其中"朕并非有意觇察，而其迹自然发露"，梅节先生对皇帝老儿的话不相信，"这自然是骗人的鬼话。大概永璇带亲随进城，刚出圆明园，乾隆就接到线报，于是借口查问黑龙潭雨坛之事，传唤八阿哥、十一阿哥。这样一来，永璇私自入城之迹不能不自然发露，乾隆也就此因事提撕，小惩大戒"，而在此后，梅节先生又立即提到，"还有一事，可附带一谈。同年十二月初三，皇子永城祀神后没有进上书房，乾隆得报，又装着偶有询问四阿哥之事，遣人至上书房传旨，四阿哥刚好缺席，其迹当然又自然发露""乾隆以察察为明，他的消息相当灵通，对阿哥们的言行可以说是了如指掌。如果在现在，人们简直相信他在上书房安装了闭路电视和窃听器，他大概还鼓励皇子皇孙互相监视、告密。"虽然梅节先生在清史的史料基础上进行分析、想象，但因论据充分，合情合理，丝毫不让人觉得牵强，反而佩服作者的判断。这样的例子在《海角红楼》中屡见不鲜。

梅节先生没有像有些红学家那样提出耸动世人的红学观点，他的红学研究是从小处着眼，细水长流的。梅节先生从一个个具体问题出发，有破有立，小到驳斥错误的说法，大到批评、纠正错误的红学研究方法论和不良风气。种种努力无非是为了让红学研究能步入正轨，在一个正确的研究道路上不断深化，取得进步。从这些功绩来看，梅节先生的红学之路远比抛出夺人眼球的新观点更有意义。

"文章千古事，得失寸心知"，梅节先生的有些文章和观点，也许在某些读者看来比较激进。不过不论拥护也罢，反对也罢，我在梅节先生的文章中，却读出了他的真性情和畅所欲言。

2017 年 8 月

也谈梅节校注的《金瓶梅词话》

傅想容

一、前言

梅节先生校订的《金瓶梅词话》最初在 1988 年于香港星海文化出版有限公司出版。梅节在《"金学"海洋的历险者》中透露了出版后的心情:

> 虽然也颇获得读者和专家的推许,但我自己是不满意的。老板为了降低成本和争取时间,没有把五千多条校记附上,另外漏校、误校、漏释、误释之处也不少。现在只希望不久能出一个新版,加以改正。①

许多校订者在有限的时间内校点一部庞大的文本,在付梓时心中难免无限感慨,总认为这个校点本还有许多地方可以更好。许多校点本在二版、三版后,都经过校订者的再三修正。梅节的校订本便前后历经三次的校订和出版②。

---

① 梅节:《"金学"海洋的历险者》,收入梅节:《瓶梅闲笔砚——梅节金学文存》,北京:北京图书馆出版社,2008 年版,第 219 页。

② 梅节《梦梅馆校本〈金瓶梅词话〉前言》云:"一九八七年完成第一次校订,出版《全校本金瓶梅词话》;一九九三年完成第二次校订,出版《重校本金瓶梅词话》;一九九九年完成第三次校订,出版影印《梦梅馆定本金瓶梅词话》手抄本。"见(明)兰陵笑笑生著,梅节校注:《金瓶梅词话》,台北:里仁书局,2007 年 11 月版,第 6 页。

十二年前笔者选定《金瓶梅词话》的诗词作为论文研究主题。是时台湾尚未出版梅节的校订本，幸而得以从指导教授的研究室借得一套香港梦梅馆出版的全校本《金瓶梅词话》。这部梦梅馆《金瓶梅词话》不易购买，台湾各大学图书馆也甚少馆藏。梅校本于 1987 年在香港首度出版，至 2007 年于台湾里仁书局出版，这中间长达二十年。在这二十年的空白中，台湾学术界对梅校本的价值一直抱持着高度肯定态度，只是初涉"金学"的年轻学子难以取得校本，而这番困境现在已经打破了。

要想了解梅节校注词话本的方式，以及梅节对《金瓶梅词话》的相关研究，《瓶梅闲笔砚——梅节金学文存》是第一手资料。王伟研读后，对于梅节校注、考论的方法与精神，已做了详尽的介绍和整理[1]。而论及梅校本的得失，王晓红《将善本书送入普通读者手中——简论梅节重校本〈金瓶梅词话〉》针对二校本的校注方式提出讨论[2]。王文肯定梅校本作为普及本的价值，同时也提出梅校本的缺失，"不出校文，径自在新本中改正'以为'的错字，用后出的崇祯本否定《金瓶梅词话》本，参考典籍少，该注而不懂者不注，方言望文生意（义）地注释；这是重校本的三大不足之处"，但是，究竟哪些地方望文生义地注释？王晓红并没有具体指出。而傅善明也提出梅校本中的人名、断句及文句等问题，与梅节先生隔空对话[3]。不过傅文着重在校注上的研究，未论及注释问题。

笔者在研究上受惠于梅校本甚多，却鲜少关注校本的问题。一来从事的研究多与《金瓶梅》的评点、续书为主，总认为只需依从几本学界公认的校

---

① 王伟：《对传统校刊学的承继、宏扬和完善——谈梅节的〈金瓶梅词话〉校勘》，《鄂州大学学报》第 18 卷第 3 期（2011 年 5 月）。

② 王晓红：《将善本书送入普通读者手中——简论梅节重校本〈金瓶梅词话〉》，《临沂师范学院学报》第 24 卷第 2 期（2002 年 4 月）。

③ 傅善明：《关于梦梅馆校本〈金瓶梅词话〉的几点思考》，《保定学院学报》第 23 卷第 1 期（2010 年 1 月），第 79—82 页。

注本，即可省下许多麻烦。二来本非校勘专家，在《金瓶梅》的研究上只能说是初生之犊，才疏学浅，并无能力处理校注本的得失问题。笔者在撰写博士论文时，曾留意《金瓶梅》在台湾的出版情形，然迟未就此问题发表相关论述。因此本文首先欲就台湾早期的词话本出版情形作一介绍，以见出梅校本的出版对台湾"金学"研究史上的影响。另外，笔者在阅读小野忍《金瓶梅》日译本时，为了更深入了解译本对小说词语的意涵是否把握正确，仔细查询了梅校本中的注释，也因此意识到注释是一个非常复杂的问题，值得深入探究。是以本文的第二个部分，将试图提出一些注释上的疑义，以就正于方家。

二、词话本的面世及台湾早期之校注本

清初丁耀亢创作《续金瓶梅》时，还留下关于词话本的纪录："小说类有诗词，前集名为《金瓶梅词话》，多用旧曲。"[①]康熙年间彭城张竹坡评点《金瓶梅》后，第一奇书成为最流行的版本，词话本逐渐淹没不闻。一直到1932年词话本《金瓶梅》在山西太原的文友堂旧书店被发现，研究者始知有所谓的词话本。

词话本面世后，北平古佚小说刊行会由多位学者集资，影印了百部，每部预约价三十金，并不发售，因此流传不广，只集中于少数研究者手中，郑振铎即是当时拥有影印本的研究者之一。后来虽然经由上海杂志公司和中央书店刊行而逐渐披露于世，但他们所据的版本是郑振铎分刊于"世界文库"中的复印件，不仅校点不精，内文也已遭删节，若想窥见全貌还是要透过那百部影印本[②]。郑振铎在词话本面世后的隔年（1933），于《文学》发表了《谈〈金瓶梅词话〉》，其中提到：

---

① （清）丁耀亢著，陆合、星月校点：《〈金瓶梅〉续书三种》，济南：齐鲁书社，1988年版，《续金瓶梅后集凡例》，第5页。

② 姚灵犀著：《瓶外卮言》，名古屋：采华书林，1962年版，第62页。

我们可以断定的是，崇祯本确是经过一位不知名的杭州（？）文人的大笔削过的。（而这个笔削本，便是一个"定本"，成为今知的一切《金瓶梅》之祖。）《金瓶梅词话》才是原本的本来面目。[①]

这个观点对往后数十年的《金瓶梅》研究影响很大，多数的学者认为词话本是最早的版本，崇祯本则是根据词话本删改而成。词话本的价值因而水涨船高，渐渐压过崇祯本。郑振铎在《谈〈金瓶梅词话〉》中最早比较词话本和崇祯本，在回目方面，他说，"词话本的回目，就保存浑朴的古风，每回二句，并不对偶，字数也不等"，而崇祯本"骈偶相称，面目一新"；在语言方面"（词话本）有许多山东土话，南方人不大懂得的，崇祯本也都已易以浅显的国语"[②]。可以看出他的比较尚没有贬低任何一个版本之意。但是相隔两年之后，施蛰存在《〈金瓶梅词话〉跋》一文中，却明显地抬高了词话本，贬低了崇祯本：

然则《金瓶梅词话》好在何处？曰：好在文笔细腻，凡说话行事，一切微小关节，《词话》比旧本均为详细逼真。旧本未尝不好，只是与《词话》一比，便觉得处处都是粗枝大叶，抵不过《词话》之雕镂入骨也。所有人情礼俗，方言小唱，《词话》所载，处处都活现一个明朝末年浇漓衰落的社会来。若再翻看旧本《金瓶梅》，便觉得有点像雾里看花了。何也？鄙俚之处，改得文雅，拖沓之处，改得简净，反而把好处改掉了。[③]

---

① 郑振铎：《谈〈金瓶梅词话〉》，收入胡文彬、张庆善选编：《论金瓶梅》，北京：文化艺术出版社，1984 年版，第 63 页。
② 郑振铎：《谈〈金瓶梅〉词话》，收入胡文彬、张庆善选编：《论〈金瓶梅〉》，第 63 页。
③ 朱一玄编：《〈金瓶梅〉资料汇编》，天津：南开大学出版社，2002 年版，第 162 页。

词话本不厌其烦、过于详细的描写，在施蛰存看来反而是优点。而扬俗抑雅则可能是当时的"五四"论调，因此较能呈现民间文学特色的词话本，反而比精简的崇祯本得到更大的肯定①。日本学者小野忍在 1959 年为译本所作的《〈金瓶梅〉解说》中，也有类似的论调："词话本戏剧性强，而新刻本这点就弱。固然可以说因此更近于写实，但词话本的戏剧性中有着不可随意舍弃的东西。在这里作为结论的是，虽然说词话本比新刻本出色……"②小野忍没有太多详细的解释，但从强调戏剧性这一点来看，可以推测应当是词话本中大量的诗词，以及一些夸张的细微描写被崇祯本删除。虽然小野忍不否认崇祯本的呈现更为"写实"，但他还是把词话本摆在崇祯本之上，这点和施蛰存一样，都是以民间文学的本色作为评断标准。而 60 年代也正是小野忍的《金瓶梅词话》译本在平凡社《中国古典文学大集》出齐全部的时候。这部译本语言忠实，文笔优美，成了日本学界公认最具权威的《金瓶梅》译本，其他的崇祯本译本因此跟着相形失色。

依据胡文彬的著录，我们可以知道由 1935 年开始至 1980 年代左右，两岸三地以《金瓶梅词话》为名所梓行的版本（包含删节本）就有将近二十本，扭转了清初以来词话本淹没不闻的局面③。词话本所带来的研究热潮反映在出版品上，但是两岸三地却没有太多研究者投入词话本的校注工作。

检索相关资料，两岸这时期的校注本大抵不出以下四种版本：（一）郑振铎校点《金瓶梅词话》（1935—1936）；（二）施蛰存校点《金瓶梅词话》

---

① 田晓菲指出，词话本的发现恰逢五四时代，当时认为一切文学无不源自民间，因此施蛰存的观点带有浓厚的"五四"论调。见田晓菲：《秋水堂论〈金瓶梅〉》，天津：天津人民出版社，2014 年版，第 11—12 页。

②［日］小野忍：《〈金瓶梅〉解说》，参见黄霖、王国安编译：《日本研究〈金瓶梅〉论文集》，济南：齐鲁书社，1989 年 10 月版，第 11—12 页。

③ 胡文彬：《金瓶梅书录》，沈阳：辽宁人民出版社，1986 年版，第 17—30 页。

（1935）；（三）刘本栋校订《金瓶梅》（1979—1980）；（四）增你智文化事业有限公司《金瓶梅词话》（1980）[①]。值得注意的是，除了增你智文化事业有限公司的《金瓶梅词话》全文无删节外，其他三部都删去秽语。

梅节于 1985 年校订词话本时，选择以大安本作为底本，并感慨地说："大半个世纪过去，两岸的官方出版机构或学术团体，并未尝试单独或合作照原样地影印出版这份祖先遗留下来的珍贵文学遗产。"[②]对比词话本的研究热潮，词话本的校注成果则显得黯淡。

以台湾为例，在 20 世纪 70 年代前要一睹词话本的真面目并不容易。除了少数研究者能够取得北平古佚小说刊行本、大安本外，一般文化水平以上的读者，则恐怕仍在阅读着所谓的"伪本"——《真本金瓶梅》。当时这些伪本大行其道，台湾许多书局也不辨真伪，相继出版《真本金瓶梅》或《古本金瓶梅》，例如智扬出版社（"古典文学名著"系列）、大众书局（"中国古典文学名著"系列）、及文化图书公司等皆是。这些早期出版的《真本金瓶梅》目前也还馆藏在台湾各大学及县市立图书馆中，继续提供读者使用，且网络上也仍有标榜"古书善本"而高价拍卖者。而大众书局的《真本金瓶梅》在 20 世纪 60 年代出版后，几乎每隔几年就再版一次（1972、1973、1975 年均有再版），一直到 1993 年仍在出版。不仅大量流通于世面，更有研究者引用《金瓶梅》时，无法辨别各版本的差别，径自选为唯一依循的底本[③]。另外，也有挂名《金瓶梅词话》，但内容却混入《真本金瓶梅》，乃所谓挂羊头卖

[①] 梅节：《〈金瓶梅〉词话的版本与文本》，收入梅节：《瓶梅闲笔砚——梅节金学文存》，第 185—186 页。

[②] 梅节：《〈金瓶梅〉词话的版本与文本》，收入梅节：《瓶梅闲笔砚——梅节金学文存》，第 178 页。

[③] 如谢赐龙：《新竹地区还老愿仪式研究》（桃园："中央大学"客家文化研究所在职专班硕士论文，2009 年 7 月）。此本论文引用《金瓶梅》时，即使用 1973 年高雄大众书局出版的《真本金瓶梅》。

狗肉者①。伪本外，多的是删节本，如 1955 年台北四维书局的《金瓶梅词话》、1956 年台北文友书店的《金瓶梅词话》都经过删节，已非完整面貌。1965 年，美国将原北京图书馆的词话本交给台湾，再加上 1963 年日本出版的大安本于 70 年代后在台影印出版，台湾词话本出现所谓的联经本，即依据傅斯年先生所藏古佚小说刊行会影印本，并比对故宫博物院珍藏的万历丁巳本，整理后景印。

如果不是研究者，中等以上文化水平的读者要能轻易入门，除了文本经过点校以外，书内附上注释也是必要的。众所周知，被誉为明代百科全书的《金瓶梅》，其中蕴含丰富的方言、俗语、歇后语，对现代的读者来说诚难理解。长年研究《金瓶梅》的魏子云即云：

> 虽由于《金瓶梅》之不辟郑卫，且润增而实过之，固有妨名教之讳，然终非碍于拒绝研读的底因。想来，可能由于其中语言之阻碍，以及述事之驳杂所造成。②

而一海之隔的日本，研究《金瓶梅》的川岛优子也注意到这个现象。她撰文翻案，指出《金瓶梅》在江户时代未如《水浒传》那样被广泛注译和流通，并非如早期学者所认为的"《金瓶梅》是本淫秽之书"，主因其实是《金瓶梅》中丰富的俗语、俚语、歇后语对江户文人来说过于困难，无法予以正确读解。透过研究，她同时主张《金瓶梅》在江户时期被当成一本"高级教科书读本"，

---

① 1960 年 6 月台湾启明书局刊行的《金瓶梅词话》，前三十三回是词话本，但后半部却使用《古本金瓶梅》等民国铅印本。见［日］鸟居久靖：《〈金瓶梅词话〉版本考补说》，收入黄霖、王国安编译：《日本研究〈金瓶梅〉论文集》，第 80—82 页。

② 魏子云：《金瓶梅词话注释·自序》，详见魏子云《金瓶梅词话注释》，台北：增你智文化事业有限公司，1981 年版，第 1 页。

提供读者学习中国文学和文化①。研究《金瓶梅》的学者都指出小说语言对读者的阅读形成了障碍，因此校点本附上注释，使读者容易阅读，是有其必要性的。

　　台湾祥生出版社于 1975 年出版的《金瓶梅词话》（共五册）②，册五末附有"词语注释"，以笔画多寡排序，注释者不明，是较早将注释与文本合一出版的。而后刘本栋于 1979 年出版的《金瓶梅》校订本③，书后所附的词语解释，竟与祥生出版社一模一样。是否祥生出版社早几年出版的"词语注释"即是出自刘本栋之手，待考。刘本是台湾最早出版的词话本校注本，书前《引言》指出小说中有许多俗语，在现今看来已意旨不明，在校对或阅读上都有一定的困难度。另撰《金瓶梅考证》附于《引言》后，详述作者及版本问题。梅节给予这部校注本正面的评价："如果说，《金瓶梅词话》过去的读者只限于文史研究者和较高文化程度者，刘本则将之推广到广大的具中等文化程度的读者。所以，直到今天，刘本仍是海外华语区拥有最多读者、比较易得的《金瓶梅词话》文本。"④

　　1980 年，增你智文化公司也出了校点本。毛子水为之作序，提到出版社负责人对出版校点本的坚持与洞见："谢君说，我们所出版的《金瓶梅》和联经的《金瓶梅》大不相同。联经的本子，适于收藏家和爱好古书版本的人；

---

① 川岛优子多篇论文皆以此观点为核心进行论述，如［日］川岛优子：《江户时代における白话小说の読まれ方—鹿儿岛大学付属图书馆玉里文库藏〈金瓶梅〉を中心として—》，《中国中世文学研究》第 56 卷（2009 年 9 月），第 59—79 页。川岛优子：《江户时代における〈金瓶梅〉の受容（1）—辞书、随笔、洒落本を中心として—》，《龙谷纪要》第 32 卷（2010 年第 1 号）。川岛优子：《江户时代における〈金瓶梅〉の受容（2）—曲亭马琴の记述を中心として—》，《龙谷纪要》第 32 卷（2011 年第 2 号）。川岛优子：《江户时代〈金瓶梅〉传播考略》，《文学新钥》第 18 期（2013 年 12 月）。
② （明）兰陵笑笑生：《金瓶梅词话》，台北：祥生出版社，1975 年版（据明万历丁巳刻本影印）。
③ （明）兰陵笑笑生著，刘本栋校订：《金瓶梅》，台湾：三民书局，1979 年版。
④ 梅节：《金瓶梅的版本与文本》收入梅节：《瓶梅闲笔砚——梅节金学文存》，第 185—186 页。

我们的本子，文句虽根据万历版，但加以标点，又附以语词的注释。"[1] 1981年，增你智有限公司旋又出版魏子云《金瓶梅词话注释》。校点本与注释本的出现，对读者而言无疑是莫大的助益，校点本与注释本在无形中也扩大了读者群。不过，在梅校本未在台湾出版前，早期研究《金瓶梅》的研究生多以大安本、联经本及中国大陆方面的校点本为据。梅校本第三次修订完成且于梦梅馆出版后，虽渐渐有研究生开始使用，但只是零星数人。梅校本真正大量广泛地被台湾研究者使用，则有待里仁书局于2007年出版。可见版本取得的难易度，对研究者确实起着莫大的影响。

三、梅校本注释问题商榷

梅校本的注释出自陈诏、黄霖之手。校本所附的注释多寡究竟要达到何种程度，向来是难以拿捏之事。专业研究方面，目前已有各种《金瓶梅》俗语字典、难字字典等可供查考。校本的注释不可能包山包海，因此阅读校本时辅以各种相关专业辞典，协助查考小说中的难字生词，才能达事半功倍之效。

《金瓶梅》中有各种难字生词，特别是在歇后语的解读上，往往有不同的解释。笔者在阅读梅校本时，也查考了以下诸位学者的注释：（一）姚灵犀：《瓶外卮言》；（二）魏子云：《金瓶梅词话注释》；（三）毛德彪、朱俊亭评注：《金瓶梅注评》；（四）孙逊主编：《金瓶梅鉴赏辞典》[2]。发现在注释上有许多异说。以下兹举数例，或提出个人浅见，或存其异同，以就正于方家。

（一）如今这一本书，乃"虎中美女"，后引出一个风情故事来。（第一回）

---

[1] 毛子水《金瓶梅词话序》，详见（明）兰陵笑笑生著，王寒等编：《金瓶梅词话》，台北：增你智文化事业有限公司，1980年12月版。

[2] 姚灵犀：《瓶外卮言》，名古屋：采华书林，1962年版；魏子云：《金瓶梅词话注释》，台北：增你智文化事业有限公司，1981年版；毛德彪、朱俊亭评注：《金瓶梅注评》，南宁：广西人民出版社，1990年版；孙逊主编：《金瓶梅鉴赏辞典》，上海：汉语大辞典出版社，2005年版。

1.	幻化为美女的老虎。	梅校本，页21
2.	一说为喻色为虎，美女美而好色，斯可畏也。一说指少年与美女。虎譬如少年，喜而爱其色；彼如猱也，诱而贪其财。故至子弟丧身败业是也。	孙逊，页298，此处仅摘录部分原文

王晓红认为"虎中美女"是个不难懂得词，不须加注[①]。确实"虎中美女"乍看之下是个不必特别解释的词汇，但若真要解释起来，也颇有歧异。梅校本认为是"幻化为美女的老虎"，本质是老虎，却披着美女的外衣。孙逊《金瓶梅鉴赏辞典》中的两种解释，前一说引自金良年，后一说引自《太和正音谱·词林须知》，均有所本。孙逊的第一说指美色如虎诚可畏，第二说的解释则较为复杂，已将"虎""美女"各自比拟为贪色的少年和贪财的美女。以下看看小野忍的日译本如何理解这个词：

> これからこの書く物で申し上げるのは、ひとりの性悪な美人
> が引き出す艶物語……[②]

小野忍直接译为"性恶之美女"，应该是将字义理解为如虎般的美女。初读之时，笔者认为梅校本的解释较为生硬，而小野忍"美女如虎"的理解较清楚贴切，他将潘金莲理解为具有杀伤力的老虎，和小说所塑造的潘金莲形象是不谋而合的。但仔细推敲后，又觉得梅校本的注释有其合理之处。就"虎中美女"的字义来说，梅校本释为"幻化为美女的老虎"，呼应了小说由"武松打虎"引出故事的手法，甚至读者可以进一步引伸，理解武松最后杀了潘

---

① 王晓红：《将善本书送入普通读者手中——简论梅节重校本〈金瓶梅词话〉》，第103页。
② （明）兰陵笑笑生著，[日]小野忍、千田九一译：《金瓶梅》，东京：岩波书店，1973年版，册一，第22页。

金莲的残忍手法，正如小说开场的武松打虎般，因此说潘金莲由虎幻化而来，不脱前后情节之呼应。

（二）领了知县礼物，金银"驮垛"，讨了"脚程"，起身上路，往东京去了。（第二回）

1.	驮垛，牲口驮运；脚程，路费。	梅校本，页36
2.	佗，《说文》负荷也，凡以畜产负物者皆为佗，此言捆载之物，多则成垛。脚程，长途远行，预定路程，至某处打尖，抵某处住宿，列单趱走也。	姚灵犀，页109—110
3.	驮垛，意指缃扎妥的礼物。凡以牲畜驮载之物，均称驮垛。《瓶外卮言》说："长途远行，预定路程，至某处打尖，抵某处住宿，列单趱走也。"但此处说"讨了脚程"，似是指差旅费。	魏子云，册一，页19
4.	金银驮垛，将金银捆扎成垛状，以便牲畜驮载。《正字通》："驼，凡以畜负物曰驼。"脚程，预先制订的行走路程。《瓶外卮言》说："长途远行，预定路程，至某处打尖，抵某处住宿，列单趱走也。"	毛德彪，页31—32
5.	驮垛，搭在马背上的背包、包袱……小说此处"金银驮垛"，指装着金银财宝的包裹。脚程，一曰差旅盘缠，一曰路引，一曰驮物的头口（马匹）。似后一种解释为确。因"知县礼物，金银驮垛"，只有"讨了"马匹才能"起身上路"。	孙逊，页301—302

由上列诸家说法可知，"驮垛"之"驮"的释义无太大歧异。而"垛"，姚灵犀云："捆载之物，多则成垛。"此处将"驮垛"解释为牲口驮运捆载之物，最为清楚，"驮"是动词，"垛"为名词。"脚程"则采魏子云所言，释为名词为佳。按前句为"金银驮垛"，牲口已驮运好捆载之物，"脚程"指"路费"最为适切。

（三）原来西门庆有心要梳笼桂姐，故此发言先"索落"他唱。（第十一回）

1.	点着某人要求其做某件事，如点某人的戏，点某人唱等等，都称索落。	梅校本，页149
2.	即使用语言上的圈套，一圈圈套进去。意即骗他非唱不可。	魏子云，册一，页103
3.	即数落。埋怨、责备。	毛德彪，页115
4.	故意吹捧。	孙逊，页313

"索落"的确有数落之意，如《金瓶梅》第三十二回："你这狗才，头里嗔他唱，这回又索落他唱"，这里便带有数落之意。但此处联系前后文，西门庆有心要梳笼桂姐，因此先向桂卿道："今日二位在此，久闻桂姐善能歌唱南曲，何不请歌一词，以奉劝二位一杯儿酒，意下如何？"作者说是"发言先索落他唱"。首先，揣摩前后文意，这里的"索落"并没有责备语气。其次，西门庆先褒扬桂姐，却被院中婆娘看破八九分，如只释为"点某人唱"，尚无法生动地诠释文意。我认为这里的"索落"是在有圈套的前提下，怂恿对方做某事。

（四）紧着西门庆要梳笼这女子，又被应伯爵、谢希大两个在跟前一力撺掇，就"上了道儿"。（第十一回）

1.	走上轨道。这里指落入圈套。	梅校本，页149
2.	意即双方意见合了辙了。	魏子云，册一，页103
3.	又作着了道儿。上了圈套。	毛德彪，页116

简单来说"上了道儿"就是"上了轨道"。但是否该说西门庆"落入圈套"？联系前文，可知西门庆本就有意，因此采魏子云的解释"双方意见一拍即合"会较符合原意。

（五）于是满脸堆笑道："嫂子说那里话！'比来'，'比来'相交朋友做甚么？我一定苦心谏哥，嫂子放心！"（第十三回）

1.	本来，表示理所当然。	梅校本，页 184
2.	不然，否则。本书第十六回："比来相交朋友做甚么！哥若有使令俺们处，兄弟情愿火里火去，水里水去"	孙逊，页 315

"比来"，释为"本来"或"不然"在此处都通，但在语气上后者似乎更为强烈。此字用法待考。

（六）唯有他大娘性儿不是好的，"快"眉眼里扫人。（第十六回）

1.	易于，会。	梅校本，页 226
2.	本书中常用"快"字缀于动词前，表示"喜好""喜爱"做什么，怎样做，如第三十二回桂姐说"薛公公快顽"，即指他喜好玩弄人。	孙逊，页 317

"快"眉眼里扫人，是中文字的独特用法，难以诠释。小野忍的日译本就没有特别翻出这个字："ただ大奥さまだけはご気性がよくありませんわね。人を見下していらっしゃるわ。"（小野忍《金瓶梅》，册二，页 164）小野忍的译文中，"快"较为接近"会"（"有此情况"之意）。此字用法待考。

（七）玳安这贼囚根子，"久惯儿牢成"！对着他大娘，又一样话儿，对着我，又是一样话儿。（第十六回）

1.	久有经验而圆滑老练。	梅校本，页 226
2.	意为习惯了替别人圆谎的意思。北人说"打牢成"，即指别人有所隐瞒之意。	魏子云，册一，页 144
3.	意思是一向如此，养成了习惯。	毛德彪，页 153
4.	惯会周旋、敷衍，做虚假人情。	孙逊，页 317

此句出自潘金莲之口。潘金莲质问西门庆："贼负心，你还哄我哩……"，"久惯儿牢成"在这里是负面的用语，释为"久有经验而圆滑老练""惯会周旋、敷衍，做虚假人情"皆可。

（八）我又是一说，既做朋友，"没丝也有寸"，教官儿也看乔了。（第十六回）

1.	疑"丝"谐"私"，"寸"谐"嫌"。指没有私心也有嫌疑。	梅校本，页 226
2.	意为没有"私"（丝）交，也有寸交。寸，指短也。	魏子云，册一，页 146
3.	意思是没有私也有短。丝，谐音私。	毛德彪，页 154
4.	丝、寸都是度量单位。丝，谐"丝"音，言私交也。潘金莲意思是，既交了一场朋友，总有些私交，你这样快就娶他(花子虚)遗孀，官面上的人不是将你看低了吗?	孙逊，页 318

丝、寸都是度量单位，此殆无疑义。此处以私（丝）交、寸交来理解，按魏子云所言，没有私交也有短交，就是再怎样都有关系之意，因此解释为"总有些私交"即可。

（九）良久，西门庆下来"东净"里更衣。（第十六回）

1.	东边厕所。	梅校本，页 226
2.	谓厕也，《传灯录》载赵州谂谓文远曰："东司上不可与汝说佛法。"按禅林掌厕所之僧曰净头。	姚灵犀，页 155
3.	《传灯录》载："赵州验谓文远曰："东司上不可与汝说佛法。"按禅林掌厕所之僧曰"净头"，故谓"东净"即厕所也。	魏子云，册一，页 148
4.	厕所。古称厕为"圊"，谐音称"东净"。	孙逊，页 318

《金瓶梅》第二十五回有句歇后语："东净里砖儿，又臭又硬"，又第八十五回有"毛司里砖儿，又臭又硬"，"东净"应为厕所。然梅校本此处释为"东边厕所"，未解。

（十）我把你当块肉，原来是个中看不中吃"蜡枪头"，死王八！（第十九回）

1.	蜡制的枪头，不硬，不能杀伤人，所以说"中看不中吃"。	梅校本，页 269
2.	西厢记，银样蜡枪头，谓徒有其表，毫无实用也。	姚灵犀，页 160
3.	腊枪头，乃俗谓"银样蜡枪头"。喻为徒有其表，中看不中用。	魏子云，册一，页 175
4.	应作"猎枪头"。猎（腊），铅与锡的合金，银白色，可以制作器物，但性软，遇热而化。"猎枪头"是歇后语，意为中看不中用。	孙逊，页 321

此处所生之歧异乃源于字词校点的问题。梅校本、姚灵犀及魏子云均作"蜡枪头"，解释为蜡制枪头。孙逊作为"猎枪头"，因而衍生出另一解。

（十一）进他屋里去，"尖头丑妇硼到毛司墙上——齐头故事"。（第二十回）

1.	歇后语。尖头碰在又臭又硬的墙上，变成平头齐头。"齐"谐"起"，此指西门庆给刚入门的妻妾例施下马威。	梅校本，页287
2.	此一歇后语，意指西门庆与李瓶儿已竝头睡在一起了。尖头男子丑陋妇人，被绷（硼）弹在厕所的墙上，男子的头再尖，也与丑妇人的头竝齐了。厕所墙是臭的，以"臭"字谐"凑"，说完整来是："凑（臭）在一起的齐头（男女相竝）故事"。	魏子云，册一，页186
3.	齐头故事，指事情开始来势凶猛，结尾却不了自了。雷声大，雨点小，虚惊一场。	毛德彪，页188
4.	喻一个品行不好的妇人撞上了更恶的人，服了软，就两相凑合，头并头脚碰脚和好了。潘金莲用此语讥诮李瓶儿碰上了西门庆这个恶煞，到头还是同床共眠。	孙逊，页322—323

此句出自潘金莲之口。玉箫问玉楼："俺爹到他屋里，怎样个动静儿？"于是潘金莲以这句歇后语回覆，而后"玉箫又问玉楼，玉楼便一一告他说"。如果照顾到此处对话的前后文，梅校本的解释是较为适切的。因为潘金莲埋了一个伏笔，指出西门庆给李瓶儿下马威，才有玉箫继续追问的情节。此处如果解释为"西门庆与李瓶儿已两相凑合"，也并非不通，但后文"玉箫又问玉楼，玉楼便一一告他说"便显突兀。

（十二）玉楼道："嗔道贼臭肉在那里坐着，见了俺们意意似似的，待起不起的，谁知原来背地有这本帐！"（第二十五回）

1.	记音词，即北京土话之"长行市"，广东四邑话之"起市""起起市市"。形容某人因地位提高而态度骄矜，摆出架子。	梅校本，页358
2.	等于文雅词的"腼腆"，今语之"不好意思"的态度。笔者儿时习听此语。	魏子云，册一，页243
3.	扭扭捏捏，犹豫不决，吞吞吐吐的样子。也作意意思思。《红楼梦·六十五》："他只意意思思，就丢开手了，你叫我有何法。"	毛德彪，页226
4.	犹疑不定，吞吞吐吐。亦作"意意思思"孟玉楼用此语形容得了势的惠莲，见了主人待起不起的慵懒模样。	孙逊，页330

小野忍日译本："道理で、あのあばずれったら、あそこにすわってて、あたしたちを見ると、ぐすぐすして、立ち上がろうか上がるまいかといったことになるのね。"〔小野忍《金瓶梅》，册三，页139〕"意意似似"译作"犹豫不决"。

"态度骄矜""不好意思""犹豫不决"在语意上有明显差异，各说法皆有所本。若以小说中宋惠莲的形象来判断，似以梅校本的注释较符合宋惠莲得意忘形的态度。

（十三）金莲道："……要叫我，使小厮如今叫将那奴才来，老实打着，问他个下落，不然，头里就赖他那两个，正是'走煞金刚坐杀佛'！"（第三十一回）

1.	比喻对待人不公平。	梅校本，页453
2.	意为累死金刚，闲死佛。此句比喻苦乐不均。	毛德彪，页279
3.	喻闲的闲死，忙的忙煞。	孙逊，页336

此处西门家因失了一把壶，好不嚷乱。潘金莲因嫉妒李瓶儿，主张拷打琴童，不能只怀疑玉箫和小玉。"走煞金刚坐杀佛"字面意思就是"累死金刚，闲死佛"，意为金刚和佛分配到的苦乐不均，引伸义即是不公平。此处注释如只说"苦乐不均"，结合情节尚令人费解，应把引伸义"待人不公平"写出，会较为清楚。

（十三）郑爱香儿道："因把猫儿的虎口用火烧了两醮，和他'丁八'着好一向了，近日只散走哩！"（第三十二回）

1.	娼门隐语。"丁"为"顶"之变音，"顶八"隐"分"字。	梅校本，页453
2.	八应作巴，丁八着，如钉相附着，勾结甚坚，此市井语，谓两相要好也。	姚灵犀，页181
3.	也作丁八，苏北方言。形容关系密切，黏连在一起。这里是形容男女情事。	毛德彪，页287
4.	以字形喻男女情事。	孙逊，页337

"丁八"一词，梅校本与其他专书的解释恰为反义。小说中吴银儿说："张小二官儿先包着董猫儿来"，吴银儿紧接着回覆此句。按梅校本注释，"丁八"为"分"，整句意为张小二官儿把董猫儿的虎口用火烧了两醮，和他分了好段时间，近日只散走。其他学者将"丁八"释为"要好"，意为张小二官儿把董猫儿的虎口用火烧了两醮，和他要好一段时间，近日只散走。小野忍日译本略过"丁八"一词："ええ、猫児を物にして、長いことあつあつだったんだけど、最近ごろ別れちゃったの"。（小野忍《金瓶梅》，册四，页55）直接简译为"最近分了"，对整句的文意理解影响不大。"丁八"一词，在《金瓶梅》第六十八回也出现了：

爱月儿道："那张懋德儿好舍的货！麻着七八个脸弹子，密逢两个眼，可不砢碜杀我罢了！只好樊家百家奴儿接他，一向董金儿也与他丁八了。"（第六十八回）

由上下文意来看，这里的"丁八"应是"分"。第三十二回似也采"分"义，较符合前后文意。

（十四）写字的拿逃军，我如今一身故事儿哩！卖盐的做雕銮匠，我是那咸人儿？（第三十七回）

1.	写字的，指文弱书生，拿逃军，即捉逃兵。此句比喻做不能胜任的事情，很忙，很吃力。	梅校本，页553
2.	意为逃军不易捕获，一旦捕获，必有许多曲折，"好写字的"记述下来，可说是"一身故事了"。歇后语的意思，是知道的多。	魏子云，册二，页64
3.	写字的指写小说的人，写小说总是将情节编的曲曲折折，一个故事接一个故事。逃兵不易捕获，让写小说的来写捕获的经过，更是接连不断地卖关子，所以说是一身的故事儿。这个歇后语的意思是经办的事一件接一件。	毛德彪，页329
4.	喻有很多故事可说。"逃军"指逃兵，"写字的"指能说会写的人。拿逃军的过程必有曲折，故能写下许多故事……	孙逊，页342

按前后文意，由"卖盐的做雕銮匠，我是那咸人儿（闲人儿）"来揣摩，前句歇后语应有"做不能胜任的事情"之意。因而此处的"写字的拿逃军"，理解为书生抓逃兵，最符文意。

（十五）这刘二那里依从，尽力把经济打个"发昏章第十一"。（第九十四回）

1.	这是一句俗语，意谓神智不清，昏厥过去。十为足数，十一则示过了头，程度严重。	梅校本，页 1606
2.	即"发昏"的谑称。章第十一，系借用书分第某某章的形式，置于词语后，以加强语词的风趣。	毛德彪，页 739
3.	昏厥过去。"章第十一"，无义。	孙逊，页 383

此处笔者倾向把"章第十一"释为一种置于词语后的谐趣用法。李泉、张永鑫的《水浒全传校注》亦云："这是一句诙谐的嘲笑话。因古书常有'某某章第一'，'某某章第二'之分，故用'发昏章第十一'，表示发昏的意思。"①

四、结语

词话本由 1932 年面世以来，学术界一直缺少一部完善的校订本。在施蛰存扬词话本、贬崇祯本后，词话本在学术界上得到相当大的关注和肯定，校订的工作却少有学者愿意投入。梅节先生在因缘际会下承担起这份重任，校订本历经三次修订和出版。其中对台湾金学研究影响最大的，莫过于 2007 年里仁书局正式出版了梅节校订的词话本。此后，梅校本被台湾新一辈的金学研究者广泛运用，可谓词话校订本中的权威。

梅校本的注释出自陈诏、黄霖之手，其中不乏修正自姚灵犀、魏子云以来的旧说，然究竟孰是孰非，尚存讨论空间。《金瓶梅》的语言对现今读者来说，诚是阅读上的一大阻碍，相关研究也将不断推陈出新。此次撰写，笔者忝为一个研究者，无法就异说提出专业的考证。然在阅读与搜寻资料的过程陆续发现歧异，此次罗列数条以供校注者参考，并就正于方家。

2017 年 8 月

---

① （明）施耐庵、罗贯中著，李泉、张永鑫校注：《水浒全传校注》，台北：里仁书局，1994 年 10 月版，第 467 页。

参考书目

一、古籍

（明）施耐庵、罗贯中著，李泉、张永鑫校注：《水浒全传校注》（台北：里仁书局，1994 年 10 月）

（明）兰陵笑笑生著：《金瓶梅词话》（台北：祥生出版社，1975 年 7 月，据明万历丁巳刻本影印）

（明）兰陵笑笑生著：《金瓶梅词话》（台北：里仁书局，1996 年 7 月，据明万历丁巳刻本影印）

（明）兰陵笑笑生著，小野忍、千田九一译：《金瓶梅》（东京：岩波书店，1973 年 6 月）

（明）兰陵笑笑生著，王寒等编：《金瓶梅词话》（台北：增你智文化事业有限公司，1980 年 12 月）

（明）兰陵笑笑生著，梅节校注：《金瓶梅词话》（台北：里仁书局，2007 年 11 月）

（明）兰陵笑笑生著，无名氏校点《金瓶梅》（台北：桂冠图书公司，1994 年 6 月）

（明）兰陵笑笑生著，刘本栋校订：《金瓶梅》（台北：三民书局，1979 年 12 月）

（清）丁耀亢著，陆合、星月校点：《金瓶梅续书三种》（济南：齐鲁书社，1988 年 8 月）

二、专书

毛德彪、朱俊亭评注：《金瓶梅注评》（南宁：广西人民出版社，1990 年 11 月）

田晓菲：《秋水堂论金瓶梅》（天津：天津人民出版社，2014 年 1 月）

朱一玄编：《金瓶梅资料汇编》（天津：南开大学出版社，2002 年 6 月）

姚灵犀著：《瓶外卮言》（名古屋：采华书林，1962 年）

胡文彬：《金瓶梅书录》（沈阳：辽宁人民出版社，1986 年 10 月）

胡文彬、张庆善选编：《论金瓶梅》（北京：文化艺术出版社，1984 年 12 月）

孙逊主编：《金瓶梅鉴赏辞典》（上海：汉语大词典出版社，2005 年 5 月）

梅节：《瓶梅闲笔砚——梅节金学文存》（北京：北京图书馆出版社，2008 年 2 月）

黄霖、王国安编译：《日本研究《金瓶梅》论文集》（济南：齐鲁书社，1989 年 10 月）

魏子云：《金瓶梅词话注释》（台北：增你智文化事业有限公司，1981 年 5 月）

三、期刊

［日］川岛优子：《江户时代における白话小说の読まれ方—鹿児島大学付属図書館玉里文庫蔵〈金瓶梅〉を中心として—》，《中国中世文学研究》第 56 卷（2009 年 9 月）。

［日］川岛优子：《江户时代における〈金瓶梅〉の受容（1）—辞书、随笔、洒落本を中心として—》，《龙谷纪要》第 32 卷（2010 年第 1 号）。

［日］川岛优子：《江户时代における〈金瓶梅〉の受容（2）—曲亭马琴の记述を中心として—》，《龙谷纪要》第 32 卷（2011 年第 2 号）。

［日］川岛优子：《江户时代〈金瓶梅〉传播考略》，《文学新钥》第 18 期（2013 年 12 月）。

王伟：《对传统校刊学的承继、宏扬和完善——谈梅节的〈金瓶梅词话〉校勘》，《鄂州大学学报》第 18 卷第 3 期（2011 年 5 月）。

王晓红：《将善本书送入普通读者手中——简论梅节重校本〈金瓶梅词话〉》，《临沂师范学院学报》第 24 卷第 2 期（2002 年 4 月）。

傅善明：《关于梦梅馆校本〈金瓶梅词话〉的几点思考》，《保定学院学报》第 23 卷第 1 期（2010 年 1 月）页。

《金瓶梅》从艺人说书到文人改编小说本

汪炳泉

　　梅节先生的《金瓶梅》研究，从词话文本校勘出发，得出现存《新刻金瓶梅词话》并非现存崇祯本《新刻绣像批评金瓶梅》的母本，而是它们都源自于一个说书艺人的底本。笔者最初与大多数金学界的学者一样，主现存崇祯本是从现存的词话本删改加评而来。可对《金瓶梅》版本的不断深入了解以及文本的比勘，发现现存崇祯本有很多方面不可能来自现存词话本。在现存词话本之前有一个更早的说书艺人的本子，笔者称之为艺人本；后来文人通过改编，而成为第一代说散本《金瓶梅》，现存崇祯本的正文就来自于这个第一代说散本。

一、从书名、序跋、卷题等多方面考察

　　我们从现存《新刻金瓶梅词话》的序、跋看，开篇的欣欣子《金瓶梅词话》序："窃谓兰陵笑笑生作《金瓶梅传》……"中土本[1]第二篇为《廿公跋》："《金瓶梅传》，为世庙时一巨公寓言……"此一序一跋，提到的书名，皆为"金瓶梅传"。这是最早的艺人说唱本，即艺人本。根据艺人本《金瓶梅传》，

---

[1] 中土本：即为台北故宫博物院藏本《新刻金瓶梅词话》。

经文人改编传抄，改名《金瓶梅》，此可见诸文献记载。如袁宏道（即袁中郎）、袁中道（即袁小修）、谢肇淛、李日华、薛冈、沈德符等一连串的名单，在他们的笔下，或多或少都对金瓶梅的传播作了记载①。

万历二十四年（1596），袁宏道在给董其昌（思白）的信《与董思白书》："……《金瓶梅》从何得来？"

万历三十四年（1606）丙午袁宏道《与谢在航书》："……《金瓶梅》料已成诵，何久不见还也？"

万历三十四年前，袁宏道作《觞政·十之掌故》："……传奇则《水浒传》《金瓶梅》等为逸典……"

薛冈《天爵堂笔余》卷二记载："往在都门，友人关西文吉士以抄本不全《金瓶梅》见示，余略览数回……"从文中可以了解，薛冈从文吉士（即文在兹）那里见到不全的《金瓶梅》抄本约在万历二十九年（1601）。

万历三十五年（1607）屠本畯《山林经济籍》："……按《金瓶梅》流传海内甚少，书帙与《水浒传》相埒……"

万历四十四年（1616）谢肇淛《金瓶梅跋》："《金瓶梅》一书，不著作者名代……书凡数百万言，为卷二十，始末不过数年事耳……此书向无镂版，抄写流传，参差散失。唯弇州家藏者最为完好。余于袁中郎得其十三，于丘诸城得其十五，稍为厘正，而阙所未备，以俟他日。"仔细思量"书凡数百（应为"百数"之误倒）万言，为卷二十"，即是指《金瓶梅》为二十卷本。

万历四十二年（1614）甲寅八月，袁中道《游居柿录》："……往晤董太史思白，共说诸小说之佳者。思白曰：近有一小说，名《金瓶梅》，极佳，予私识之。后从中郎真州，见此书之半……"此则日记中明确指出，"近有一小说，名《金瓶梅》"，而绝非是《金瓶梅词话》。

---

① 黄霖：《金瓶梅资料汇编》，北京：中华书局，1987 年 3 月版，卷一、卷三。

李日华《味水轩日记》卷七："五日，伯远携其伯景倩所藏《金瓶梅》小说来，大抵市诨之极秽者……"，此日记记于万历四十三年乙卯十一月初五日，也提景倩（即沈德符）所藏为《金瓶梅》。

沈德符《万历野获篇》卷二十五《词曲·金瓶梅》："袁中郎《觞政》以《金瓶梅》配《水浒传》为外典，予恨未得见……未几时，而吴中悬之国门矣。"

以上这些文人们的大量记载，无一例外，所称的书名皆为《金瓶梅》，而非《金瓶梅词话》。

万历末《金瓶梅》版行后，书林人士亦均称之为《金瓶梅》。如泰昌元年（1620）天许斋本《北宋三遂平妖传》张无咎序、天启三年（1623）雉衡山人（杨尔增）《韩湘子》序；天启四年陆绍珩《醉古堂剑扫》重阳序；崇祯元年（1628）《魏忠贤小说斥奸书》之峥霄主人（陆云龙）"凡例"无一例外。

而有关《金瓶梅词话》书名，现在所知的最早出处，始见于崇祯二年己巳（1629），西湖碧山卧樵纂辑的《幽怪诗谭》。其卷首有听石居士所撰《小引》："……不观夫李温陵赏《水浒》《西游》，汤临川赏《金瓶梅词话》乎？《水浒传》，一部《阴符》也。《西游》，一部《黄庭》也。《金瓶梅》，一部《世说》也。"[1]

再来看看现存《新刻金瓶梅词话》中的东吴弄珠客序、廿公跋以及"行香子""四贪词"。

现存词话本的东吴弄珠客《金瓶梅序》和廿公跋是手写体，而欣欣子《金瓶梅词话序》却是宋体字，很不对称。并且欣欣子序有错误，而东吴弄珠客序和廿公跋并无错讹。还有之后的"行香子"和"四贪词"也错误很多。可以说明，这弄珠客序和廿公跋是从它处抄刻而来，而不是现存词话本原有。

---

[1] 王汝梅：《王汝梅解读〈金瓶梅〉》，长春：时代文艺出版社，2007年版，第147页。

薛冈在《天爵堂笔余》卷二曾记载："……后二十年，友人包岩叟以刻本全书寄敝斋，予得尽览……简端序语有云：读《金瓶梅》而生怜悯心者，菩萨也；生畏惧心者，君子也；生欢喜心者，小人也；生效法心者，乃禽兽耳。"薛冈从文吉士那里见到不全的《金瓶梅》抄本约在万历二十九年（1601），"后二十年"，约在天启元年（1620），包岩叟赠寄薛冈一部刻本，而寄刻本要晚一些，又弄珠客写序的时间还可以提前一些，即与序中的落款"万历丁巳季冬"相吻合。但是这个初刻本并不是现存词话本，因为《新刻金瓶梅词话》简端是欣欣子序，只有文人本简端才是东吴弄珠客序，所以沈德符《万历野获篇》中所记载的"吴中悬之国门"的初刻本便是这个简端有"东吴弄珠客序"的第一代文人本，即第一代说散本。而这个文人本便是从第一代说唱的艺人本改编而来。加上谢肇淛写于万历四十四年（1616）《金瓶梅跋》提到的"……书凡数百万言，为卷二十"，这些都证明着，此时已经是文人的二十卷本《金瓶梅》，而非十卷本《金瓶梅词话》。

至于现存词话本的这个题署，是从第一代文人本照搬而来；而现存崇祯本删去了时间、地点"万历丁巳季冬""漫书于金阊道中"，只留"东吴弄珠客题"，是因为文人二十卷本首刊于吴门，崇祯间重刊，却在杭州了。

以上所述，梅节先生用较长篇幅作了论证。他从三个方面着手[①]：

第一，今本词话形式统一，正文每叶版心皆标《金瓶梅词话》，卷题、（行香子）词曰、四贪词、目录等，刻本整体强烈显示着"新刻金瓶梅词话"信息；而东吴弄珠客序、廿公跋却作"金瓶梅"，把刻本的统一性、严肃性破坏了。

第二，词话从欣欣子序、题词、目录、正文，均用正体宋字；独夹在其中的东吴弄珠客序、廿公跋是手写体（一人笔迹），可能就是因为匆忙搞上去的。

---

① 梅节：《瓶梅闲笔砚——梅节金学文存》，北京：北京图书馆出版社，2008 年版，第 250—252 页。

第三，东吴弄珠客序、廿公跋太过斯文。词话本是说书艺人的底本，在民间抄写流传，其特点是讹误多、别字多、俗字多；而东吴弄珠客序、廿公跋总共 348 字，比四首《行香子》和《四贪词》字数多得多，却无一字之误。

在卷题上，北大本、上图甲本、上图乙本、天津本、天理本等，卷题都混有"词话"字样，但不能就此认为它们直接从《新刻金瓶梅词话》改编而来。如傅惜华先生藏有《绣像古本八才子词话》，十卷，一百回，有顺治二年序，"本衙藏本"，韩南先生上世纪五十年代曾访问过藏主，在《〈金瓶梅〉的版本及其他》中曾加以详细介绍，将之例为"乙版本之九"，就是说，这个是第二代说散本即崇祯本。韩南指出，"有人因书名有'词话'二字，将之归入甲版本（韩南分类'甲版本'指词话本）"，其实是错误的。我们也不能因这个清初刻的崇祯本，因为书名有"词话"二字，便认为他直接改编自词话。[1]更何况，还有内阁本、东洋本、首图本卷题并没有混入"词话"字样。

二、眉批问题

（一）现存崇祯本《新刻绣像批评金瓶梅》第四回潘金莲与西门庆在王婆茶坊入马通奸，崇祯本上有眉批云：

> 从来首事者每能为局外之谈。此写生手也，较原本径庭矣，读
> 者详之。

梅节先生在此指出，词话这段文字多袭《水浒》旧文，崇祯本则增加了许多细节的刻画描写，眉批说它"较原本径庭"，指此。

---

[1] 梅节：《瓶梅闲笔砚——梅节金学文存》，北京：北京图书馆出版社，2008 年版，第 257 页。

（二）第三十回，李瓶儿产子，月娘热心肠，积极张罗，崇祯本有眉批：

> 月娘好心，直根烧香一脉来。后五十三回为俗笔改坏，可笑可恨。
> 不得此元本，几失本来面目。

"烧香"见第二十一回。"后五十三回"是指本为"陋儒补以入刻"的第五十三回，还有第五十四回至第五十七回，这原为第一代说散本所有。批者误以为崇祯本是原本，有"这五回"的原本是"失本来面目"的改本。①
以上二条眉批都批在崇祯本上，所谓"原本""元本"，应指崇祯本的底本。
（三）词话本第二十九回，小神仙替西门庆推算八字：

> 西门庆便说与八字："属虎的，二十九岁了，七月二十八日子时生。"
> 这神仙暗暗掐指寻纹，良久说道："官人贵造，丙寅年，辛酉月，壬午日丙子时。七月廿三日白露，已交八月算命。"

现存崇祯本"子时生"作"午时生"，"丙寅年"作"戊寅年"，"丙子时"作"丙午时"。又天津本、北大本"掐指"作"十指"，"白露"作"白戊"，内阁本、东洋本同词话本。在"戊寅年，辛酉月，壬午日，丙午时"句上有眉批：

> 四柱俱不合，想宋时算命如此耳。

---

① 梅节：《瓶梅闲笔砚——梅节金学文存》，北京：北京图书馆出版社，2008 年版，第 249 页。

梅节先生用了较长的篇幅论述了此一眉批。西门庆的八字，说散本与词话本不同。词话本所开列的四柱，不符合八字构成法则，也许是鉴于上述的批评，崇祯本作了修改。但既然崇祯本修改了词话本原八字的错误，为什么还有"四柱俱不合"的眉批呢？合理的推测是继承了母本。如果崇祯本是根据今本词话改编的，不用说，这个母本就是现存的《新刻金瓶梅词话》。但是，我们现在看到的十卷本词话，虽四柱不合，却并无这条批语，其它回也无批语。那么它只能来自一个我们现在已经看不到的本子，这个本子就改编自更早的艺人本词话，有第五十三至五十七回，西门庆八字仍未改，但已经有人加批①。

三、现存词话本中是否讳"由"的问题

现存词话本中"花子由"与"花子油"并出。在这里，笔者引用马征和鲁歌先生的一段文字：

1986—1987 年，笔者和鲁歌先生一起进行了一项繁琐而浩大的工程：把《金瓶梅》的各种版本汇校一遍，发现这个词话本为避皇帝名讳，改字的情况很突出。我们统计，从第十四回到六十一回，刁徒泼皮"花子由"这个名字出现了 4 次，但第六十二、六十三、七十七、八十回中，却一连 13 次将这一名字改刻成了"花子油"，这是为了避天启皇帝朱由校的名讳。由此可窥，从第六十二回起，它必刻于朱由校登基的 1620 年夏历九月初六日以后②。

黄霖先生也引用了此段文字，认为，"这一事实，的确有力而生动地说明了《金瓶梅词话》刊刻的过程：假如这一百回的大书从万历四十五年（1617）由东吴弄珠客作序而牙雕的话，刻到第五十七回时泰昌帝朱常洛还未登基，刻到第六十二回时，天启帝朱由校已经接位，故在以后的各回中均避'由'

---

① 梅节：《瓶梅闲笔砚——梅节金学文存》，北京：北京图书馆出版社，2008 年版，第 150 页。
① 马征：《〈金瓶梅〉悬案解读》，成都：四川人民出版社，2004 年版，第 266—267 页。

字讳，而第九十五、九十七回中的'吴巡检'尚未避崇祯帝朱由检的讳，故可确证这部《金瓶梅词话》刊印于天启年间。"[①]

其实，马征、鲁歌二位先生的统计是有误的。笔者只好把第六十一回前的 5 个例句抄录于下[②]：

1. 第十四回二叶 B 面 9 行：大哥唤作花子由。

2. 第十四回五叶 A 面 9 行：……分给花子由等三人回缴。

3. 第十四回五叶 A 面 9 行：子由等还要当厅跪禀。

4. 第三十九回九叶 B 面 10 行：良久，吴大舅、花子油都到了[③]。

5. 第六十一回十九叶 B 面 3 行：花子由自从开张那日吃了酒去……

以上 5 个例句，马征、鲁歌二位先生可能漏计了第 4 句。但恰好，第 4 句第三十九回的"由"作"油"，所以我们就不能认为，"从第六十二回起，它必刻于朱由校登基的 1620 年夏历九月初六日以后"，这样的推论就不能成立。

梅节先生曾对笔者分析指出，天启、崇祯的馆臣，是不会选用污浊的"油"字，来代替先帝和今上的御名"由"字。如果讳"由"为"油"，词话的"由"是常用字。为何均不讳，只出现花大的部分名字。

其实，词话中出现同音二名，并不止花子由、花子油一个，而是大量的。如孙雪娥、孙雪蛾，绣春、秀春，杨宗宝、杨宗保，雷起元、雷启元，张懋德、张懋得，任医官、任乙官等，是词话原为以声音为表达功能的说听文学被记录下来，成为以文字符号为表达功能的写读文学，因过于粗糙，是以出现这种现象。

[①] 黄霖：《〈金瓶梅〉词话本与崇祯本刊印的几个问题》，《河南大学学报社科版》，2006 年第一辑。

[②] 《新刻金瓶梅词话》：影印日本 1963 年版大安本，台北里仁书局，2012 年版。
《新刻金瓶梅词话》：北京：人民文学出版社，1991 年版。

[③] 戴鸿森校点：《金瓶梅词话》，1985 年版，第 500 页校记 [27]："花子由"，"由"原作"油"，据第十四回首出改。

艺人本《金瓶梅》原为大众口头文学，打谈的常利用字的不同音义，制造噱头，进行调笑。"由""油"同音，但含义不同。作者对花家四兄弟取名有贬意：花子油、花子光、花子虚、花子华（花），集最后一字即为"油、光、虚、华"，作"油"则不误，是直标其意。

朱由校、朱由检两朝，不仅不会讳"由"为"油"，并且宫内也讳"油"，刘若愚《酌中志·见闻琐事杂考》称："先帝（指天启朱由校）御名，凡宫中所用油，皆更之曰'芝麻水'。油漆作改作'漆作'。"

所以，词话本中出现的"油"，并不是避天启朱由校讳，也就不能断定现存词话本就刊于天启年间。现存崇祯本避"由"为"繇""检"为"简"，才是避崇祯帝讳。"不过，万历末年刊行的文人本《金瓶梅》，当时还没有避讳。现在所见的全像、加评的崇祯本，应是第二代刊本。"①

四、关于第五十三至五十七回

沈德符在《万历野获篇》卷二十五记载，

今惟麻城刘延白承禧家有全本，盖从其妻家徐文贞录得者。又三年，小修上公车，已携有其书，因与借抄挈归。吴友冯犹龙见之惊喜，怂恿书坊以重价购刻；马仲良时榷吴关，亦劝予应梓人之求，可以疗饥。予曰：此等书必遂有人板行，但一刻则家传户到，坏人心术，他日阎罗究诘始祸，何辞置对？吾岂以刀锥博泥梨哉！仲良大以为然，遂固箧之。未几时，而吴中悬之国门矣。然原本实少五十三回至五十七回，遍觅不得，有陋儒补以入刻，无论肤浅鄙俚，时作吴语，即前后血脉，亦绝不贯穿，一见知其赝作矣……

---

① 梅节：《瓶梅闲笔砚——梅节金学文存》，北京：北京图书馆出版社，2008年版，第57页。

文后有编者按语：据《游居沛录》载，小修于万历三十七年己酉（1609）十一月抵京，登年春闱揭后落第，即随中郎南归，在京三月……据《吴县志·职官表》载，其（指马仲良）"榷吴关"时为万历四十一年癸丑（1613）[①]。万历三十七年，袁小修（即袁中道）已还是抄本，万历四十一年，还未付梓；"未几时，而吴中悬之国门"，是指万历四十一年以后的某时。

有关沈德符的这段文字，各位专家都作了详细的分析。

王汝梅先生认为："词话本五十三至五十四回，与前后文脉络基本贯通，语言风格也较一致。而崇祯本五十三至五十四回，在语言风格上与前后文不相一致，描写粗疏，改写者艺术修养不高。"[②]如果崇祯本是据现存词话本改写，怎么会越改越糟呢？

魏子云先生认为："沈德符（《万历野获编》）的这句'有陋儒补以入刻'的话，应是指的廿卷本，不是十卷本。"[③]"如有一部无崇祯帝避讳字，这一部便可能是早于十卷本的廿卷本刻本了。"[④]

马征先生认为，沈德符所说的"陋儒补以入刻"的这五回，也是指他当时所见的初刻本，如今这个本子已经失传，并非指现存的十卷本《新刻金瓶梅词话》[⑤]。

韩南先生认为："最早的 B 版不可能从任何 A 版派生出来，因为任何一位编辑会用 B 版第五十三至五十四回来代替显然是较好的 A 版第五十三至

---

① 黄霖：《〈金瓶梅〉资料汇编》，北京：中华书局，1987 年版，第 230—231 页。

② 王汝梅：《金瓶梅探索》，长春：吉林大学出版社，1990 年版，第 53 页。

③ 魏子云：《魏子云著作集·金学卷》，台北：台湾万卷楼图书股份有限公司，2015 年版。第四卷《金瓶梅散论》之"《金瓶梅》这五回"，第 515 页。

④ 魏子云：《魏子云著作集·金学卷》，台北：台湾万卷楼图书股份有限公司，2015 年版。第四卷《金瓶梅散论》之"《金瓶梅》这五回"，第 539 页。

⑤ 马征：《〈金瓶梅〉悬案解读》，成都：四川人民出版社，2004 年版。

五十四回，则是不可思议的。"①

　　梅节先生在词话本与说散本的关系上，更进一步指出，现存崇祯本并非改编自现存词话本，现存崇祯本为第二代说散本，之前还存在一个更早的第一代说散本，即为"吴中悬之国门"的初刊本，该初刊本无避讳。现存崇祯本不仅不是改编自今本词话，相反，今本词话还部分参照了说散本校改过，录入了一些改文。

五、现存词话本曾大量校入说散本的改文

　　梅节先生从八十年代中期开始校勘《新刻金瓶梅词话》，从文本出发，在最扎实的文本校勘过程中，积累了许多新的素材，提出了许多新观点。在"金学"界首先提出了今本词话曾据文人改编的第一代说散本校改过，录入了说散本的一些异文，其证据就是今本词话的许多重文均来自说散本。

　　（一）今本词话回末诗词的重复。

　　1. 在第三十五回词话本回末：

　　　　正是：恨小非君子，无毒不丈夫。毕竟未知后来何如，且听下
回分解。
　　　　正是：只恨闲愁成懊恼，如（始）知伶俐不如痴。

　　梅节先生分析，今本词话此处把两本的结尾合并在一起，前个"正是"是词话原来结尾，后个"正是"是说散本结尾，是文人改编时不满词话联语而另拟②。

---

① 包振南等编选：《〈金瓶梅〉及其他》，长春：吉林文史出版社，1991年版，第54页。其中A版是指词话本，B版是指崇祯本。
② 梅节：《瓶梅闲笔砚——梅节金学文存》，北京：北京图书馆出版社，2008年版，第158—159页。

2. 在第五回词话本回末：

> 正是：三光有影遗谁槧，万事无根只自生。毕竟西门庆怎的对
> 何九说，要知后项如何，且听下回分解。雪隐鹭鸶飞始见，柳藏鹦
> 鹉语方知。

现存崇祯本结尾：三光有影谁能待，万事无根只自生。雪隐鹭鸶飞始见，柳藏鹦鹉语方闻。

词话本结尾通篇都以"……且听下回分解"为结束语，这两回回末又出现两句联语，而这联语又恰恰出现在说散本中，很明显是词话本据说散本校入的改文，值得深思。

（二）词话正文百回，通部一事一赞，但却出现了两个例外。

1. 第二十八回词话开头，接上回之大闹葡萄架，有赞语：

> 是夜二人淫乐为之无度。有诗为证：
> 战酣乐极，云雨歇。娇眼乜斜，手持□□犹坚硬。告才郎，将
> 就些些。满饮金杯频劝，两情似醉如痴。
> 雪白玉体透帘帏，口赛樱桃手赛荑。
> 一脉泉通声滴滴，两情吻合色迷迷。
> 翻来覆去鱼吞藻，慢进轻抽猫咬鸡。
> 灵龟不吐甘泉水，使得嫦娥敢暂离。

梅节先生分析，艺人本回前诗多用律诗（主要是七律），四大奇书多如此。文人本嫌其不雅，多改用词。该处词话本明作"有诗为证"，却下加了一首词。偏说散本作"有词为证"，即为该词，而无诗。说散本改诗为词，多少看出改编者的文学趣味。词话本与说散本的词中，"乜斜"同误"（乜）斜"。

如果说散本在后，文人改编，难道也照抄词话本，连误字也照抄吗？唯一可信的是，是词话本参考了说散本，虽然诗词前标为"有诗为证"，却还明显错误的录入了说散本的词①。

2.第七十九回前半回"西门庆贪欲得病"，词话本正文有：

> 看官听说：一己精神有限，天下色欲无穷。又曰：嗜欲深者，其天机浅。西门庆自知贪淫乐色，更不知油枯灯尽，髓竭人亡。原来这女色坑陷得人有成时必有败。古人有几句格言道得好：
>
> 花面金刚，玉体魔王，绮罗妆做豺狼。法场斗帐，狱牢牙床。柳眉刀，星眼剑，绛唇枪。口美舌香，蛇蝎心肠，共他者无不遭殃。纤尘入水，片雪投汤。秦楚强，吴越壮，为他亡。早知色是伤人剑，杀尽世人人不防。
>
> 二八佳人体似酥，腰间仗剑斩愚夫。
>
> 虽然不见人头落，暗里教君骨髓枯。

说散本自"原来这女色"起作"正是起头所说"，接"二八佳人"一绝，无"花面金刚"格言。梅节先生分析，"原来这女色坑陷得人有成时必有败"是《词话》原来文字。在第六回写西门庆贪恋金莲"情沾肺腑，意密如胶"时，已提到"原来这女色坑陷得几时必有败"（文字有讹夺），至此重提，显然呼应前者。词话原本只有格言而无诗②。"二八佳人"一绝，在词话本是首次出现，是诗而非格言；在说散本中是第二次出现了，正好与第一次在第一回回首引词中出现互为照应。可以看出，词话本出现得有些蹊跷，"古人有几句格言道得好"，明说是"格言"，怎么又会出现诗呢？

---

① 梅节：《瓶梅闲笔砚——梅节金学文存》，北京：北京图书馆出版社，2008年版，第47—48页。

② 梅节：《瓶梅闲笔砚——梅节金学文存》，北京：北京图书馆出版社，2008年版，第48—49页。

梅节先生指出，《词话》原本只是一事一赞，没有双赞词之例。以上二例的分析，已经很清楚，不可能是词话本原有，而是据说散本校入。

由以上两个方面的例子得出，今本词话确据说散本校改过。我们据此再去分析一些文字的重叠现象，也就顺理成章了。

（三）第八十七回词话本"我今胡乱与他一二十两银子满纂的就是了"。说散本无"满纂的"三字。梅节先生分析，词话的编撰者是民间艺人，多用土语方言。文人改编本不懂，加以"改译"。这些"改译"却回到词话本。可能是因为说散本改编者不懂"满纂"的正确含义，臆改为"就是了"。但"满纂"为词话原文，已经在第二十回出现"就是揭实枝梗，使了（个）三两金子满纂"。但此处"满纂"说散本又改作"满顶了"。所以在第八十七回一处，说散本的改文，出现在了今本词话中，就是今本词话参考了说散本，录入了改文。①

（四）第二十三回词话本："冷合合的，睡了吧，怎的只顾端详我的脚怎的。"两个"怎的"重叠，说散本只有前一"怎的"，而词话的习惯表达形式是"只顾端详我的脚怎的"，即将疑问词放置在句子的后面。此也是校入了说散本改文前一"怎的"②。

（五）第九十五回词话本："我的好娘，人家我却一点儿也吃不的了。""人家""我"重文，说散本无"人家"二字。是词话本据说散本校入"我"，造成重文。

类似的例子，不再一一例举，梅节先生的文章中已有详细论述③。由以上例子可以看出，现存词话本中，句意表达的重复文字，都是崇祯本里

---

① 梅节：《瓶梅闲笔砚——梅节金学文存》，北京：北京图书馆出版社，2008 年版，第 47 页。

② 梅节：《瓶梅闲笔砚——梅节金学文存》，北京：北京图书馆出版社，2008 年版，第 42 页。

③ 梅节：《瓶梅闲笔砚——梅节金学文存》，北京：北京图书馆出版社，2008 年版，第 40、154、243 页。

的文字，我们没有理由不相信，是今本词话本在刊刻时参考了第一代说散本，使之重文。

六、综述

总之，最初在社会上流传的是艺人们打谈的说唱底本，不断积累，成为了第一代艺人本。在万历二十年前后流传进文人圈子，经文人改编传抄，而成为一种供案头阅读的文人本——廿卷本《金瓶梅》。到万历末，便有"吴中悬之国门"的刻本，此刻本就是廿卷本《金瓶梅》，我们把它称之为第一代说散本，没有避讳。由于销路不错等原因，有书林人士又根据艺人本在天启末崇祯初刊出《金瓶梅词话》。因为时间紧迫，在刊出时参考了第一代说散本文本，稍作修改，便急急刊行，所以出现了现存词话本中那些较为明显的错误。

2016 年 7 月 7 日草于华埠梦红轩中

2016 年 7 月 12 日修改

《金瓶梅》对享乐生活的拆解与重构

吕安妍

一、市井之味：正视现实生活

研究《金瓶梅》领域者，对于笑笑生的身份多有推测：或认为是服务通俗文化的书会才人，或认为是关乎政治讽刺的官僚名士。梅节先生根据小说的内容、取材、叙事结构、语言特性，认为《金瓶梅》原是"听的平话"，作者为中、下层知识分子；而今本词话本是民间说书人的一个底本[①]，因此《金瓶梅词话》是异于《剪灯新话》《如意君传》《水浒传》等案头文章的口头文学作品，是中国小说发展史上难得保留下来的"活化石"。

《金瓶梅》的特色在于不歌颂英雄传奇，而以民间生活琐事为内容。孙述宇说："日常的小事并不容易写，写出来也不易讨好，因为人的心理都是只注意非常的大事。《金瓶梅》里充满了琐事，而竟然能吸引读者，是有原因的，比较浅显的一点，是作者能够看到日常生活里的风趣，而且把这种风趣写出来。"[②] 胡衍南说："（《金瓶梅》）拖沓反复的生活书写，不厌精细的日常交代，琐碎松散的结构铺陈……是因为对日常生活事物有着近乎偏

[①] 梅先生提出《金瓶梅词话》的几处特殊结构：（一）具有"因说""又问"等能帮助听众掌握理解之类的指示词；（二）书帖中署名前的"下书"乃是说书人所加；（三）从第三人称到第二人称的转换，是从冷静的旁白口吻到模仿故事人物口吻切换的痕迹。《论〈金瓶梅词话〉的叙述结构》，收录于《金瓶梅研究（第六辑）》，北京：知识出版社，1999年6月，第40页。

[②] 孙述宇：《金瓶梅的艺术》，台北：时报文化出版事业有限公司，1979年版，第9页。

执的喜好。"①这些着重琐碎片段的书写异于传统古典小说的大叙述（grand narrative），打断对情节的掌握而让我们的感官停滞在耳目声色之愉。因此，《金瓶梅》表现出正视生活的气味，其中"反对道学"的部分，很能呈现异于其他小说颂扬礼教的特色。

钟阿城说："后世将孔子立为圣人，而不是英雄，有道理，因为圣人就是俗人的典范，样板，可学。"②小说中的吴月娘代表着一种"圣人样板"，故事叙述她"秉性贤能，夫主面上百依百随。"（第一回）"为人一生有仁义，性格宽洪，心慈好善，看经布施，广行方便。一生操持，把家做活，替人顶缸受气，还不道是。"（第四十七回）然而月娘表面上的宽厚，在作者笔下成了讽刺的可能。第二十一回西门庆迎娶李瓶儿，金莲向月娘嚼舌，导致西门庆夫妻起冲突，造成两人冷战。小说描绘：

> 原来吴月娘自从西门庆与她反目不说话以来，每月吃斋三次，逢七焚香拜斗，保佑夫主早早回心，齐理家事……

西门庆听了她的祝祷后，和她和好如初。隔日正巧孟玉楼召集众人设宴，请西门庆赏雪，吴月娘在这场宴会中亲自扫雪为众人烹茶。潘金莲听了孟玉楼的转述得知西门庆夫妻和好，于是故意让玉箫唱"佳期重会"。而后故意绊倒瓶儿，还怪乔叫起来，引发西门庆不满，说道："怎一个小淫妇！昨日叫丫头们平白唱'佳期重会'，我就猜是他干的营生。"玉楼道："'佳期重会'怎么说？"西门庆道："他说吴家的不是正经相会，是私下相会。恰似烧夜香，有心等着我一般。"在此，月娘的"温良恭让"，成了一种取

---

① 见胡衍南著：《绪论：明清长篇世情小说的轨迹》，《〈金瓶梅〉到〈红楼梦〉》，台北：里仁书局，2009年，第14页。

② 钟阿城：《闲话闲说——中国世俗与中国小说》，台北：时报出版社，1997年，第41页。

悦丈夫的手腕，而不是对妇女的赞美。

除此之外，第六十二回李瓶儿病死，月娘将瓶儿衣物打点出来后，"便将房门锁了"；第八十五回西门庆死后，她把春梅卖了，还吩咐小玉"不许带一件衣服，罄身出去"。第八十六回打发金莲，"箱子与她一个，轿子不许他坐。"第八十八回明知陈经济为人，还将西门大姐赶了出去，最后逼得她自缢而亡。小说虽道吴月娘秉性仁厚，实际却暗讽她仁厚底下的奸险。

另外，小说第六十九回作者描绘西门庆因不满李桂姐与王三官相好，于是在郑爱月的怂恿下决定"淫其妻母"，对王三官母亲林太太下手。小说描绘西门庆进入王招宣府看到"节义堂"、"传家节操同松竹"等字眼，到两人欢后西门庆"躬身领诺，谢扰不尽"，讽刺贞节假象，突出作伪生弊的事实。

这种推翻样板的笔法，一反小说歌颂美善传统俗套，而呈现出根植于现实，回归人性欲望本质的特色。

二、繁华之腐：歌颂物质享乐

梅先生在《〈金瓶梅〉成书的上限》一文中提到，《金瓶梅词话》第六十六回提到的"新河"与"南河改徙"是明中叶以后河运史上的大事，此说明词话本成书上限必在嘉靖以后，且不能早于万历五年八月[①]。《金瓶梅》一书，抄本最早于万历二十四年十月面世，万历二十七年，《金瓶梅》已流传在江南名士手中。

四百多年前的晚明，与现代城市的绚灿夺目不可同日而语，然其成熟的商业文化却已具备消费社会的雏型，因而被誉为"中国文化史上最繁华的年代"[②]；明朝自万历年间推行"一条鞭法"征收白银后，由于赋税繁重

---

① 梅节：《〈金瓶梅〉的成书上限》，收录于《金瓶梅研究》，江苏：江苏古籍出版社，1990年版，第91页。

② ［英］史景迁：《前朝梦忆——张岱的浮华与苍凉》（台北：时报出版社，2009年），第10页。

使得农村人民流入城市为工为商，到了中后期发展出近似现代商业都市的样貌①；巫仁恕认为晚明已具有现代城市的规模②，王正华也指出晚明时人对于城市的印象之一，即其消费性格③。美国汉学家牟复礼（Frederick.W.Mote, 1922—2005）提出晚明的"城市态度"（city.attitude）确实存在④。

《金瓶梅》是"一巨幅逼真地展示明代中后期，商品经济萌动下市井大众的风情画卷"⑤，小说地点的安排前八十回设定在东平府清河县；第四十七回、第四十八回苗青命案与后二十回则设定于临清县。"清河"与"临清"两座城市皆位处京杭大运河之滨，大运河自永乐年间贯通后，即成为明王朝南北交通和商业运输的重要通道，此安排使小说中各色纷陈的商品来源有所依据，更为西门庆藉"水"上下通行提供充分条件。清河，自宋代始即是大郡，《水浒传》中武松思乡要回清河，却于阳谷巧遇武大；《金瓶梅》将武氏兄弟故乡改为阳谷，故事主要发生地点搬到清河；此更动既可衔接水浒故事并且接壤临清。临清位于南北交通要冲，扼两京之咽喉，在明代中叶乃极其繁荣的大城，正如小说第九十二回叙述："到了临清，这临清闸上是个热闹繁华大码头去处，商贾往来之所，车辆辐凑之地，有三十二条花柳巷，七十二座管弦楼。"

---

① 见傅衣凌著：《明清时代商人及商业资本》，北京：中华书局，2008 年版，第 47 页。

② 巫仁恕认为晚明已具有现代城市的规模，参见《品味奢华：晚明的消费社会与士大夫》，北京：中华书局，2008 年版，第 47 页。中国学者李平说，"古代都市人原本都是陌生人，聚集在一起需要特别沟通。早先乡村血缘纽带没有了，人们迫切需要营造私人和公共的交际网络，这样一来，交往自然就频繁而多样化。"中国古代都市可包括两种情况，"一是作为古代政治中心的都城，二是作为古代工商业中心的大城市。这两种有时候是重迭的。"此外，"宋代以后，大量农村人口涌向都市，同时各色人等在古代都市五方杂处，这种突出的城市现象在东西方是类似的。"参见《论都市空间的类型及其演进》，收录于《都市空间与文化想象》，上海：三联书店，2008 年版，第 186—188 页。

③ 王正华：《过眼繁华：晚明城市图、城市观与文化消费的研究》，收录于《中国的城市生活》，台北：联经出版社，2005 年版，第 1—57 页。

④ 参见巫仁恕：《品味奢华：晚明的消费社会与士大夫》，北京：中华书局，2008 年版，第 48 页。

⑤ 许超：《〈金瓶梅〉方言溯源》，《金瓶梅与清河》，长春：吉林大学出版社，2010 年版，第 40 页。

梅先生认为《金瓶梅词话》的诞生，和说书艺人有密切的关连。据梅先生考据：

> 明清两代，京杭大运河是国家大动脉，从淮安到杭州，从南京到上海，两条河道所经流域，是中国最富庶的地区。《金瓶梅》书中称淮安、清江浦为"淮上"，称扬州为"下州"，称淮河为"南河"，清河应为淮扬地区的南清河。因此，《金瓶梅》的言语，是大运河言语，与《西游记》最接近，同属下江官话。长淮控天下之中，不仅是南北交通转运的大码头，而且也是全国造船业大工场。据明《漕河志》记载，从嘉靖三年起，全国运粮漕船统归清江厂团造。共有八十二家船厂，设于山阳、清河之间，栉比鳞次，连绵三十里，工匠在苏杭淮阳各地招募。加上仪真、芜湖运木工人，漕船押运军人（每艘十人），南方送粮清江入仓待运人丁，淮上流动人口不下十万。说书艺人选择这里设场，大有道理。[1]
>
> 财富因为可以支撑消费活动而带来某种程度的欢快，《金瓶梅》中描绘饮食的豪奢、衣饰的竞逐、珍玩的炫示，无不诠释了物质对人物个性与权力的影响，表现出以享乐为依归的城市风华。

《金瓶梅》开始描绘西门庆家的饮食其实相当简朴，只有普通的几盘酒菜：如第十八回"放了桌儿饮酒，菜蔬都摆在面前"；"炕桌儿上摆着四碟小菜，吃着点心"。第十九回"把别的菜蔬都收下去，只留下几碟细果子儿，筛一壶葡萄酒来我吃"。所食皆只用"菜蔬""小菜""点心"一类带过。

直到迎娶李瓶儿，发迹变泰之后，饮食便华奢起来。如第二十一回孟玉

---

[1] 梅节：《从文本看〈金瓶梅〉的作者》，收录于《2012台湾〈金瓶梅〉国际学术研讨会论文集》，台北：里仁书局，2013年版，第20页。

楼生日，"摆上上寿的酒，并四十样细巧各样的菜碟儿上来。壶斟美酝，盏泛流霞"。第三十六回"令小厮拿两个桌盒，三十样都是细巧果菜、鲜物下酒"。第四十二回"吩咐来兴儿，拿银子早定下蒸酥点心并羹果食物"。第四十五回"大盘大碗汤饭点心、各样下饭。酒泛羊羔，汤浮桃浪"。所食动辄食前方丈，开始讲究排场。

第三十四回更以旁白的口吻细述西门家生活之铺张：

> 李瓶儿还有头里吃的一碟烧鸭子、一碟鸡肉、一碟鲜鱼没动，教迎春安排了四碟小菜，切了一碟火熏肉，放下桌儿，在房中陪西门庆吃酒。西门庆更不问这嗄饭是那里的，可见平日家中受用，这样东西无日不吃。

西门庆升官发迹后，所得到的馈赠也越发特别，不同于一般百姓：

> 西门庆陪伯爵在翡翠轩坐下，因令玳安放桌儿："你去对你大娘说，昨日砖厂刘公公送的木樨荷花酒，打开筛了来，我和应二叔吃，就把糟鲥鱼蒸了来。"（第三十四回）

"鲥鱼"的珍贵，第五十二回有更精细的绘写：

> 桌上还剩了一盘点心，谢希大又拿两盘烧猪头肉和鸭子递与他。李铭双手接的，下边吃去了。伯爵用箸子又拨了半段鲥鱼与他，说道："我见你今年还没食这个哩，且尝新着。"西门庆道："怪狗才，都拿与他吃罢了，又留下做甚么？"伯爵道："等住回吃的酒阑上来，饿了，我不会吃饭儿？你们那晓得，江南此鱼一年只过一遭儿，吃到牙缝别出来都是香的。好容易！公道说，就是朝廷还没吃哩！

不是哥，这谁家有？"

在这段文字里，可以看到应伯爵对江南名物——"鲥鱼"的贪恋，因其自江南远道而来，竟不忍全部分给李铭食用。此外，令人印象深刻还有几种甜点如"顶皮酥果馅饼"（第三十四回）、"烧甜香儿饼"（第三十五回）、"白糖万寿糕、玫瑰搽穰卷儿"（第三十九回）、"裹馅寿字雪花糕"（第四十回）、"浑白与粉红两样上面都沾着飞金，如甘露洒心，入口即化"的"酥油鲍螺"（第五十八回）；第四十六回更出现了"香甜美味，入口而化"的"玫瑰元宵"。这些"珍品艳物"的细描也随着西门庆的富裕而愈加精致高档，挑逗着读者的视觉与味蕾；第六十七回应伯爵吃到一样犹如饴蜜，细甜美味，不知甚物："莫非是糖肥皂吧！"西门庆说："糖肥皂哪有这等好吃！……狗才过来，我说与你罢，你作梦也梦不着，是昨日小价杭州船上捎来，名唤做衣梅。都是各样药料，用蜜炼制过，滚在杨梅上，外用薄荷橘叶包裹，每日清晨噙一枚在口内，生津补肺，去恶味，煞痰火，解酒克食。"还有让温秀才赞叹不已的"出于西域，非人间可有。沃肺融心，实上方之佳味"的牛奶子。在这些如画的文字中，可知许多佳味乃出于江南城镇，作者藉旁人之口说明山东西门庆所享用的远方珍味非凡人可见，可知时人对饮食的讲究。

至于《金瓶梅》所显现的衣饰与珍玩，可窥见明末鼎盛的物质文化之一斑。第十回写李瓶儿从梁中书家逃出时即携带"一百颗西洋大珠"；第十二回祝实念在桂姐家盗走了一面"水银镜子"；第五十五回西门庆送蔡太师礼物中有"西洋布二十匹"。可知当时社会已有海外输入之货物供富人购买。其中，服饰的竞比呈现出明代中后期社会迷恋物品的风气。如《金瓶梅》中第十五回描绘元宵灯会，潘金莲"一径把白绫袄袖子儿搂着，显他那遍地金掏袖儿，露出那十指春葱来，带着六个金马镫戒指儿，探着半截身子，口中嗑瓜子儿，把嗑的瓜子皮儿都吐落在人身上，和玉楼两个嘻笑不止"。透过路人的口吻道：

一个猜："一定是那公侯府第里出来的宅眷"，一个又猜："是贵戚王孙家艳妾，来此看灯。不然如何内家妆束？"

故事中的人物藉衣饰表现自我，物品成了自我个性与身分的延伸，商品能使人们跨越阶级的鸿沟，城市提供了商品及舞台，让人物竞比展示身分及权力。其他例子还有女性贴身的汗巾：

李瓶儿道："我要一方老金黄销金点翠穿花凤汗巾。"经济道："六娘，老金黄销上金，不现。"李瓶儿道："你别要管我。我还要一方银红绫销江牙海水嵌八宝汗巾儿、又是一方闪色芝麻花销金汗巾儿。"经济便道："五娘，你老人家要甚花样？"金莲道："我没银子，只要两方儿够了。要一方玉色绫琐子地儿销金汗巾儿。"经济道："你又不是老人家，白刺刺的，要他做甚么？"金莲道："你管他怎的！戴不的，等我往后有孝戴！"经济道："那一方要甚颜色？"金莲道："那一方，我要娇滴滴紫葡萄颜色四川绫汗巾儿。上销金，间点翠，十样锦，同心结，方胜地儿——一个方胜儿里面一对儿喜相逢，两边栏子儿都是缨络珍珠碎八宝儿。"经济听了，说道："耶口乐，耶口乐！再没了？卖瓜子儿打开箱子打噎喷——琐碎一大堆。"（第五十一回）

从买汗巾的桥段，除了展现李、潘两人财力上的悬殊，藉由物品的样式亦可见其人物的个性：瓶儿华贵，金莲琐碎。

第七十三回孟玉楼生日，西门庆请吴大舅与应伯爵应邀吃酒，其中描绘了男主人的装束：

伯爵灯下看见西门庆白绫袄子上，罩着青缎五彩飞鱼蟒衣，张牙舞爪，头角峥嵘，扬须鼓鬣，金碧掩映，蟠在身上，唬了一跳，问："哥，这衣服是那里的？"西门庆便立起身来，笑道："你们瞧瞧，猜是那里的？"伯爵道："俺们如何猜得着。"西门庆道："此是东京何太监送我的。我在他家吃酒，因害冷，他拿出这件衣服与我披。这是飞鱼，因朝廷另赐了他蟒龙玉带，他不穿这件，就送我了。此是一个大分上。"伯爵极口夸道："这花衣服，少说也值几个钱儿。此是哥的先兆，到明日高转，做到都督上，愁没玉带蟒衣？何况飞鱼！只怕穿过界儿去了！"

西门庆穿着京师何太监送的飞鱼蟒衣为当时二品大官或锦衣卫之朝服，令应伯爵大为惊叹，这种被外人赞赏羡慕的心态，正是僭越产生满足感的来源①。除此之外，第三十一回西门庆又做了一条非凡的犀角带，应伯爵也赞叹道：

别的倒也罢了，只这条犀角带并鹤顶红，就是满京城拿着银子也寻不出来。不是面奖，就是东京卫主老爷玉带金带也有，也没这条犀角带。这是水犀角，不是旱犀角。旱犀角不值钱。水犀角号作通天犀，你不信，取一碗水，把犀角安放在水内，分水为两处，此为无价之宝。又夜间燃火照千里，火光通宵不灭。因问："哥，你使了多少银子寻的？"西门庆道："你们试估估价值。"伯爵道："这个有甚行款，我们怎么估得出来！"西门庆道："我对你说了罢，此带是大街上王昭宣府里的带。昨日晚间，一个人听见我这里要，

---

① ［英］约翰伯格说："魅力的力量，寄寓于设想的快乐。"见约翰伯格著：《艺术观赏之道》，第50页。

巴巴来对我说。我着贲四拿了七十两银子，再三回了他这条带来。
他家还张致不肯，定要一百两。"伯爵道："且难得这等宽样好看。
哥，你明日系出去，甚是霍绰，就是你同僚间，见了也爱。"

由此可知这条"水犀角带"价值连城，稀有难得。西门庆的装饰从衣着
到配件层层出奇，托衬西门庆的身分地位。此外，于家居摆饰上也更加讲究。
第四十五回中，西门庆的两架屏风，让谢希大拍手叫好：

> 你看这两座架，做的这功夫，朱红彩漆，都照着官司里的样范，
> 少说也有四十斤响铜，该值多少银子？怪不的一物一主，哪里有哥
> 这等大福，偏有这样巧价儿来寻你的！

在这段叙述中，这两架屏风质地坚实，价值不菲；除此，第六十一回，
刘太监送了二十盆装在官窑盆里的菊花：

> 伯爵只顾夸奖不尽好菊花，问："哥这那里寻的？"西门庆道：
> "是管砖厂刘太监送我这二十盆。"伯爵道："连这盆？"西门庆道：
> "就连这盆都送与我了。"伯爵道："花倒不打紧，这盆正是官窑
> 双箍澄浆盆，又吃年代，又禁水漫。都是用绢罗打，用脚跐过泥，
> 才烧得造这物儿。与苏州澄浆砖一个样儿做法，如今哪里寻去？"

"官窑双箍澄浆盆"质量极佳，耐用又不怕水，乃名贵非常之物。其中
还提到苏州澄浆砖，显示当时奢靡之风扩及瓶盆容器。第七十四回又有宋御
史所见到的"八仙捧寿流金鼎"：

> 宋御史见西门庆堂庑宽广，院子幽深，书画文物极一时之盛。

又见挂着一幅□阳捧日横批古画，正面螺钿屏风，屏风前安着一座
八仙捧寿的流金鼎，约数尺高，甚是做得奇巧。见炉内焚着沉檀香，
烟从龟鹤鹿口中吐出，只顾近前观看，夸奖不已。问西门庆："这
付炉鼎造得好！"

小说中描述了许多精致的明代家具，其他还有"醉翁椅儿"（第二十七回、
第六十七回、第八十三回）、"黑漆欢门描金床，大红罗圈金帐幔，宝象花拣妆"
（第九回）、"螺钿敞厅床，两边隔扇都是螺钿攒造花草翎毛，挂着紫纱帐幔，
锦带银钩"（第二十九回）、"大理石床"（第五十二回）、"八步彩漆床"
（第九十二回）、"蜻蜓腿，螳螂肚，肥皂色起楞的桌子"、"泥鳅头、楠
木靶肿筋的交椅"（第五十回）。如此琳琅满目，更强调西门庆财富之雄厚
与因之建立的物质王国。

综上所述，商品并不止于蔽体保暖而已，更具有精神上的意义。商业化
社会使货币、商品成为衡量个人价值的重要指针，追逐商品的过程也交缠着
自我感觉的建立，表现明代中晚期恋世、悦己的享乐文化。

三、清明之眼：思索享乐意义

西门庆的泼天富贵不仅流露在饮食、衣饰的挥霍奢侈，更表现在性爱的
无度需索，最终使他因过度耗损自己的身体而死。小说描绘他狂肆的纵欲始
于胡僧药，得药之后其性行为发生频率越来越高，于七十八回连续与贲四嫂、
林太太、如意儿性交后，又与王六儿交欢，最终进入潘金莲房内，被金莲喂
食剩下的四粒胡僧药，脱阳垂死，潘晚夕不管好歹，还骑在他身上，倒浇蜡
烛掇弄，死而复苏者数次。"那不便处肾囊胀破了，流了一滩鲜血，龟头上
又生出疳疮来，流黄水不止。"到了正月二十一日，呜呼哀哉，断气身亡。

潘金莲的一生，呈现欲望的"求不得苦"。她追逐幸福，却一再落空；
一再落空，却仍不断追逐。潘金莲的残忍可以说是"其性格选择与存在处境

的交错"[①]；故事说她9岁被卖在王招宣府，15岁用30两银子转卖于张大户家，被张收用后嫁给猥琐的武大。她勾引武松失败，却遇到风流的西门庆。但这美好却在转瞬间消失。青楼女子的诱惑、李瓶儿的得宠，加上蕙莲、王六儿、贲四嫂、林太太的相继出现，她以为幸福能够占有，却没想到只是昙花一现；最后金莲死于武松刀下，仍旧是肇因于她对幸福的期待。

李瓶儿她先后嫁给了花子虚、蒋竹山、西门庆。她不仅富有，又诞下西门庆盼望已久的男丁，集西门庆三千宠爱于一身。成为母亲之后，李瓶儿颠覆了当初与西门庆偷情、将花子虚财产掏空的淫妇形象，全心全意呵护官哥儿，处处忍耐，事事谦让。但最后李瓶儿早已因月事期间拗不过西门庆的求欢，感染了崩漏恶疾，在雪上加霜的丧子之痛后香消玉殒。

于是我们思索，酒色财气的最终目的是什么？而人生又究竟追求什么？

《金瓶梅》是真正处理了现实人生问题的一部小说。人生的问题本脱离不了食色，若扩大来说，即是名利与情欲的满足，若一言以蔽之，在于追求幸福。故事中，女人寻找能依托的伴侣，男人追求富贵利达，似乎是千古不变的人生目的。而明代晚期的经济背景更深化了富贵的具体形象，甚至是情欲的筹码（如七十四回潘金莲在床笫间向西门庆讨皮袄穿，三十九回、四十二回、五十回、六十一回对王六儿输身西门庆后衣饰的描绘）。

然而，幸福的吊诡之处，在于它的变动、未知与相对性。我们相信谋事在人，却也相信成事在天；服膺否极泰来，却也赞同吉凶同域。潘金莲出身贫困，努力谋求，最后一无所获，于是我们说"命里无时莫强求"；李瓶儿富贵、受宠、得子，但最后却短命而死，我们说是"造化弄人"。西门庆出身小康，先靠着李瓶儿与孟玉楼累积自己的财富，而后生子加官晋爵。财富的魅力、

---

① 佛洛姆（Erich Fromm，1900—1980）认为为了想是生命有意义，人必然有着性格根源的热情，这是主动的内在驱使力，基于性格原则与存在处境的交错，可能是爱的激情，也可能表现为破坏残忍。参见乐衡军《意志与命运》，第24页。

帮闲妓女的曲意奉承、女人无不投怀送抱，山珍海味、绫罗绸缎、财货古玩、激情性爱，我们说他"命运亨通"，但最后却因亨通而无所不为，最终纵乐而死。

这样看来，我们追求幸福，期待好命，是否就能得到真正的满足？

故事第二十九回吴神仙观相，从五官、头发、神色、眼神、体格、步行、手相来评判人物命运，他说："夫相者，有心无相，相逐心生；有相无心，相随心往。"根据相术原则，人的身体发肤，所有外在可见的部分，甚至包括骨骼、气色等一些介于可见与不可见之间的部份，还包括人的行为举止等所谓"杂相"，包括"行相""坐相""卧相""骨肉相""声音""言语"等，都是相术的观察内容。

其中提到西门庆：

> 智慧生于皮毛，苦乐观于手足。细软丰润，必享福禄之人也。两目雌雄，必主富而多诈；眉生二尾，一生常自足欢娱；根有三纹，中岁必然多耗散；奸门红紫，一生广得妻财；黄气发于高旷，旬日内必定加官；红色起于三阳，今岁间必生贵子。又有一件不敢说，泪堂丰厚，亦主贪花；谷道乱毛，号为淫秒。且喜得鼻乃财星，验中年之造化；承浆地阁，管来世之荣枯。承浆地阁要丰隆，准乃财星居正中。

评吴月娘：

> 娘子面如满月，家道兴隆；唇若红莲，衣食丰足，必得贵而生子；声响神清，必益夫而发福。干姜之手，女人必善持家；照人之鬓，坤道定须秀气。泪堂黑痣，若无宿疾必刑夫；眼下皱纹，亦主六亲若冰炭。女人端正好容仪，缓步轻如出水龟。行不动尘言有节，无肩定作贵人妻。

评李娇儿：

　　此位娘子，额尖鼻小，非侧室，必三嫁其夫；肉重身肥，广有衣食而荣华安享；肩耸声泣，不贱则孤；鼻梁若低，非贫即夭。额尖露背并蛇行，早年必定落风尘。假饶不是娼门女，也是屏风后立人。

评孟玉楼：

　　这位娘子，三停平等，一生衣禄无亏；六府丰隆，晚岁荣华定取。平生少疾，皆因月孛光辉；到老无灾，大抵年宫润秀。口如四字神清澈，温厚堪同掌上珠。威命兼全财禄有，终主刑夫两有余。

评潘金莲时，沉吟半日，方才说道：

　　此位娘子，发浓鬓重，目光斜视以多淫；脸媚眉弯，身不摇而自颤。面上黑痣，必主刑夫；唇中短促，终须寿夭。举止轻浮惟好淫，眼如点漆坏人伦。月下星前长不足，虽居大厦少安心。

评李瓶儿：

　　皮肤香细，乃富室之女娘；容貌端庄，乃素门之德妇。只是多了眼光如醉，主桑中之约无穷；眉眉渐生，月下之期难定。观卧蚕明润而紫色，必产贵儿；体白肩圆，必受夫之宠爱。常遭疾厄，只因根上昏沉；频遇喜祥，盖谓福星明润。此几椿好处。还有几椿不足处，娘子可当戒之：山根青黑，三九前后定见哭声；法令细缠，鸡犬之年焉可过？慎之！慎之！花月仪容惜羽翰，平生良友凤和鸾。

评西门大姐：

　　这位女娘，鼻梁低露，破祖刑家；声若破锣，家私消散。面皮太急，虽沟洫长而寿亦夭；行如雀跃，处家室而衣食缺乏。不过三九，当受折磨。惟夫反目性通灵，父母衣食仅养身。状貌有拘难显达，不遭恶死也艰辛。

评孙雪娥：

　　这位娘子，体矮声高，额尖鼻小，虽然出谷迁乔，但一生冷笑无情，作事机深内重。只是吃了这四反的亏，后来必主凶亡。夫四反者：唇反无棱，耳反无轮，眼反无神，鼻反不正故也。燕体蜂腰是贱人，眼如流水不廉真。常时斜倚门儿立，不为婢妾必风尘。

评春梅：

　　此位小姐五官端正，骨格清奇。发细眉浓，禀性要强；神急眼圆，为人急燥。山根不断，必得贵夫而生子；两额朝拱，主早年必戴珠冠。天庭端正五官平，口若涂砂行步轻。仓库丰盈财禄厚，一生常得贵人怜。

　　吴神仙离去后，西门庆问吴月娘众人所相如何？月娘对于吴神仙对于西门大姊与庞春梅的命运不以为然。西门庆说："自古算的着命，算不着好，相逐心生，相随心灭，咱们不好嚣了他的，教他相相除疑罢了。"它告诉我们，即使吉人天相也须在人事上深谙事理。小说第二十九回吴神仙看相时道："夫相者，有心无相，相逐心生；有相无心，相随心往。"（第二十九回）亦即看相是看内在人品的外显，而非固定不变的程序[1]。

由此看来，《金瓶梅》要我们思考，人的"生存"状态可能是被决定的，如潘金莲、宋蕙莲、孙雪娥等人出身不高，但是如何"生活"？西门庆选择纵欲，潘金莲选择阴狠，李瓶儿选择伤心气恼，孟玉楼选择明哲保身，宋蕙莲态度乖张，孙雪娥爱嚼舌根，庞春梅纵淫而亡，这些人物的命运，因个性或态度的外显而能被吴神仙诊断透析。因此，《金瓶梅》叩问了享乐最终的意义，我们在受限的生命时空中，以追求富贵利达为俗世的共同目标。然而，世上没有绝对好命的人，幸福可能遍寻不着，富贵亦可能转瞬成空。郭师玉雯说：

> 《金瓶梅》的主题可说是"人生的真相"，也就是"无常"，因为不论是真是假，冷与热，色与空都可以再转瞬间互相翻覆，绝无定准，这里面并没有什么最后的原则可以凭恃[2]。

《金瓶梅》道尽了我们人生现世的真相：有感官的享乐、有情欲的追逐与情绪的放纵，这是明清城市生活中喂养出的价值观，但作者也发现，这样的追逐并不能让生命获致真正的满足。欲达到生活真正的滋味，尚需决定于自我的选择——富庶生活的放纵或收敛，追逐爱欲的坚持与放手，抑或悲郁情绪的耽溺或超越。

---

[1] 有关命理的细节请参见拙作《从〈金瓶梅〉浅析文人对算命习俗的看法》。

[2] 见郭玉雯著《〈金瓶梅〉与〈红楼梦〉》，收于《〈红楼梦〉渊源论——从神话到明清思想》，第 202 页。

结语

　　《金瓶梅》的内容是琐碎非常的叙事，根植于市井生活，不以歌颂历史英雄，不鼓吹道德样板，而富有生活的热度。由于故事地点设定在清河与临清两座大城，对于城市的消费生活有着非常细节的描绘，如食物的着墨，财货的陈列，都表现了恋世悦己的享乐生活。然而，对于权财的腐化，欲望的追逐，使《金瓶梅》作者具备了高度自觉，在市井生活之中具备了文人的哲思与反省。梅先生对于《金瓶梅》作者与时空的设定，开启了后人对《金瓶梅》晚明物质文化的研究；然而，词话本虽然留下口头文学的痕迹，但其中文人对世情的关注[①]，却是需要理解与反刍，因此极有可能经由增添、改易，使之逐渐走向书面文学的形式流传。[②]

　　因此《金瓶梅》有着对繁华"再诠释"的意义：它让我们进入享乐的世界，在求之得／不得的过程中，它让我们看尽歌舞场最终如何成了衰草枯杨，它使我们重新定位欢快的意义。

---

① 胡衍南认为：相较之下，绣像本就显得十分在乎回目的艺术性和思想性，他不满足于最低限度的美感（字数统一、对偶工整），甚至冀望于最大可能的阅读指引（点出该回内容的精要）。所以，绣像本显然是对词话本的一种"加力"作用，它的回目性格从民间走向文人。胡衍南：〈两部《金瓶梅》——词话本与绣像本对照研究〉，《中国学术年刊》，2007 年第 29 期，第 114—144 页。

② 田晓菲认为：比较绣像本和词话本，可以说它们之间最突出的差别是词话本偏向儒家"文以载道"的教化思想：在这一思想框架中，《金瓶梅》的故事被当作一个典型的道德寓言，警告世人贪淫与贪财的恶果；而绣像本所强调的，则是尘世万物之痛苦与空虚，并在这种富有佛教精神的思想背景之下，唤醒读者对生命——生与死本身的反省、对自己的同类，产生同情与慈悲。见田晓菲著：《秋水堂论金瓶梅·前言》，天津：天津人民出版社，2003 年版，第 6 页。

参考文献

胡衍南：《两部〈金瓶梅〉——词话本与绣像本对照研究》,《中国学术年刊》（2007 年，第 29 期）

胡衍南：《绪论：明清长篇世情小说的轨迹》《金瓶梅到红楼梦》（台北：里仁书局，2009 年）

田晓菲：《秋水堂论金瓶梅》（天津：天津人民出版社，2003 年）

乐蘅军：《意志与命运》（台北：大安出版社，2003 年）

孙述宇：《金瓶梅的艺术》（台北：时报文化出版事业有限公司，1979 年）

《金瓶梅研究（第六辑）》（北京：知识出版社，1999 年）

钟阿城：《闲话闲说——中国世俗与中国小说》（台北：时报出版社，1997 年）

《金瓶梅研究（第一辑）》（江苏：江苏古籍出版社，1990 年）

《金瓶梅研究（第六辑）》（北京：知识出版社，1999 年）

巫仁恕：《品味奢华：晚明的消费社会与士大夫》（北京：中华书局，2008 年）

许超：〈《金瓶梅》方言溯源〉,《金瓶梅与清河》（山东：吉林大学，2010 年）

［英］约翰伯格说："魅力的力量，寄寓于设想的快乐。"见约翰伯格著：《艺术观赏之道》

［英］史景迁：《前朝梦忆——张岱的浮华与苍凉》（台北：时报出版社，2009 年）